CITY OF VILLAINS

ÉPISODE 1

Disney

ESTELLE LAURE

CITY OF VILLAINS

ÉPISODE 1

Traduit de l'anglais par Alice Gallori

hachette
HEROES

© 2021, Hachette Livre (Hachette Pratique).
58, rue Jean Bleuzen – 92178 Vanves Cedex

Ce titre a été publié pour la première fois aux États-Unis en juillet 2020 par Disney · Hyperion, un département de Buena Vista Books Inc, sous le titre *City of Villains.*

Direction : Catherine Saunier-Talec
Directeur éditorial : Antoine Béon
Responsable artistique : Pauline Ortlieb
Édition : Mona Chardin
Traduction : Alice Gallori
Correction : Karine Elsener
Mise en pages intérieure : Noémie Fior (Nord Compo)
Couverture : Phil Buchanan, Yasmine Gulbay
Illustration de couverture : Joshua Hixson
Fabrication : Anne-Laure Soyez

Dépôt légal : mai 2021
88-1945-1/01
ISBN : 978-2-01-945732-7
Achevé d'imprimer en Espagne par Rotativas de Estella

Pour Emily van Beek, la reine de l'édition

Prologue

J'ai provoqué la fin du monde.

Ou, du moins, c'est ce que j'ai cru au début.

Lorsque je ferme les yeux et que je repense à la nuit de la Chute, c'est comme si le sol se précipitait vers moi, comme si j'étais au sommet de montagnes russes et que je tombais d'une hauteur inconcevable. Sauf que je ne suis jamais sortie du wagonnet. J'ai toujours l'impression d'être propulsée de bas en haut et de haut en bas, à des vitesses vertigineuses, sans jamais retrouver la stabilité du sol sous mes pieds.

En réalité, peut-être que les montagnes russes ont commencé le jour où mes parents et ma sœur ont été assassinés. Parfois, c'est difficile à dire.

Ce qui est certain, c'est que la nuit où le Sceptre – cet immeuble flambant neuf, joyau de la Cicatrice et symbole de sa renaissance – s'est évaporé, onze ans après la Mort de la magie, tout a changé.

Une fois de plus.

Laissez-moi vous expliquer.

J'avais quinze ans.

James et moi nous étions cachés au niveau de la sortie de secours de mon appartement parce que Tante Gia était persuadée que nous passions notre temps à nous embrasser. En réalité, ce n'était pas du tout le cas : nous nous étions à peine habitués à être plus que des amis et nous avions tout à découvrir. Mais même si Tante Gia était sympa sur certains plans, nous laisser sans surveillance était hors de question.

— Pas de portes fermées dans cet appartement, Mary Elizabeth, disait-elle. Laisse la porte ouverte, que je puisse te voir. C'est James Bartholomew, et il est ce qu'il est.

Elle ne faisait que renforcer ma détermination. Elle aurait dû savoir, même à l'époque, que je ne permettrais jamais à quiconque de juger James à cause de son nom de famille. Nous étions faits l'un pour l'autre. De son point de vue à elle, notre amour était si passionné qu'il en devenait dangereux. Du nôtre, après tout ce que nous avions perdu, c'était une invitation à vivre. Et nous y répondions à chaque seconde passée ensemble.

Cette nuit-là, James s'est penché vers moi pour la première fois et, juste au moment où nos lèvres se sont touchées, un éclat bleu nous a aveuglés et a effacé tout le reste. L'espace d'un instant, j'ai cru que c'était nous qui l'avions provoqué.

D'abord, il y a eu un grincement assourdissant, comme si le Sceptre était un arbre arraché du sol par ses racines, puis cette lumière bleue, si vive que j'ai vu des étincelles pendant des heures, et puis le Sceptre a disparu. Volatilisé. James et moi étions au premier rang pour assister à l'apocalypse, et ça n'a pas pris plus de trente secondes.

L'immeuble de cent soixante-six étages s'est évanoui le soir même de son inauguration, avec plus de trois mille personnes à l'intérieur. L'élite de Monarch City s'est tout simplement évaporée en ne laissant pas la moindre trace ni le moindre débris. Voilà.

Tout s'est arrêté. Le monde entier s'est immobilisé.

James a serré ses bras autour de moi et m'a rapprochée du mur pour me protéger, mais c'était inutile. Après que l'immeuble eut disparu, tout est devenu très calme. Le genre de calme qu'on n'oublie jamais. Plus rien ne bougeait. Pas un pigeon, pas un chat, pas un insecte. Même l'air ne frémissait plus.

Tante Gia a ouvert grand la fenêtre et vérifié que nous étions bien vivants. Soulagée de ne pas avoir de nouveau perdu un membre de la famille sans préavis, elle n'a même pas pris la peine de nous sermonner pour nous être faufilés par la sortie de secours. Puis son visage s'est mis à ressembler à un pancake qui glisse lentement à la surface d'une assiette, et nous avons tous regardé dans la même direction.

Là où s'était trouvé l'immeuble, il ne restait qu'un cratère, aussi net et précis qu'une incision chirurgicale.

Tout autour de nous, les habitants de la Cicatrice pétaient les plombs. Les gens qui étaient sortis pour manger une pizza ou se balader se sont mis à courir dans la rue en hurlant, de peur d'être percutés par des gravats. C'est ce à quoi on s'attend quand un immeuble de cette taille s'effondre. Mais pas cette nuit-là.

Le Sceptre a juste fait « pouf ».

Il leur a fallu un peu de temps pour se rendre compte que rien n'allait exploser ou prendre feu et que toute la ville de Monarch n'allait pas être aspirée dans un entonnoir. Des voitures de police sont arrivées, puis des camions de pompiers, puis des ambulances. Les véhicules sont simplement restés là en silence, gyrophares allumés. Il n'y avait rien à faire.

Aux infos, ils ont dit que c'était « une anomalie tragique ». La cheffe de la police et la maire Triton ont chacune prononcé un discours, demandé à la population de garder son calme. J'imagine qu'on a eu de la chance, James et moi, car ça n'est pas passé loin. Ç'a été à un cheveu près.

Quand, quelques jours plus tard, l'eau a empli le cratère, comme du sang qui s'accumule dans une plaie, la maire Triton a baptisé le lac Miracle, parce qu'elle était arrivée en retard à l'inauguration et avait raté la Chute de dix minutes. Pour elle, ç'a été un miracle. Pour bien d'autres, un désastre.

Des funérailles ont eu lieu, des prières ont été dites, les veillées à la bougie se sont multipliées.

Puis, quand la phase de deuil est passée, les choses se sont corsées.

Les magicalistes étaient certains que la Chute était la preuve que nous devions nous efforcer de ramener la magie, quoi qu'il en coûte. Les naturalistes y voyaient un signe que la magie elle-même refusait le progrès (si tant est qu'on puisse parler de progrès) : elle ne voulait pas que les Enclavés envahissent la Cicatrice et construisent tous ces nouveaux immeubles chics sur un terrain magique sacré. Selon eux, les énergies qui couraient sous nos pieds avaient envoyé un message aux Enclavés et la magie reviendrait si nous faisions ce qu'il fallait. Les amagicalistes, enfin, pensaient que c'était simplement un phénomène scientifique qu'ils n'étaient pas encore en mesure d'expliquer, que la magie était morte et que tout le monde devait accepter cette triste vérité.

Monarch City s'est divisée en clans, tous plus convaincus d'avoir raison les uns que les autres, et ils se sont affrontés jusqu'à ce que l'excitation se mue en une aversion étouffée, une sorte de guerre froide. Ils continuaient à se quereller, mais, maintenant, c'était aux infos et à tous les coins de rue. Les gens ont essayé de trouver un sens à tout ça et ont attendu que la magie fasse un retour triomphal.

Mais elle n'est pas revenue.

Les fées ne sont pas réapparues, les vœux n'ont pas été exaucés, et les rêves sont morts par centaines sans que personne les ait réalisés.

Le plus difficile, c'est de penser à ce qui est arrivé à tous ces gens dans l'immeuble, cette nuit-là. J'espère un peu qu'ils se sont juste évaporés sans souffrir.

Je veux dire : j'espère que c'est comme ça que ça se passe.

Au cas où ça se reproduirait.

Un

Deux ans après la chute

MOUCHE NE SUPPORTE PAS QUE JE M'ASSOIE À L'AVANT DANS la voiture.

— Je suis sérieux, Cap, se plaint-il en lissant de la main sa veste en cuir. On devrait être devant chacun notre tour. On vit au même endroit, on fait le trajet ensemble dans le Démon des Mers, puis je dois descendre et laisser la place à Mary. C'est…

— Humiliant ? dis-je.

— Castrateur ? suggère Ursula en pianotant sur son téléphone.

— Respectueux, déclare James. Sympa.

Mouche me jette un regard noir et s'éloigne de moi en bombant le torse, de manière que James soit entre nous.

— Ce n'est pas parce que c'est ta copine qu'elle doit toujours être devant. Chacun son tour.

James vient de retaper une Mustang de 1968. Il l'a peinte en bleu vintage et l'a appelée le Démon des Mers, et elle est tellement belle qu'elle provoque toutes sortes de problèmes. À chaque fois qu'il déniche une vieille bagnole encore vaillante, la bichonne et la polit jusqu'à ce qu'elle roule de nouveau à la perfection et brille de mille feux, le gangster enfoui dans le cœur de Mouche refait surface. Non qu'il soit jamais très loin, en réalité : Mouche veut être puissant, ou devenir au moins le bras droit de quelqu'un de puissant. Nous vivons en ville, donc je ne vois même pas pourquoi nous devrions aller au lycée en voiture, vu la circulation. Nous devrions prendre le métro. Mais ça n'arrivera pas, tant que James n'aura pas abandonné le Démon des Mers pour passer à un autre projet.

Lorsque nous dépassons les colonnes blanches à créneaux et traversons les énormes portes de bois de Monarch High, Ursula se rapproche de Mouche.

— Mary est sa petite amie, espèce d'andouille. Tu n'es pas sa petite amie, toi, juste un de ses six pénibles colocataires.

— Gare à toi si tu dis du mal du Pays imaginaire et de ses résidents. Je te jetterai par-dessus bord.

Mouche parle du vieux plongeoir de la vieille piscine de la vieille maison où vivent James et six de ses amis.

Ursula dépasse deux ou trois Enclavés fidèles à leur look habituel : col blanc boutonné, pantalon droit, mocassins et veste. Nous nous arrêtons devant nos casiers et elle donne de petits coups secs sur la tête de Mouche.

— Hé ! s'écrie-t-il.

— Allez, les amis, dis-je. C'est lundi matin. Nous avons toute la semaine devant nous pour nous faire tourner en bourrique.

Les lundis matin à Monarch High sont très différents de ceux des autres lycées, d'après ce que j'ai compris. Autrefois, la Cicatrice n'était pratiquement peuplée que d'Héritiers, les gens nés avec un cœur noir sur le poignet et descendant de la magie. Quand j'étais petite, je ne connaissais personne d'autre.

Il y avait peut-être quelques bureaucrates de Midcity et des hommes d'affaires de l'Enclave, mais c'était tout. Les choses ont bien changé. Après la Mort de la magie, les Héritiers tels que ma famille et moi sont devenus des proies faciles, et les Enclavés, les habitants des quartiers résidentiels qui n'ont pas de magie, mais de l'aigreur à revendre, se sont rués sur nous comme des vautours. Ils se sont emparés de nos biens immobiliers, nous ont jetés à la rue et, pire encore, nous ont obligés à fréquenter leurs horribles rejetons en attendant qu'ils aient fini de leur construire un lycée privé bien comme il faut sur des terrains qu'ils *nous* ont achetés pour une bouchée de pain. Maintenant, du coup, Monarch High a un comptoir à espresso et un traiteur qui vient livrer des repas qu'aucun Héritier ne peut se payer, et ils viennent de terminer une piscine et même un gymnase époustouflant.

Les Héritiers évitent tous ces endroits. Nous n'aimons pas être achetés. Nous essayons de nous démarquer. Il n'y a pas le groupe des sportifs, des geeks, des métalleux et des émos, comme dans les séries télé, mais le groupe des Héritiers et celui des Enclavés. Côté Héritiers, nous portons des bandeaux de cuir aux bras, nous nous teignons les cheveux, nous nous habillons comme si nous faisions la fête tous les jours et nous portons le hashtag *#LoyautéHéritiers* sur nos vêtements.

Même si le lycée se divise avant tout en deux factions, il y a aussi des petits groupes. James et sa bande du Pays imaginaire – Ursula, Mouche et moi – forment un groupe. Et puis il y a tous les autres.

James et moi nous embrassons tandis qu'Ursula répond au téléphone et que Mouche reste planté là à nous attendre, les mains dans les poches. Il regarde le couloir comme s'il était un videur en tee-shirt à rayures blanches et noires.

— Alors, quel cours passionnant avons-nous ce matin ? demande Ursula après avoir glissé son téléphone dans sa poche. Histoire de la magie, c'est ça ? Mon préféré.

— Dreena en approche à six heures, marmonne Mouche. Préparez-vous.

Comme si elle avait entendu son prénom, Dreena fond sur nous, Lola et Casey à ses côtés. Elle arbore une écharpe à paillettes, des couettes bleues, et tient une liasse de tracts.

— Qu'est-ce que tu veux ? l'interroge Ursula. Peu importe ce que tu as à vendre, nous n'en avons pas besoin. Quoique… Si *toi,* tu as besoin de quelque chose, je peux peut-être t'aider ? Mes prix sont très raisonnables.

— Je voulais vous donner ces tracts, répond Dreena en nous en distribuant un chacun.

Mouche laisse le sien tomber par terre et regarde dans le vide, l'air de mourir d'ennui.

— Je sais que vous ne faites pas de politique, mais le père de Lucas Attenborough veut construire un centre commercial en plein milieu de la Cicatrice. *Un centre commercial.* Ils vont démolir tout un pâté de maisons. Nous devons nous unir ! Nous devons faire front ! C'est intolérable. Nous ne pouvons pas leur permettre de détruire le quartier historique.

Dreena serait beaucoup plus agréable si elle n'était pas si agaçante, si convaincue de son bon droit, et assez sûre d'elle pour nous aborder alors que nous avons tout fait pour être justement infréquentables et ne pas avoir à interagir avec des gens comme elle.

— Dree, Dree, Dree, fait Ursula d'une voix traînante. J'adore les centres commerciaux, évidemment, mais je suis de ton côté dans cette histoire. Loyauté jusqu'au bout ! Le problème, c'est que tes protestations ne serviront à rien. Ce qu'il te faut, c'est quelqu'un qui sait ce qu'il se passe en coulisse. Tu dois comprendre qui paye qui et chercher s'il n'existerait pas une bonne raison pour qu'ils laissent tomber leur petit projet.

Dreena pâlit à vue d'œil.

— Qui a couché avec qui ? poursuit Ursula en approchant d'elle. Qui a passé des accords commerciaux véreux et pourrait être influencé ? C'est ça qui fait tourner Monarch City.

Elle parle maintenant tout près de son oreille. Dreena se ratatine sur elle-même comme une souris terrifiée.

— Mais… proteste-t-elle. Ce n'est pas comme ça que ça devrait marcher. Ils n'ont pas le droit de venir ici et de démolir ces vieux bâtiments pour construire un énième magasin de fast fashion.

— Peut-être pas, lui accorde Ursula en ressortant son téléphone de sa poche pour recommencer à tapoter l'écran. Mais Monarch est ce qu'elle est, et ce n'est pas en distribuant tes tristes petites affichettes maison que tu y changeras quoi que ce soit. Je connais quelques personnes bien placées… Si tu veux que je commence à m'informer, n'hésite pas. Je pourrais trouver le temps.

Les lèvres rouges et charnues d'Ursula s'étirent en un sourire affamé.

— Je suis libre jeudi prochain.

Dreena s'efforce de se redresser pour ne pas sembler minuscule à côté d'Urs. C'est un échec.

— Et ça coûterait combien ? demande-t-elle d'une voix incertaine. Les gens te payent en secrets, c'est ça ?

— Ça dépend, répond Ursula avec un haussement d'épaules. J'aime aussi l'argent. Et les faveurs.

— Je crois que je vais faire ça à l'ancienne – avec des manifestations et tout.

— Comme tu veux. Suis ta méthode et on verra quels résultats tu obtiens.

Maintenant que la décision de Dreena est prise, Ursula se désintéresse de la question et se met à chercher quelque chose dans son sac à dos noir en cuir. Pourtant, Dreena insiste en se dandinant sur ses pieds.

— Nous nous retrouvons à l'Heure du Thé demain, si vous voulez venir. Tout le monde est le bienvenu.

— Tiens-moi au courant si tu changes d'avis, dit Ursula d'une voix distraite. J'adore exaucer les rêves et les souhaits, je ne vis que dans ce but.

Dreena, qui semble sincèrement regretter d'être venue nous parler, fait demi-tour pour s'en aller. Au même moment, Stone Wallace se fait bousculer à deux pas de nous et lui coupe le passage pour rentrer en plein dans Mouche, qui le repousse par réflexe. Nous levons les yeux à la recherche de l'origine de la bagarre. James s'interpose devant moi et je me mets sur la pointe des pieds pour tenter de voir quelque chose. Monarch High était un lycée plutôt tranquille, dans le temps, mais ce n'est plus le cas depuis que les Enclavés ont changé de quartier.

Stone porte un tee-shirt blanc et un pantalon de cuir noir imprimé de cœurs identiques à la tache de naissance sur son poignet. On dirait les écailles d'un serpent dangereux. Généralement, Stone est intouchable. Le week-end, il disparaît derrière sa basse

– il joue au Pays des Merveilles, la boîte locale pour les mineurs – et reste dans son coin le reste du temps. Mais pas aujourd'hui, apparemment. Il se jette sur Lucas Attenborough, qui lui fait aisément perdre l'équilibre, et il finit par terre, le souffle coupé et le regard paniqué. Lucas lui lance un coup de pied plus symbolique que douloureux.

— Hé ! s'écrie James en se glissant entre eux, Mouche à ses côtés. Ça suffit.

Sa voix est si impérieuse que Lucas Attenborough s'arrête et le dévisage, à mi-chemin entre nervosité et assurance. Peu importe qu'il soit démesurément riche ou ait tous les droits ; il faudrait être totalement idiot pour chercher des noises au capitaine Écorché – surnom que James déteste parce qu'il s'efforce de prendre ses distances avec sa famille de criminels, les Bartholomew, mais qu'il utilise en cas de besoin. Et il en a souvent besoin.

Nous devons nous serrer les coudes, nous, les Héritiers. Quatre-vingt-dix-neuf pour cent d'entre nous préfèrent faire la fête que se bagarrer, mais avec l'arrivée d'abrutis tels que Lucas, nous devons être sur nos gardes. Prêts à tout, tout le temps.

— Sérieux ! s'exclame Justin, un fervent amagicaliste en tartan. Si tout le monde pouvait simplement admettre que la magie est morte, tout ça n'aurait pas lieu. Nous pourrions simplement passer à autre chose.

Ses amis hochent la tête.

— La croyance en la magie est à la racine de tous les problèmes de la société, ajoute une fille renfrognée, avec des nattes raides comme des baguettes.

Lucas regarde autour de lui et réalise qu'il est cerné, les Héritiers accourant rapidement. Même Flora, Pâquerette et

Pimprenelle sont là, habillées de robes diaphanes assorties – une rose, une verte, une bleue –, et tout le monde sait qu'elles sont armées depuis qu'elles se sont brouillées avec Mally Saint.

— Stone l'a mérité, grogne Lucas avec un regard de défi. Pas que vous soyez du genre à écouter ce que j'ai à dire, de toute façon.

— Non, en effet, confirme Mouche en le poussant légèrement. Dégage ton sale postérieur d'Enclavé de mon couloir, maintenant.

Lucas ajuste sa chemise et sa cravate.

— Comment oses-tu mettre tes sales pattes d'Héritier sur moi ? Est-ce que tu sais qui je suis ?

— Est-ce que je sais qui tu es ?

Mouche commence à sautiller sur place, les poings devant lui, comme un boxeur.

— Est-ce que je sais qui tu es, toi ? Gros minable. La vraie question, c'est de savoir si toi, tu sais qui je suis !

Il semble sur le point de frapper Lucas au visage, en conséquence de quoi Lucas le frappera au visage également, en conséquence de quoi James et ses autres copains se jetteront probablement dans la mêlée. J'interviens donc pour éviter le désastre. Tout le monde sait ce qu'il va se passer. S'ils se battent, Mouche aura un avertissement et sera renvoyé du lycée, et les autres Héritiers deviendront incontrôlables. Si Lucas survit, il ne recevra pas la moindre punition et s'en tirera avec, au pire, quelques excuses.

— Va en cours, Lucas, lui dis-je tout bas, comme si nous étions seuls dans le couloir et non entourés d'une centaine d'Héritiers. Tu es en infériorité numérique. Si tu décides de te battre, tu vas perdre.

Pour la première fois, il semble inquiet. Il regarde lentement autour de lui, détaille les couleurs vives qui l'entourent, les regards attentifs, les corps tendus et prêts à bondir, puis il émet un grognement de mépris et pose ses yeux pleins de haine sur ma tache de naissance.

— Quand tu te rendras compte de ton erreur, dit-il, il ne restera rien de la benne à ordures qui te sert de maison, et le spectacle sera encore plus satisfaisant que de me battre avec Stone… et de lui mettre une raclée.

Il hausse les épaules, comme s'il écartait des pensées désagréables de son esprit.

— Je crois que tu as raison, en fait. Mes chaussures sont en cuir italien, je ne veux pas les salir…

Il baisse les yeux sur Stone, qui a toujours les mains posées sur sa taille, puis il enfonce ses poings dans ses poches et s'éloigne d'un pas nonchalant, ignorant les dizaines d'Héritiers furieux.

Une fois la foule dispersée, je vois que Mally Saint, la fille la plus glaciale de Monarch, prend tranquillement des livres dans son casier pour les glisser dans son sac en cuir, qui a dû coûter *très* cher. Sur son épaule, son corbeau, Trublion, regarde les élèves rentrer dans les salles et pousse un petit croassement.

— Tout va bien, mon mignon, lui dit-elle en le caressant.

Ses cheveux d'ébène sont coupés au carré et ses vêtements noirs comme l'encre semblent avoir été taillés sur mesure dans de la soie française pour coller parfaitement à son corps (et c'est plus que probable). Sa robe noire laisse apercevoir des bottes hautes et, avec ses épaulettes et sa veste d'inspiration militaire à double rangée de boutons, elle a l'air sur le pied de guerre. Son père est riche. Super riche. Sauf qu'il ne vient pas de l'Enclave : c'est un Héritier. Et comme si l'univers tout entier reconnaissait que Mally est plus impressionnante et bien meilleure que n'importe qui d'autre, le cœur noir des Héritiers n'est pas apparu sur son poignet, mais s'étale sur sa poitrine et jusque dans son cou, comme une créature rampante. Elle referme son casier sans une once de stress et nous regarde.

— Eh bien, salut, la troupe.

— Mally, dit James.

Elle nous dépasse sans se presser, son corbeau nous dévisageant les uns après les autres. Arrivée à ma hauteur, elle passe un doigt sur mon épaule, et je frémis malgré moi.

— J'aurais laissé les garçons se battre, me dit-elle. Ça aurait vraiment été amusant. Je pense que le spectacle aurait été... désopilant.

— Tu sais, plus je pense à cette fille, plus je l'aime, me déclare Ursula une fois que Mally a disparu au bout du couloir.

— Tu rigoles, intervient Mouche. On dirait un spectre. Elle me terrifie.

— Les spectres peuvent être utiles quand ils sont de ton côté, explique Ursula en lui donnant une tape sur la tête.

— Tu te souviens quand elle s'est fâchée avec Flora et les autres ? J'ai cru qu'elles allaient y passer.

C'est exact. Cette brouille-là a pris des proportions dantesques. Un soir, Pâquerette m'a confié que Mally était si autoritaire qu'elles avaient décidé de ne pas l'inviter à leur fête annuelle en l'honneur de leurs marraines, les bonnes fées. Mally a pris ça comme une déclaration de guerre. Elle est allée à la fête, elle a croisé les bras sur sa poitrine et elle a regardé Trublion semer le chaos en enfonçant ses serres dans le gâteau rose, en renversant le tonneau de *ginger beer* et en picorant le cochon de lait rôti aux noisettes. J'y étais, et le plus effrayant, c'était l'expression sur le visage de Mally. Personne n'osait l'approcher à cause de ce demi-sourire narquois, mais c'est surtout le fait qu'elle ait agi intentionnellement, avec une telle froideur… On ne contrarie pas Mally à la légère. Et gâcher la fête ne lui a pas suffi : elle a saboté les freins de Flora, déposé des animaux écrasés devant la porte de Pâquerette et javellisé le jardin de Pimprenelle. Elles ne s'adressent toujours pas la parole. Elles ne se reparleront sûrement *plus jamais*. Mally est toujours seule, maintenant, et elle glisse dans les couloirs comme un fantôme intouchable et vêtu à la dernière mode.

Bref. Un lundi matin comme les autres à Monarch High. De la violence. Du communautarisme.

C'est juste que les choses semblent empirer, ces derniers temps.

Deux

Le jour même et le lendemain, trois autres bagarres éclatent entre Héritiers et Enclavés. Je ne pense pas que quelqu'un s'en rende vraiment compte, mais je suis sûre que c'est lié à l'approche du treizième anniversaire de la Mort de la magie et du deuxième anniversaire de la Chute, qui tombent le 31 octobre. Une grande cérémonie de commémoration est prévue en hommage aux victimes des deux cataclysmes, et la tension monte entre les factions.

Le vent m'agresse dès que je sors du train à Midcity pour traverser les trois pâtés d'immeubles qui me séparent du poste de police, où je suis en stage après les cours. Mes joues brûlent, mais c'est agréable. J'aime les orages : la pluie, les nuages sombres et menaçants, les parapluies retournés par le vent. Parfois, le beau temps immuable de la Cicatrice me tape sur les nerfs et ça me fait du bien d'aller à Midcity, cet immense quartier entre la Cicatrice et l'Enclave. Ici, les gens payent des amendes, travaillent dans des bureaux, font du shopping et luttent contre le crime, comme dans le reste du pays. Le temps change tous les jours, les secteurs économiques sont nombreux, et les avenues ne sont pas jonchées d'âmes perdues, de skateurs et d'artistes de rue, comme dans la Cicatrice.

Le poste est en pleine effervescence. Niché dans l'un des vieux bâtiments de Monarch, tout près de la frontière entre la Cicatrice et Midcity, il a de hauts plafonds, des murs beiges, des moulures blanches et même quelques fenêtres en verre teinté. Il s'en dégage quelque chose de majestueux, de délicat et de raffiné, mais tout cela peine à refléter l'intense activité qu'il renferme entre ses murs.

La pièce principale, immense, est occupée par des bureaux. Tout au bout, des fenêtres en verre permettent à la personne située de l'autre côté de garder un œil sur tout ce qu'il se passe. Cette personne, c'est la cheffe de la police. Comme d'habitude, ses stores sont baissés.

La grande salle contient un petit comptoir où l'on peut trouver du café et des viennoiseries à toute heure. Je travaille cachée dans un coin, au milieu du secteur réservé aux secrétaires. Personne ne se souvient de mon existence, à l'exception des secrétaires, qui aiment bien me confier leurs transcriptions rébarbatives, et d'une agente Héritière répondant au nom de Bella dont le bureau est voisin du mien. Ça ne me gêne pas qu'on m'oublie. Ça rend les choses beaucoup plus faciles. Les conversations et les incessantes sonneries des téléphones se muent en un brouhaha inintelligible. Quelques pièces plus petites sont destinées aux interrogatoires et aux réunions, mais l'énergie de la grande salle a vite fait de vous happer et, même s'il est frustrant de ne faire que de la paperasse, j'ai toujours à l'esprit que, au moins, je suis là. Un pas plus près de mon destin.

L'activité bat son plein, les conversations sont nombreuses et animées, et tout le monde a l'air terriblement occupé. J'aimerais me joindre à eux, trouver quelqu'un avec qui discuter pour qu'on me dise ce qu'il se passe et qu'on me fasse travailler sur une nouvelle affaire palpitante, mais je sais que personne n'en fera rien. J'ai déjà perdu assez de temps au début de mon stage. J'avais l'impression d'être une gamine de maternelle qui essaye – en vain – de participer aux conversations et aux plaisanteries des grands à une fête d'enfants du primaire.

Je scanne mon badge à la pointeuse et m'efforce de ne pas avoir l'air aussi impatiente que je le suis. Il est vrai que ce stage n'est pas ce que j'imaginais quand je me suis entraînée à manipuler des armes à feu, désamorcer des bombes, convaincre quelqu'un de ne pas sauter du trente-cinquième étage, négocier, traverser n'importe quel immeuble en sécurité et repérer toutes les cachettes potentielles dans une pièce. Je pensais que je patrouillerais dans les rues de la Cicatrice pour les rendre plus sûres pour tous et que j'infiltrerais des lieux inaccessibles aux autres policiers, vu que je suis une Héritière. Maintenant, je rougis de voir combien j'étais naïve. Et ça ne s'arrête pas là : je me voyais à la place de la cheffe à dix-huit ans, dans un bureau empli de roses éternelles, les murs couverts de médailles d'honneur.

Personne ne me parle ni n'encadre mon travail. On me demande de venir au poste, de m'asseoir à mon bureau, d'abattre autant de tâches que possible, puis de m'en aller sans en faire toute une histoire. Ce que j'ai appris depuis le début de ce stage, c'est que, même si ce n'est pas du tout ce à quoi je m'attendais, *je suis là*. J'ai fait un pas de plus vers ce que je veux. Seulement, il va me falloir beaucoup plus de temps que prévu pour arriver à destination.

Je ne suis pas comme tant d'inspecteurs et d'agents qui s'affairent ici, toutefois : le flingue à la main, bedonnants, les yeux cernés. Bref, vaincus.

Il y a autre chose aussi, quelque chose que je ne peux avouer qu'à moi-même – et encore, pas si souvent. Quand je passe l'après-midi au poste, je suis plus près de la cheffe que je ne l'ai été depuis qu'elle a résolu le meurtre de mes parents il y a toutes ces années, lorsque la maire Triton et elle m'ont tenu la main durant la conférence de presse. Quand elle franchit la pièce à grandes enjambées, suivie de son assistante et d'une nuée de gens qui sollicitent son attention, je la regarde passer de loin.

Un jour, elle me remarquera.

Je pense.

En fait, c'est peu probable.

Jeanette, l'une des secrétaires, dépose un dossier au sommet de ma pile. Elle a deux enfants, et je suis sûre que je lui fais de la peine.

— J'ai un autre rapport sur le Chapelier Fou pour toi, me dit-elle. Tu devrais commencer par celui-ci. Et remets-le *où tu sais* quand tu l'auras lu. Des morceaux de cadavre en boîte. On ne fait pas mieux.

Tout a commencé un peu avant le début de mon stage. Des bouts de corps sont apparus dans toute la Cicatrice, ce qui m'intéresse particulièrement car que je m'intéresse à tout ce qu'il se passe dans mon quartier. Jusqu'à maintenant, on a découvert une cuisse, un bras, une main dont les empreintes digitales ont été découpées. Tous les morceaux semblent appartenir à la même personne et se trouvaient dans des boîtes emballées comme des cadeaux de Noël et remplies de neige carbonique pour les garder au frais. Travailler sur cette affaire, c'est mon petit dessert de l'après-midi.

— Merci.

— Il n'y a pas de quoi, ma chérie, me répond-elle avec un clin d'œil avant de repartir en lissant sa jupe grise.

J'ai du mal à attendre qu'elle s'éloigne avant d'ouvrir le dossier. Les photos sont si repoussantes qu'elles devraient me faire vomir. Mais non. Au contraire, elles éveillent mon intérêt. Même Ursula aurait un hoquet d'horreur en les voyant. Ça ressemble à quelque chose que Mally ferait dans un très, très mauvais jour. Et c'est tellement captivant. Je sais que je suis juste censée transcrire et classer des rapports, mais, quand je vois ce genre de choses, je me demande s'il n'y a pas une autre voie pour moi. Une voie plus stimulante. Peut-être qu'il va me falloir la tracer moi-même.

J'inspire profondément. Une fois que j'ai repris mes esprits, que le kaléidoscope vertigineux de la salle s'est arrêté et que mon cerveau a cessé de formuler toutes ces pensées traîtresses, je mets soigneusement le dossier de côté. Je le rouvrirai quand j'aurai le temps de plonger dedans et de m'en délecter.

Trois

Il est presque 18 heures et le poste a retrouvé son calme. L'équipe de jour est partie, l'équipe de nuit n'est pas encore arrivée, et les patrouilles sont sur le terrain. Une sorte d'intensité paresseuse se dégage des personnes restantes. Les téléphones sonnent de temps en temps, quelques agents mènent des interrogatoires dans les salles dédiées, et les autres semblent faire leurs recherches et taper leurs rapports.

Je devrais partir, rentrer chez moi, rejoindre James ou aller au Pays des Merveilles, mais, au lieu de cela, j'ai étalé mon dossier par terre, à côté de mon bureau, afin d'avoir plus de place pour étudier les photos et l'une de ces gigantesques cartes de Monarch que les inspecteurs gardent roulées dans un panier. Mon exemplaire est usé et décoloré, mais il fera l'affaire. J'ai indiqué au crayon tous les endroits où sont apparus les morceaux de cadavre emballés dans du papier cadeau. J'examine les photos des billets qui les accompagnaient : l'écriture sophistiquée, l'encre noire qui paraît encore humide, comme si les mots avaient été tracés au stylo plume.

Avec amour,
le Chapelier Fou

Que veut-il ? Je trace des lignes entre les différents emplacements et recule pour regarder le résultat.

Intéressant… Tous ces endroits sont importants aux yeux des magicalistes : devant le Jardin éternel, qui reste en fleurs toute l'année, le Lower Monarch Bridge, où a eu lieu la marche pour la magie il y a treize ans, et devant le Grand Bazar des baguettes, qui a fermé juste après la mode des marraines les bonnes fées. Selon la rumeur, il était situé par-dessus une énorme strate de cristaux, que certains considèrent comme la source même de la magie. La personne qui fait ça vient forcément de la Cicatrice. Mais pourquoi ? Est-ce une menace adressée à ses habitants ? Un amagicaliste qui tente de faire passer un message ?

Un toussotement me tire de ma bulle et je me redresse, inquiète. Techniquement parlant, Jeanette m'a donné un dossier confidentiel, comme elle l'a déjà fait deux ou trois fois pour m'éviter de sombrer dans l'ennui et le désespoir. Mais j'ai tellement l'habitude de passer inaperçue que j'en oublie de rester discrète. Je recouvre la carte et le dossier pour les mettre à l'abri des regards avant de réaliser de qui il s'agit.

Bella Loyola, une jeune agente, et seule autre Héritière du poste outre la cheffe, me regarde, les bras croisés, un sourcil arqué derrière ses lunettes en corne. Dans sa veste, sa chemise blanche à col boutonné et son pantalon en tartan, elle incarne à la perfection le modèle de vertu qu'elle est réellement, même si je dois admettre qu'elle ne manque pas de classe. Et ces cheveux ?

Brun foncé et épais, relevés en une queue-de-cheval décontractée qui lui a clairement pris la moitié de la matinée.

Elle me sourit tout en me réprimandant du regard.

— Confidentiel ? articule-t-elle silencieusement en désignant mon bureau avant de me menacer du doigt.

Ce n'est pas surprenant : elle a déjà relevé mes erreurs par le passé. Je pense qu'elle essaye de m'aider, un peu à la manière d'une grande sœur, mais je n'aime pas cette impression de devoir lui rendre des comptes. Une fois, elle m'a même reprise sur ma façon de préparer le café et m'a gentiment expliqué que les inspecteurs ne l'aimaient pas trop fort, vu qu'ils en boivent en continu. Pourtant, c'est tout juste si elle est au-dessus de moi dans la hiérarchie. En ce qui me concerne, une seule personne peut réellement me dire quoi faire, et ce n'est pas Bella.

Je lui fais un petit signe, comme si je ne savais pas de quoi elle parle, puis je l'invite à jeter un œil par-dessus son épaule. Tony, son équipier, approche. Elle croise mon regard un instant avant de porter son attention sur lui.

— Tu descends manger un morceau ? demande-t-il.

— Oh, répond Bella. Euh… en fait… je travaille sur le rapport de l'affaire de l'Enclave qu'on a couverte hier. Je ne veux pas me retrouver en retard.

Elle lui sourit.

— Non, non, non, dit-il en posant une main sur le dossier. Tu devrais venir. Tu dois apprendre à te détendre. Tu es tellement stressée !

— Tu peux y aller, je t'en prie, dit-elle en tirant le dossier à elle.

— Euh, agent Loyola, interviens-je. J'aurais besoin d'un coup de main…

— Elle cherche à faire une pause, me lance Tony.

— Ça ne prendra qu'une minute…

— Elle est nouvelle, dit Bella. Je vais l'aider. Descends dîner, Tony.

Il se redresse et s'étire. Ses épaules bizarrement musclées semblent occuper tout l'espace disponible.

— D'accord, mais, un jour ou l'autre, tu finiras par prendre un vrai repas avec moi.

Bella lui décoche un petit sourire et s'approche de mon bureau.

— Alors, comment puis-je t'aider ?

Dès que Tony est parti, elle me chuchote « merci » et retourne s'asseoir à sa place, le regard rivé sur ses papiers. Je me trompe peut-être, mais j'ai l'impression de voir des larmes briller dans ses yeux.

Je replonge dans mon dossier sans un mot. Je connais cette frustration et cette colère quand on ne peut pas dire ce qu'on pense, et je sais pertinemment qu'on ne veut pas être observé quand on essaye de s'en remettre.

Je m'efforce de me concentrer sur l'affaire du Chapelier Fou et, sans même que je m'en rende compte, elle me happe de nouveau. J'espère que la personne qui a été découpée était quelqu'un de très, très mauvais, qui méritait une telle punition - car, oui, je crois qu'on mérite de souffrir quand on a fait du mal.

Je me souviens brusquement de mes parents, ce jour-là, et de ma sœur quand j'ai accidentellement aperçu les photos de la scène du crime. Tout ce sang. Ils n'ont bénéficié d'aucune pitié, et Jake Castor, le prédateur qui leur a ôté la vie pendant que j'étais à l'école, ne devrait pas en recevoir non plus. Il voulait juste savoir ce que ça faisait de tuer. Il avait observé les allées et venues de ma mère pendant des jours pour prévoir quand elle serait seule à la maison. Son acte a été à la fois fortuit et prémédité. Jake ne savait pas que mon père et ma sœur seraient malades ce jour-là. Quand il a fini par tout avouer, il a dit qu'il avait paniqué en voyant trois personnes dans l'appartement au lieu d'une seule, mais qu'il était sûr de pouvoir les maîtriser parce que c'étaient des Héritiers et que, sans magie, les Héritiers sont des cibles faciles.

Et il avait raison.

L'idée qu'il dépérisse en prison au lieu de finir découpé en morceaux me rend tellement furieuse que mes joues se mettent à brûler et que je dois me concentrer pour retrouver mon calme. J'imagine pourtant que c'est toujours mieux que l'autre alternative – il pourrait être encore en liberté. Et c'est la cheffe que je dois remercier.

Je me réconforte en me disant qu'un jour, c'est moi qui traînerai les criminels devant la justice et ferai de nouveau de la Cicatrice un endroit où vivre en sécurité. Je pourrai même réunir tous les habitants de Monarch. Je me vois défiler sous les serpentins, au milieu de la foule en liesse qui m'acclame et me félicite d'avoir sauvé la ville.

Ma rêverie est interrompue par une voix de baryton, calme et assurée, qui porte loin et qui me fait frissonner.

— Lâchez-moi. J'exige de voir la cheffe tout de suite.

— C'est impossible, monsieur, répond une voix de femme nasillarde et incrédule. Elle ne reçoit pas de visiteurs aujourd'hui. Et les locaux sont interdits aux animaux, à l'exception de ceux de la brigade canine, dont votre animal ne fait clairement pas partie. Il va falloir vous en aller et revenir sans ce…

Sur l'épaule de l'homme, un oiseau au plumage noir et brillant referme violemment son bec en direction de l'agente, qui recule. L'homme lui caresse la tête et lui tend quelque chose qu'il a pris dans sa poche.

— On va la retrouver, Trublion.

— C'est le père de Mally Saint, murmuré-je.

Et son oiseau. Je n'ai jamais vu Trublion ailleurs que sur l'épaule de Mally. Ses yeux perçants suffisent à tenir éloigné n'importe qui. Apparemment, c'est un oiseau de soutien émotionnel qu'elle a reçu pour l'aider à surmonter la mort de sa mère dans la Chute. En tout cas, c'est ce qu'elle dit. À mon avis, c'est plutôt un oiseau de garde.

Bella est tellement fascinée par la scène qu'elle essaye de parler avec son crayon entre les lèvres. Le résultat est incompréhensible. Elle retire son crayon, me regarde et chuchote :

— Tu connais Jack Saint ?

Jack Saint.

— Non, seulement sa fille.

— Ah, dit Jack en voyant s'ouvrir la porte du bureau de la cheffe. La voilà. La grande dame.

La cheffe fait son apparition et je retiens mon souffle, comme tout le monde dans le poste. Elle est époustouflante. Elle porte un costume crème parfaitement taillé pour son corps mince, et ses talons aiguilles griffés font un bruit sec sur le sol.

— Tout va bien, indique-t-elle aux agents qui la suivent de près. Je m'en occupe.

— Madame…

Un des agents semble hésiter, mais elle l'éloigne d'un geste de la main.

— Tout va bien, je vous dis. C'est un vieil ami à moi.

— Charlene, articule Jack Saint.

Son corps se relâche légèrement quand il la voit. Il est si grand et si maigre que son élégance semble étonnante. Il se déplace comme une ombre tortueuse, et chaque trait de son visage est si acéré qu'il semble capable de trancher le verre. Même de là où je suis, je vois que ses yeux sont chaleureux et tristes, du même bleu perçant que les eaux d'une île paradisiaque dans un magazine. Il s'incline et pose un baiser sur la joue que la cheffe lui a tendue. Trublion change de position sur son épaule.

Bella les observe avec attention, concentrée sur le moindre mot, penchée en équilibre précaire sur sa chaise.

— Tu vas tomber, lui murmuré-je.

Elle me fait signe de partir, comme si je lui faisais rater quelque chose d'important, et, comme prévu, elle manque de glisser de sa chaise. Elle se redresse avec un demi-sourire à mon intention.

En effet, nous avons dû rater quelque chose, car Jack Saint et la cheffe se sont assis, et elle semble répondre à une question.

— Je vais faire exactement ce que je fais à chaque fois, dit-elle. Je vais faire mon boulot.

Le poste de police est plongé dans le silence. Tous les yeux sont rivés sur Jack Saint et la cheffe.

— Hier soir, Trublion est rentré à la maison sans Mally, explique Jack. Il était bouleversé.

Il met son téléphone sous le nez de la cheffe, qui le regarde sans bouger.

— Elle m'appelle tous les jours à 14 h 45 pile pour me dire ce qu'elle a prévu de faire. Hier, elle ne l'a pas fait. Puis Trublion… Elle ne sort *jamais* sans Trublion.

Il doit faire un effort pour reprendre le contrôle de sa voix tremblante.

— Nous avons des accords depuis que sa mère est morte et Mally n'y déroge jamais. J'ai essayé de suivre la procédure officielle pour obtenir de l'aide, mais personne ne m'écoute. Il est arrivé quelque chose à ma fille, et je veux que vous la trouviez et me la rameniez.

— Jack, le rassure la cheffe en posant une main sur son bras, ça ne fait qu'une journée. Laisse-lui le temps. C'est une ado. Tout ira bien. Je sais que les choses sont difficiles depuis que vous avez perdu Marion.

— Je n'ai plus qu'elle, dit Jack en prenant la main de la cheffe et en la regardant droit dans les yeux. Elle est tout pour moi.

Trublion émet une espèce de roucoulement et touche doucement son oreille de son bec.

L'espace d'une seconde, tout se passe comme si Jack et la cheffe étaient seuls, ailleurs, pas dans un poste de police. Aucun téléphone ne sonne. Personne ne parle. Le silence est total. Quand Jack finit par baisser la tête, il ressemble à une sorte de dinosaure volant, plus du tout à un homme.

— Que lui est-il arrivé, Charlene ? Est-ce que quelqu'un la retient prisonnière ? Monarch est devenue tellement explosive et dangereuse. Nous vivons dans le luxe, contrairement à beaucoup d'autres. Son comportement n'a pas été irréprochable…

Il hésite un instant.

— Elle s'est fait des ennemis. Et si elle était blessée et qu'il n'y avait personne pour l'aider ? continue-t-il en prenant sa tête entre ses mains. Qu'adviendra-t-il de moi ? Ça ne fait qu'une journée, c'est vrai, mais je connais ma fille et elle ne ferait jamais ça. On dit que les premières quarante-huit heures sont les plus importantes. Je t'en prie, Charlene. Je suis un homme solitaire qui vit dans un gratte-ciel, et je ne tiens qu'à une seule personne. Une seule. Et elle est en danger.

Trublion croasse et dévisage la cheffe comme s'il la mettait au défi de ne pas prendre Jack au sérieux. Puis l'homme plonge sa main dans la poche interne de son manteau et en tire une photo, qu'il place sur la table de bois et fait glisser vers la cheffe.

— Voici Mally. Elle ne quitterait jamais Monarch. Elle ne partirait pas volontairement.

— Je vais faire de mon mieux pour t'aider à la retrouver, déclare la cheffe en posant une main sur sa joue. Tu as ma parole. Elle rentrera à la maison.

Je sens un frisson parcourir mon échine. Selon les articles de l'époque, la cheffe s'est mise sur l'affaire du meurtre de mes parents comme un chien sur un os. Elle ne s'est pas arrêtée avant d'avoir résolu l'enquête, même quand il n'y avait aucun indice et que tout le monde pensait qu'on ne connaîtrait jamais la vérité.

La certitude dans sa voix semble avoir le même effet sur Jack que sur moi. Pour la première fois depuis son arrivée, il semble se détendre. Seul l'oiseau sur son épaule continue de s'agiter.

— Tu crois que la Grande Mort a mis fin à la magie et que les troubles sont révolus, mais certains sont pleins de rancœur, dit Jack.

La cheffe tressaille très légèrement, puis elle fait signe à l'un des agents qui attendent à deux pas.

— Bonne soirée, Jack. Nous allons revenir vers toi. Pour l'instant, je te laisse avec l'agent Henshaw, il t'aidera à remplir les formulaires.

Jack Saint se laisse guider jusqu'à la porte, puis il se retourne, avec un regard de chien de chasse.

— Oublie notre passé. Oublie les troubles. Aide-moi simplement à retrouver Mally.

— Bien sûr, Jack, murmure la cheffe, puis elle rentre dans son bureau en laissant la porte ouverte.

Personne ne fait un geste jusqu'à ce que sa secrétaire, Mona, restée dans un coin avec son porte-bloc, ne prenne la parole.

— Allez, tout le monde au travail.

Puis elle disparaît à son tour dans le bureau et ferme la porte.

Aussitôt, les dernières personnes présentes au poste se mettent à échanger leurs impressions dans un brouhaha grandissant.

Sans aller jusqu'à me tordre le cou, je veux voir ce qu'il se passe au-delà des cloisons vitrées du bureau de la cheffe. Les stores sont baissés, mais je peux sentir un tissu d'intrigues se nouer derrière sa porte. Bella et moi échangeons un regard, puis elle remonte ses lunettes sur son nez, ouvre un dossier, croise les jambes et se remet à lire, comme si elle n'était pas aussi intéressée que moi.

J'essaye de me concentrer de nouveau sur le Chapelier Fou, mais les mots et les emplacements dansent sur les pages et n'ont plus aucun sens.

Mally a disparu.

Je l'ai vue au lycée hier.

Elle allait bien.

Impossible d'imaginer quelqu'un l'approchant ou l'enlevant dans la rue. Tout ce que je sais sur Mally me dit qu'elle réduirait en lambeaux quiconque tenterait de lui faire du mal. Et Trublion ? Comment ont-ils donc fait pour se débarrasser de Trublion ?

Je roule ma carte et dépose subrepticement le dossier sur le bureau de Jeanette avant de reprendre ma paperasse en main. Au moins, je peux réfléchir à Mally tranquillement. Je m'efforce de penser aux endroits où j'ai l'habitude de la voir. Elle passe pas mal de temps au Pays des Merveilles, sans parler à personne, isolée, ou bien à rôder dans les couloirs du lycée. À part ça, je ne la vois que lorsque sa limo entre dans le parking ou en sort, comme un gigantesque serpent noir. Je me suis habituée à elle, au respect réticent dont elle fait preuve envers James, Ursula et moi. Si quelque chose d'horrible peut lui arriver, pourquoi serions-nous à l'abri ?

Est-ce que Flora, Pâquerette ou Pimprenelle auraient pu se venger ? Elles portent des couteaux. Peut-être ne sont-elles pas aussi gentilles qu'elles en ont l'air. Peut-être sont-elles capables de faire encore pire qu'elle.

Quelques minutes plus tard, Mona surgit du bureau de la cheffe.

Toujours pressée, Mona passe son temps à surgir de partout. Même si elle a un côté maternel, elle manque de patience et, parfois, on dirait qu'elle a envie de tirer les oreilles à pas mal de monde. Elle travaille ici depuis vingt ans et était déjà l'assistante du chef précédent. Il ne m'a fallu que quelques jours pour comprendre que le poste s'effondrerait en son absence. Je ne peux tout simplement pas imaginer ce lieu sans elle et l'une ou l'autre de ses tenues monochromes. Aujourd'hui, elle porte une veste vert émeraude et une jupe vert forêt. De grosses perles vertes entourent son cou et des créoles de jade parent ses oreilles. Elle fait le tour de la pièce du regard en tripotant son bloc-notes.

— Ah, bien ! s'exclame-t-elle en voyant Bella. Vous. La cheffe voudrait vous parler.

Mon estomac se noue sous le coup de la jalousie et je sens mon visage rougir.

— Moi ? demande Bella en se levant.

Mona opine de la tête et observe de nouveau la pièce.

— Et vous.

Elle montre quelqu'un du doigt et tout le monde se retourne.

— Oui, vous ! répète Mona avant de jeter un œil à son bloc-notes. Mary Elizabeth Heart, c'est bien ça ?

C'est moi qu'elle a montrée du doigt. *Moi.*

— Alors, pourquoi restez-vous plantée là ? Dépêchez-vous !

Elle agite la main, et toute une nouvelle gymnastique mentale se met en place dans mon cerveau. Je dois me calmer, me reprendre, être professionnelle, compétente, détachée… Mais mon sang court si vite dans mes veines que j'ai l'impression d'être à un cheveu de la combustion spontanée.

Bella m'attend, et ensemble nous entrons dans le bureau de la cheffe. À l'odeur du café et du papier s'est substitué un parfum musqué et plaisant. La pièce est anguleuse et très, très blanche. La seule plante est un cactus devant la fenêtre donnant sur les toits de la ville. La pluie tambourine sur les vitres. On aurait l'impression d'entrer dans une pièce vide si les murs n'étaient pas littéralement couverts de photos et de médailles.

Bella s'assoit et sursaute quand je me laisse tomber sur une chaise à côté d'elle. Elle se penche en avant en se triturant les mains. Je m'efforce d'avoir l'air digne, je le jure, mais je me sens encombrante, maladroite et crasseuse. Je me concentre sur la cheffe, qui nous observe attentivement. J'en profite pour l'observer également. Je n'ai pas été aussi près d'elle depuis mon enfance, sauf peut-être quand j'ai ouvert la lettre qui me proposait un stage au sein de la brigade criminelle de Monarch City.

Elle impose autant le respect de près que de loin. Son corps est fin comme celui d'une biche, et ses cheveux sont noirs et raides. Ses ongles sont vernis de rouge et ses yeux sont maquillés avec goût pour faire ressortir à la perfection ses traits japonais. Elle est à la fois éblouissante et un peu effrayante.

Je m'attends presque à retrouver sur son mur la photo qui orne le mien : nous deux à cette célèbre conférence de presse, moi qui m'accroche à sa jambe et elle qui protège mon visage des journalistes. Mais il n'y a rien de tel. Elle a résolu tant de meurtres que mon histoire ne représente probablement rien pour elle. Elle a pris part à toutes les enquêtes criminelles des dix dernières années. Pour être exacte, elle n'y a pas *pris part* : elle les a *dirigées.*

Des photos où elle serre la main du président.

Elle et le boxeur vedette de Monarch.

Elle et le conseil municipal.

Elle et la maire.

Elle et tous les acteurs célèbres de la Terre.

Conférence de presse après conférence de presse, devant un océan de micros.

— Bien, commence-t-elle d'une voix à la fois douce et dure comme l'acier. Impossible que ma tension redescende à un niveau normal, ce serait trop beau.

Elle indique un verre devant elle, et Mona se matérialise instantanément à côté de nous avec une carafe et deux verres. Une fois qu'ils sont remplis, je bois une gorgée. L'eau est à la température idéale, fraîche et invitante, et je réalise que je suis assoiffée.

La cheffe fait glisser une photo de Mally jusqu'à nous. Même quand elles sont potables, les photos de classe ont toujours quelque chose d'inquiétant, surtout sur une affiche de police ou aux infos, mais celle-ci m'évoque tout autre chose. Les lèvres généreuses de Mally sont couvertes de rouge, ses cheveux noirs sont aussi raides que des lances, ses yeux sont soulignés de noir, et son regard… Son regard déclare la guerre à l'univers tout entier et flambe d'une cruauté si intense qu'elle vous coupe le souffle.

La cheffe Ito pousse un soupir.

— La Cicatrice. Dix pâtés d'immeubles. On a du mal à croire qu'elle provoque autant de problèmes. Et pourtant… On l'appelait la Merveille, autrefois.

Elle nous regarde. Bien sûr, nous le savons déjà. La Merveille est devenue la Cicatrice après l'émeute de Midcity, en hommage à la blessure qu'ont laissée tous ces morts.

— Parfois, je pense que c'est ce changement de nom qui est à l'origine des problèmes que nous avons aujourd'hui. La « Cicatrice » : c'est tellement plus sombre, non ?

Elle semble attendre une réponse, alors je dis simplement :

— En effet, madame.

— Combien d'élèves compte le lycée, aujourd'hui ?

Il me faut une bonne seconde pour comprendre que c'est à moi qu'elle s'adresse.

— Environ mille cinq cents.

— Il y en avait plus, avant, dit-elle en hochant la tête, mais tant de gens ont quitté la Cicatrice. Vous connaissez Mally ?

— Non, répond Bella. J'ai entendu parler d'elle, toutefois. On sait qu'elle circule en limousine. Ça se remarque tout de suite, dans la Cicatrice.

— J'en suis certaine. Mary Elizabeth ? Quelque chose à ajouter ?

— Non, madame. Je la connais seulement de vue. Nous sommes souvent en cours ensemble.

— Je n'avais pas vu Jack Saint depuis des années, poursuit la cheffe comme si elle ne m'avait pas entendue. Ça m'a ramenée en arrière. C'était… inattendu. J'allais au lycée à Monarch High, vous savez, et je n'avais pas… Bref. C'était une autre vie, n'est-ce pas ?

— Vous étiez à Monarch High ? laissé-je échapper.

J'aurais pensé qu'elle avait été envoyée dans un pensionnat huppé en Suisse, ou quelque chose du même genre. Je n'arrive pas à l'imaginer déambulant dans ces longs couloirs et endurant ces cours insipides.

— Oui, j'étais à Monarch High, même s'il est difficile de s'en rappeler. C'était il y a si longtemps. Et maintenant, cette affaire, ajoute-t-elle en me regardant dans les yeux. La Cicatrice est de nouveau au centre de tout.

Elle semble se perdre dans ses souvenirs.

— Madame ? demande Bella après quelques instants de silence.

— Toutes mes excuses.

Ayant repris ses esprits, la cheffe ouvre un dossier et le retourne vers nous afin que nous puissions en voir le contenu. Je vois le nom de Pimprenelle Holiday. C'est vrai, elle a porté plainte quand Mally a saboté ses freins.

— Mally Saint a disparu et je connais au moins trois personnes qui vous diraient que c'est une bonne nouvelle. Et vous avez tout à fait raison, Bella. Les habitants de la Cicatrice sont… rancuniers, disons, envers les personnes aisées. C'est un problème supplémentaire dans cette affaire. En temps normal, je ne me pencherais pas moi-même sur ce genre de cas, mais avec tout ce qu'il se passe en ce moment… Le Chapelier Fou et les affaires louches qui se multiplient malgré tous mes efforts… La dernière chose dont j'aie besoin, c'est un scandale autour d'une lycéenne qui est probablement dans une chambre d'hôtel avec quelqu'un qu'elle a rencontré en boîte samedi, à attraper des parasites entre des draps à la propreté douteuse.

Bella et moi attendons, immobiles. Je n'oserais jamais interrompre la cheffe, bien qu'il me semble extrêmement peu probable que Mally Saint puisse s'adoucir assez longtemps pour aller où que ce soit avec quiconque, sans même parler d'embrasser quelqu'un ou de finir dans un lit. Franchement, j'ai du mal à l'imaginer se détendre suffisamment pour dormir.

— On me dit que vous êtes très douée pour retrouver les objets perdus, Mary Elizabeth.

— Je n'ai rien fait de plus que retrouver quelques trousseaux de clés et un pique-nique…

— Ne protestez pas quand quelqu'un énonce une vérité. L'humilité n'est pas nécessaire.

La cheffe lisse sa veste du doigt comme si mes mots avaient froissé le tissu.

— Et c'est fatigant, par-dessus le marché.

— Oui, madame, je suis douée pour retrouver les objets perdus.

— Ce n'est pas surprenant. Vous êtes une Héritière. Je crois aux Traces.

Les Traces, les vestiges de ce que nous étions ou de ce que nous aurions été si la magie n'était pas morte.

— Oui, madame.

— Et vous, Bella, vous êtes douée pour résoudre les énigmes. Mally a été vue pour la dernière fois au…

Là, la cheffe regarde Mona.

— Au Pays des Merveilles, précise celle-ci après un coup d'œil sur ses notes.

— C'est ça. Ce trou à rats.

J'essaye de ne pas prendre ça pour moi. Au-delà du fait que mon copain et ma meilleure amie seraient beaucoup plus heureux si j'étais au Pays des Merveilles à cet instant précis, c'est là que je passe la plupart de mes soirées et de mes week-ends. C'est moi qui détiens le record au flipper-croquet, et c'est le seul endroit de la Cicatrice où l'on peut passer du temps ensemble et assister à des concerts. En plus, le propriétaire, Dally Star, est un ami.

Mes paumes sont humides de sueur.

— Dans le cadre de la recherche de Mally Saint, je vous mets en équipe l'une avec l'autre. Après, je réévaluerai la situation. Je pense que vous aurez une importance capitale dans tout ça, Mary Elizabeth.

Bella pose les yeux sur moi, puis sur la cheffe.

— Excusez-moi… Est-ce que cela signifie que je ne travaille plus avec l'agent Gaston ?

— Tout à fait, répond Ito après une pause.

— Eh bien, s'exclame Bella en souriant, je suppose que ce ne sont pas que de mauvaises nouvelles, alors.

— Qu'est-ce que ça veut dire ? ne puis-je me retenir de demander.

— Oh, saperlipopette, marmonne Mona.

— Rien, rien, me rassure Bella. Je ne voulais pas te vexer. C'est juste que tu es stagiaire et que tu as dix-sept ans.

— Et tu as quel âge, toi ? Vingt-et-un ans maximum ?

— Mesdames, intervient la cheffe.

Brusquement ramenées à la réalité, nous cessons de nous disputer. J'ai le souffle coupé par l'indignation, mais je m'efforce de me calmer. La cheffe nous regarde d'un air sévère.

— Mary Elizabeth a obtenu ce stage grâce à ses compétences et ses connaissances, et j'ai besoin que vous ayez confiance en mon jugement. Je pense que je mérite bien cela, ne croyez-vous pas ?

— Oui, madame. Bien sûr, madame.

— Vous allez devoir apprendre à travailler ensemble. J'envisage ce partenariat depuis quelque temps déjà et c'est l'occasion idéale. La Cicatrice a besoin de plus de soutien que les forces sur le terrain ne peuvent en fournir et nous savons toutes que les habitants n'accepteront jamais de l'aide extérieure. J'espère que votre présence donnera envie à un nombre croissant de citoyens de s'engager pour servir dans leur quartier bien-aimé. Il leur faut des agents sur place, qui s'occupent de leurs problèmes. La Cicatrice est devenue trop isolée. Ce genre de choses entraîne l'apparition de justiciers autoproclamés et je n'en veux pas. Considérez cette mission comme une opportunité unique. Inutile de vous dire qu'un succès vous ouvrira bien des portes.

Elle lève la main, comme pour mettre fin à la discussion, puis jette un coup d'œil à sa montre.

— Ma décision est prise. Vous devez reprendre des forces. Mangez quelque chose, prenez un bain. Revenez après les cours demain, Mary Elizabeth. En attendant, il faudra commencer par…

— Interroger les élèves dont les parents ont déjà porté plainte contre Mally, termine Bella. Pimprenelle Holiday, Flora Honeydew et Pâquerette Redwood.

Elle semble soudain surprise d'avoir pris la parole et ajoute :

— Je crois.

— C'est bien ça, confirme la cheffe, impressionnée.

Je sens de nouveau la jalousie monter.

— J'ai lu les rapports il y a des mois, explique Bella avec un sourire modeste et timide. J'ai une bonne mémoire visuelle, apparemment.

— Très bien.

Son stylo tapotant son bureau, la cheffe prend son temps avant de poursuivre.

— Vous croyez que je ne me rends compte de rien, enfermée ici, mais je prête attention à tout. Je suis parfaitement au courant que vous consultez les dossiers confidentiels, précise-t-elle en me regardant de ses yeux marron si foncés qu'ils semblent noirs. Je sais tout. Ne l'oubliez pas. Mona, donnez-leur les dossiers. Habituez-vous à cette nouvelle équipe, toutes les deux. À partir de maintenant, je ne veux entendre parler que de votre entente hors du commun. Bella, vous serez à la tête de l'enquête, bien sûr, mais il n'est pas question que Mary Elizabeth en soit exclue.

Mona nous tend des dossiers en papier Kraft.

— Je sais que vous ne me décevrez pas, précise la cheffe Ito.

— Bien sûr que non, madame, répond Bella avant que je n'aie eu le temps de le faire.

— Parce que si vous me décevez…

La cheffe n'a pas besoin de finir sa phrase. Si nous la décevons, nous n'aurons plus jamais une chance pareille. Bella retournera tout en bas de la hiérarchie et je pourrai renoncer à l'espoir que ce stage débouche sur un véritable emploi après le lycée.

— Vous pouvez y aller.

Bella et moi nous levons.

— Pas vous, Mary Elizabeth. J'aimerais vous parler.

Tandis que Bella sort de la pièce, la cheffe consulte les dix mille emails qui ont dû s'afficher sur son écran pendant les quelques minutes que nous lui avons volées, et Mona s'installe devant un petit bureau dans un coin.

— Comment se passe votre thérapie ? demande la cheffe sans me regarder. Avec la docteure Chette ?

— Bien.

J'essaye de masquer ma surprise. Elle sait vraiment tout.

— Excellent. Il est impératif que vous soyez en pleine forme si vous voulez faire le travail d'un véritable agent, alors ne manquez pas ces rendez-vous. Cette affaire n'est pas pour les timorés.

— Je sais. Je… Je veux vous remercier pour cette opportunité. Vous serez fière de moi, je vous le promets.

Je bégaye et n'arrive pas à reprendre le contrôle de ma voix.

— Je… J'accorde énormément d'importance à ce que vous avez fait pour cette ville… Vous êtes… incroyable. Mes parents…

Je prononce enfin les mots que je veux dire depuis que je suis entrée dans le bâtiment, les mots qui constituent, peut-être, la véritable raison de ma présence ici.

— Ma sœur, Mirana.

— Oui. Je sais. Je suis heureuse que nous ayons pu résoudre cette enquête.

Il est évident qu'elle tente d'abréger mes souffrances en me faisant taire.

— Il n'y a pas eu de « nous ». C'est *vous* qui avez résolu l'enquête, insisté-je en essayant de tempérer la passion dans ma voix. Vous avez fait des heures supplémentaires, travaillé de votre côté. Tout le monde avait oublié.

— Mon chef n'était pas content, c'est sûr… concède-t-elle avec un sourire, comme si elle se souvenait de quelque chose.

— Mais vous n'avez pas renoncé, même quand on vous a retiré le dossier.

Elle hoche la tête, gênée.

— Je n'aime pas les affaires classées sans suite. Elles me restent en travers de la gorge.

— Les nuits, les week-ends. Vous vous êtes mise en danger pour attraper Jake Castor et le traîner devant la justice. Vous êtes ma source d'inspiration, dans la vie. Pour tout. Je… Je veux juste que vous le sachiez. Je vous promets que vous serez fière de moi.

J'attends. Les secondes s'égrènent lentement. La cheffe se renverse sur le dossier de son fauteuil et je vois qu'elle a besoin d'une journée de repos, d'un masque pour les yeux, de quelques cookies et de six bons épisodes de *Love Island* pour laisser ses soucis de côté.

— J'ai passé beaucoup de temps sur votre dossier, Miss Heart.

Elle pose les mains sur son bureau. Je me demande si je dois meubler le silence, mais elle poursuit.

— Je dois être honnête : je me suis beaucoup demandé si une personne comme vous, avec un tel traumatisme, était digne de confiance. Si ce genre de travail, avec toute la pression qui va avec, serait un catalyseur ou, au contraire, un risque. Après la perte de votre famille, je sais que votre réaction a naturellement dû être de vous isoler, de rester dans la Cicatrice, ces dix pâtés d'immeubles. Vous êtes un prodige, Mary Elizabeth, et vous avez tout ce qu'il faut pour devenir une excellente inspectrice, sans quoi je n'aurais jamais approuvé votre stage ici, quels que soient les résultats de vos tests ou vos capacités physiques. Le problème des Héritiers, c'est qu'ils placent les Héritiers avant les autres, toujours. Loyauté Héritiers, comme ils disent. Ils sont indisciplinés et débraillés, et ils s'occupent plus de liberté individuelle que de justice. Sans la magie pour les canaliser, ils ne sont que chaos et émotions hors de contrôle. Et je dis cela en étant l'une d'entre eux… L'une d'entre *vous*.

Elle remonte la manche de sa veste blanche et laisse apparaître le cœur noir sur son poignet. J'ai toujours su qu'elle était une Héritière, mais c'est la première fois que je le vois. D'instinct, ma main se place sur ma propre tache de naissance.

— Vous allez vous faire une place ici, sinon vous perdrez le peu de place que vous avez déjà, reprend-elle. Et pour cela, vous devez comprendre que nous sommes une famille. Vous allez descendre dans les tranchées, et les gens doivent savoir qu'ils passent avant la Cicatrice, la magie et les troubles… Et avant tout le reste. Au final, nous sommes là les uns pour les autres parce que personne d'autre ne le sera. La question est de savoir si vous allez en prendre conscience ou disparaître dans les ruelles de la Cicatrice pour mener une petite vie retirée, prisonnière de ce qui a existé autrefois. La Cicatrice n'est plus la Merveille. Vous pouvez éviter la seconde option si vous le souhaitez. Le monde entier est à votre portée.

Je déglutis et hoche la tête. J'arrive tout juste à articuler :

— Oui, madame.

— Je suis désolée pour votre famille, Mary Elizabeth, ajoute-t-elle en plaçant ses lunettes sur son nez et en tournant son attention vers son ordinateur. Maintenant, retrouvez-moi cette fille, et vivante, de préférence. Profitez de votre expérience de la rue pour me ramener mon trophée. Et n'oubliez pas : avec une enquête pareille, vous pouvez empêcher ce que vous avez vécu d'arriver à d'autres.

Je suis sur le point de lui répéter qu'elle peut compter sur moi, que je préfèrerais encore mourir que la décevoir, lorsque l'agent Laslo ouvre la porte.

— Oui ? demande la cheffe, avant de retenir son souffle.

— Une autre boîte, madame. On a déjà fait les contrôles d'usage et on a pensé qu'il fallait vous l'apporter tout de suite. Elle… Elle vous est adressée.

La cheffe se lève.

— Posez-la ici et ouvrez-la.

— Mais…

— Maintenant.

Laslo pose la boîte sur le bureau, retire le somptueux ruban de satin qui l'entoure et soulève le couvercle.

Une main est posée au milieu, entourée de volutes de vapeur dégagées par la neige carbonique. Les ongles sont noircis, le poignet sectionné est couvert de croûtes de sang congelé. La peau est d'un gris fade, et le majeur est dressé à la verticale, comme si la main faisait un doigt d'honneur à la cheffe.

Ito blêmit.

— Ouste, ma petite, intervient Mona en me poussant vers la porte.

Puis elle me met dehors, où Bella m'attend avec impatience, une multitude de questions au bord des lèvres.

QUATRE

UNE FOIS DANS LA RUE, BELLA ET MOI ÉCHANGEONS UN REGARD gêné. À part le poste de police, qui ressemble à une cathédrale, tous les bâtiments du quartier sont de hauts immeubles rectangulaires qui, à la nuit tombée, semblent quasiment couleur aubergine, à la lueur des lampadaires. La pluie a cessé, mais il fait toujours froid et le vent s'engouffre dans les rues. Je ne me sens pas à l'aise par ici. Les arbres sont trop sages, taillés trop soigneusement et plantés à intervalles trop réguliers, avec des parterres de fleurs le long des avenues portant un numéro pair. Dans la Cicatrice, les arbres sont plutôt des palmiers, et les fleurs poussent où elles veulent. Sans la chaleur, le brouhaha et la bonne ambiance de mon quartier, le reste de la ville me paraît bien fade.

Je remonte la fermeture Éclair de mon manteau et j'enfile les bretelles de mon sac à dos. Bella et moi ne savons pas quoi dire. Nous rentrons probablement toutes les deux dans la Cicatrice, mais je vais au Pays des Merveilles et je ne veux pas qu'elle vienne avec moi. D'une part, elle risque de m'agacer et, d'autre part, je veux glaner en solo le plus d'informations possible sur Mally. Je sais que nous sommes censées faire équipe et que je ne dois pas voir ça comme une compétition, mais... si, c'est une compétition. Mieux vaut que je regarde la vérité en face tout de suite. Si je peux retrouver Mally sans l'aide de personne, je suis quasiment sûre d'obtenir un vrai poste à la fin de mon stage. En plus, évidemment, je ne veux pas que Bella me voie hurler de joie et sauter sur place parce que j'ai trop hâte de retrouver mes amis pour leur dire que JE SUIS SUR UN VRAI DOSSIER ! Bien sûr, je ne pourrai pas leur préciser de quoi il s'agit, mais ce n'est pas grave ; JE SUIS QUAND MÊME SUR UN VRAI DOSSIER !

— Tu prends le train ? demandé-je sans laisser deviner mon hystérie.

— Oui. On peut aller à la gare ensemble ?

Bella serre contre sa poitrine le dossier en papier Kraft que lui a remis Mona. J'ai envie de le lui arracher.

— Bien sûr.

Nous nous engageons sur la pente qui descend vers la gare.

— Écoute, je veux que tu saches que je suis là pour toi si tu as des questions, reprend Bella.

— Des questions ?

— Oui. Sur la procédure à suivre, les règles... Ou n'importe quoi d'autre.

— Je pense que je peux gérer, dis-je d'une voix égale bien que son ton me hérisse. J'ai hâte qu'on puisse discuter de notre stratégie. J'ai déjà quelques idées.

— Je veux juste être sûre que tu vas travailler dans les règles de l'art.

— C'est-à-dire ?

— Eh bien, d'après ce que j'en ai vu, tu ne respectes pas toujours les règles, explique-t-elle en marchant d'un pas vif, chaussée de ses adorables petites chaussures de cuir verni. Et comme c'est la première fois que je dirige une enquête, je veux être sûre qu'on ne pourra rien nous reprocher.

— C'est bon !

— Donc, fini de voler des dossiers confidentiels…

— Je ne les ai pas volés. Je ne trahirais jamais la cheffe ni personne d'autre de la police.

— Non, je ne pense pas. Mais ça ne change rien : nous allons travailler dans les règles de l'art. Et, comme je l'ai dit, je serais heureuse d'éclaircir ce que cela signifie.

— Non merci. Comme je l'ai dit, je pense que je peux gérer.

Je réalise que je suis un tantinet hypocrite, compte tenu de ce qui me trottait dans la tête un instant plus tôt, mais ses propos sont tout simplement insultants, et je refuse de l'avoir constamment sur le dos, à me surveiller et à afficher sa supériorité. Ce genre de choses me fait sortir de mes gonds très rapidement. J'aperçois la gare et je ne suis pas d'humeur à lui accorder une minute de plus.

— Bella, mieux vaut mettre les choses au clair tout de suite. J'ai peut-être dix-sept ans, mais je suis une ado de la Cicatrice, pas une idiote de l'Enclave. N'oublions pas ce que ça veut dire.

Nous nous arrêtons avant l'avenue de la Mission, qui est plus fréquentée, et Bella me regarde, un sourcil arqué.

— Continue.

— Ça veut dire que j'ai déjà tout perdu et que je ne me fais pas d'illusions. Je me fiche de tout, à part de bien faire ce travail pour avoir une vraie vie et de subvenir à mes besoins et à ceux de ma tante quand j'aurai fini le lycée. Il faut que tu comprennes une chose : je ne suis pas à ton service. Alors on va travailler ensemble et on va se faire un nom. Je ne sais pas ce que tu en penses, mais j'en ai probablement autant marre de faire de la paperasse que toi d'être la fille à la traîne derrière Tony.

Bella semble réfléchir, puis elle hoche la tête d'un air résolu.

— On va déchirer, dis-je.

— Déchirer le dossier ?

— On va tout déchirer. On va résoudre l'enquête, puis en résoudre une autre et encore une autre, jusqu'à ce qu'on rafle tous les prix et les applaudissements et que plus personne ne puisse rien nous dire, si ce n'est « merci ».

Je ne sais pas si je crois vraiment mes propres mots, mais laisser remonter à la surface une partie de mon enthousiasme me fait du bien.

— Oui, répond Bella. J'aime bien cette idée. Faisons ça. Tu imagines les réactions ? Deux filles de la Cicatrice qui dominent les forces de police !

— La cheffe serait si fière de nous.

— Les gars seraient obligés de nous respecter ! s'exclame-t-elle en passant un bras sur mes épaules.

— On passerait à la télé !

— Et même *on donnerait* une conférence de presse !

— Génial !

Nous reprenons notre chemin, tout près l'une de l'autre, étourdies, souriantes et perdues dans nos rêveries. Son rire est plus rauque et généreux que je ne l'aurais cru, et je ressens ce drôle de vertige que j'éprouve à chaque fois que je trouve ce que je cherchais.

Cinq

Mon cher pays des merveilles, qu'est-ce que tu m'as manqué.

Les lycéens sont tellement nombreux qu'on n'a pas du tout l'impression d'être en semaine. Dans un quartier normal, ils seraient probablement chez eux, occupés à faire le genre de choses que les ados font à la maison. Mais pas ici. Nous sommes dans la Cicatrice, où tout le monde fait la fête comme si c'était la fin du monde, essentiellement parce que nous avons *déjà* survécu à la fin du monde. Que pourrions-nous faire d'autre de nos os tourmentés ?

Je cherche automatiquement Mally Saint du regard et constate qu'elle n'est pas à l'endroit habituel, sur l'estrade. J'espérais un peu la trouver là, Trublion sur l'épaule. Néanmoins, j'éprouve aussi un certain soulagement. Je ne souhaite pas qu'elle soit morte ou qu'il lui soit arrivé quelque chose, bien sûr, mais je veux être celle qui la retrouvera et la ramènera chez elle.

L'estrade ne compte que trois tables, dont une occupée par Lucas et Katy. Katy porte une minirobe rose et a les cheveux soigneusement coupés au carré. Comme d'habitude, Lucas porte veste, cravate et chemise à col boutonné, et ses cheveux bruns laqués sont plaqués sur son crâne. La table leur coûte cher, mais Dally Star a beau augmenter les prix, ils continuent de payer. Je suis certaine que Lucas Attenborough ne daignerait jamais descendre parmi la populace. En fait, je pense qu'il ne vient ici que pour le plaisir de se sentir supérieur et de parler de nous du haut de son trône improvisé. Katy Smith et lui ne sont pas les seuls Enclavés présents, mais ils sont les pires. Ce n'est pas par hasard si l'estrade est déserte alors que le bar est bondé. Ils dégoûtent tellement les Héritiers que personne ne veut les approcher, même pour s'asseoir et voir la salle d'un peu plus haut.

Tandis que j'essaye de repérer James et Ursula, Dally Star, l'illustre propriétaire de ce petit coin de paradis, me fait signe depuis le bar. Je traverse la foule pour le rejoindre. Son bras droit, Gary, n'a pas besoin de m'interroger : je prends toujours la chenille, un cocktail à base de bitter et de tonic. Même si le Pays des Merveilles servait de l'alcool et que j'étais majeure, je ne boirais pas. J'ai appris très tôt qu'il vaut mieux garder l'esprit vif.

— Salut, ma belle, dit Dally.

Il me sert mon verre et je lui tends trois dollars.

— Non, non, refuse-t-il, c'est la maison qui offre.

— Merci.

Comme toujours, il est vêtu d'un costume blanc et porte un torchon blanc négligemment posé sur l'épaule. Il a une moustache fine, des cheveux blonds et une paire de lunettes de soleil blanche aux verres roses. Il n'a probablement pas plus de vingt-cinq ans, mais il pourrait tout aussi bien en avoir soixante. Dally Star est lunatique et insaisissable. Âge, style, personnalité : tout chez lui sort de l'ordinaire. Mais il est aussi mon ami. Enfin, plus ou moins.

Je goûte la boisson, savoure son goût orangé.

— Tu veux que je garde ton sac ? demande Dally.

Mon sac à dos est plein à craquer : tenue de travail, bottines, manteau, j'ai tout fourré dedans. Je porte ma tenue de routine : jean noir, débardeur blanc, colliers de cuir, bracelets de cuir aussi, qui s'enroulent le long de mes bras. Je me sens de nouveau moi-même.

— Oui, merci.

J'aperçois Ursula, qui danse près de la scène, la tête renversée en arrière. Personne ne danse comme elle. Ses bras oscillent le long de ses flancs, donnant l'impression qu'elle en a bien plus que deux, et ses yeux sont fermés comme s'il n'y avait rien ni personne autour d'elle. Les gens s'écartent sur son passage. Elle pourrait leur rentrer dedans sans s'en apercevoir.

James joue au billard dans un coin. Sur le coup, j'ai envie de le rejoindre en courant et de lui annoncer la grande nouvelle, mais j'ai tendance à perdre mes moyens et à avoir le souffle coupé quand je le vois. J'adore la manière dont ses cheveux retombent devant ses yeux et les fossettes qui se creusent sur ses joues quand il éclate de rire. Mais ce qui m'électrise le plus chez lui, c'est l'aura de danger qui l'entoure, comme une bulle invisible. Il a beau sourire, sa voix a beau être chaleureuse, James Bartholomew manigance toujours quelque chose.

Il n'est pas simplement en train de jouer au billard. En dominant la partie comme il le fait, entouré de ses gars, il envoie un message à son opposant. Des billets reposent sur la table, et il ne va pas tarder à les empocher, car James ne perd jamais. Même si je déteste l'avouer, je dois reconnaître que son pouvoir a toujours été et sera toujours ce qui m'attire le plus chez lui, avec le fait de savoir que je suis la seule personne à laquelle il tient vraiment.

— Alors, comment ça se passe, avec tous ces morceaux de cadavre qu'on retrouve à droite et à gauche ?

Du bout des doigts, Dally balance la patte de lapin qu'il garde toujours dans sa poche. Je ne devrais pas être surprise qu'il soit au courant. Dally est toujours au courant.

— Je ne peux pas en parler.

— Tout le monde a vu la boîte devant le Jardin éternel, poursuit-il comme si de rien n'était. J'ai entendu dire que c'est le petit Chipper Lowry qui l'a trouvée. Le pauvre… Imagine : il a trois ans ! Sa mère va devoir lui expliquer comment un pied a pu finir dans un paquet cadeau devant les grilles du parc. Apparemment, Chipper a cru que c'était un jouet et s'est mis à hurler à fendre l'âme quand elle le lui a retiré. Oh, j'aurais tellement aimé être une petite souris qui passait par là…

— Oui, une toute petite souris… dis-je avec un sourire de conspiration.

— N'écoute pas les gens qui disent que tu trahis la Cicatrice en travaillant pour le gouvernement, ma chérie. Oublie-les. Ils sont juste jaloux.

Dally fait beaucoup ça : il lance des piques et attend de voir votre réaction. C'est sa manière de glaner des infos. Malgré mes efforts pour ne pas me laisser déstabiliser, je suis prise au dépourvu. La Cicatrice compte trop à mes yeux pour que je puisse supporter qu'on me prenne pour une traîtresse, alors que j'essaye précisément de lui venir en aide.

— Les gens disent ça ?

— Aucune importance. On devrait être fiers de toi. Tu le mérites. Tu pourrais rester chez toi à gérer tes réseaux sociaux, mais tu prends soin de la communauté. Le Grand là-haut sait que nous en avons besoin.

— Dally.

Les yeux sur le groupe de musique, il me sert un nouveau verre et murmure vaguement :

— Hmmm ?

— Je me demandais simplement si tu sais quoi que ce soit à propos de Mally Saint.

— J'ai entendu dire qu'elle a disparu. Son père est passé avec son piaf épouvantable et un garde du corps baraqué. Mais je ne sais rien, chérie. Elle est venue hier. Je l'ai vue. Elle a été flippante et pas sympa, comme d'habitude. Rien de particulier. Son père voulait les vidéos des caméras de surveillance, mais ce n'est pas aussi simple.

Soudain, son visage s'éclaire.

— Attends une seconde. Tu es officiellement sur l'affaire ?

Je ne peux pas retenir un petit sourire.

— Tu devrais me montrer ton badge, alors. M'informer qu'il s'agit d'un interrogatoire.

Je ne veux pas avouer que je n'ai rien de plus qu'un badge temporaire et une bombe lacrymogène.

— C'est merveilleux, Mary. Je suis content pour toi. Et tu la retrouveras, j'en suis sûr. Cette fille a plus d'ennemis que n'importe qui d'autre dans la Cicatrice. Tu ne manqueras pas de gens à questionner. J'adorerais t'aider et participer à ta première victoire, mais, hélas, je ne suis qu'un pauvre petit barman.

J'espérais presque que Dally résoudrait l'enquête pour moi et que je quitterais les lieux auréolée de gloire, mais je contiens ma déception.

— Est-ce qu'il y avait quelqu'un avec elle ?

— Non, elle est partie toute seule, si je me souviens bien. Elle est toujours toute seule, tu sais.

— Je l'ai déjà vue danser.

— Toute seule. Elle danse toujours seule. C'est triste. Et dangereux, si tu veux mon avis. L'union fait la force, tout ça…

Je réfléchis à ce qu'a dit Dally. Il s'est passé quelque chose entre le Pays des Merveilles et l'appartement de Mally. C'est à ce moment-là qu'elle a disparu. Elle vit dans le même coin qu'Ursula, à six pâtés de maisons d'ici. Au début, les rues sont fréquentées et éclairées, puis il y a toute une zone d'entrepôts beaucoup plus sombre. Peut-être a-t-elle été enlevée dans ce secteur.

Une chose est certaine : il n'est pas question qu'Ursula rentre toute seule ce soir.

Justement, Urs me rejoint en courant. Elle est en sueur, ses cheveux blonds collés à ses joues, et ses seins semblent sur le point de déchirer sa petite robe noire.

— Enfin ! s'exclame-t-elle avec le sourire. Viens danser !

— Non, reste ici avec moi.

Elle lève les yeux au ciel, mais accepte et prend mon verre. Je sens des bras m'enserrer la taille. C'est James. Je me laisse aller contre lui. Pour la première fois depuis que je suis partie du lycée, mon corps se relâche. Je me retourne et l'embrasse.

James et moi nous sommes rencontrés après la mort de ma famille, quand j'ai emménagé chez Tante Gia. Son père était en prison et sa mère avait déménagé dans le Michigan pour laisser tout ça derrière elle. Elle avait promis de revenir le chercher et nous avons vécu dans la terreur pendant des années, redoutant qu'elle ne nous sépare. James avait envie de la voir, oui, et peut-être même de vivre avec elle, mais il fait partie de la Cicatrice et la Cicatrice fait partie de lui, et l'idée d'aller vivre ailleurs était bien plus insupportable que celle de vivre sans sa mère. Elle a fini par lui rendre visite, mais ils n'avaient pas grand-chose à se dire. Il vivait avec sa tante Della depuis des années.

Et puis, un jour, quand nous avions treize ans, nous nous sommes installés sur la sortie de secours de mon appartement pour regarder le ciel.

— Je ne crois pas que tu sois juste une amie, a-t-il dit.

J'étais concentrée sur les nuages, sur la manière dont ils changent de forme dans la Cicatrice. Parfois, je me disais qu'un nuage ressemblait à un éléphant, par exemple, et il commençait à marcher, la trompe levée pour me faire coucou. Quand j'étais allée à Midcity avec Tante Gia pour régler les impôts, les nuages n'avaient pas fait ça.

— Tu ne penses pas que nous soyons amis ? ai-je demandé.

C'était impossible. Nous faisions tout ensemble. Je ne pouvais même pas me souvenir de la dernière fois où j'avais dîné sans lui. J'étais soit chez lui, soit chez moi, soit à l'Heure du Thé.

— Je n'ai pas dit ça. J'ai dit que je ne pense pas que tu sois *juste* une amie. J'ai dit…

Il s'est tourné sur le côté, la tête appuyée sur une main, son autre main sur ma joue, comme s'il caressait quelque chose de précieux.

— Que tu seras tout pour moi. Pour toute la vie, ce sera toi et moi contre le reste du monde.

Après, je me souviens surtout que les nuages sont devenus des fleurs avec des pétales en forme de cœur. Quelque chose en moi avait commencé à guérir. La plaie était toujours là, mais elle n'était plus béante. Puis j'ai eu peur. Désormais, j'avais quelque chose à perdre. Même à l'époque, j'en avais déjà vu assez pour savoir que personne n'est jamais à l'abri, dans la vie.

— Vous me donnez la nausée, rouspète Ursula.

Elle oscille au rythme de la musique tout en pianotant sur son téléphone, puis elle se prend en photo avec une tranche de citron entre les lèvres.

— Sérieusement. Vous devriez vous disputer, de temps en temps.

— Pourquoi ? demande James.

— James le loyal, rétorque-t-elle en réajustant son décolleté et sa robe. James le magnanime. Heureusement que tu es une vraie canaille, au fond, ou tu serais à mourir d'ennui.

— Ah, Urs, je suis touché que tu me tiennes en si haute estime. Ma vie a tout de suite l'air plus belle.

Dally leur sert deux ailes de corbeau, un cocktail de soda et de grenadine, et James règle avec une partie de l'argent qu'il vient de gagner au billard. Je le tiens par le bras, un doigt dans sa manche, comme je le fais depuis que nous sommes ensemble. Il se glisse derrière moi, de telle sorte que nous sommes face à Ursula.

— Alors, que s'est-il passé du côté des glorieux gardiens de la paix, aujourd'hui ? demande-t-elle.

— Eh bien, il s'est *vraiment* passé quelque chose…

— Dis-moi, dis-moi !

— On m'a confié une affaire.

— Quoi ?

James se déplace pour me regarder en face. Je ne sais pas pourquoi, je suis soudain intimidée.

— C'est Mally Saint. Elle a disparu.

— Oh, elle a sûrement fini six pieds sous terre, répond Ursula du tac au tac. C'est triste. Je commençais à me dire que nous pourrions devenir amies, un jour.

— Urs !

— Elle est horrible avec tout le monde, c'est tout. Beaucoup de gens aimeraient me voir disparaître aussi, mais je leur donne de bonnes raisons de ne pas s'en prendre à moi. Il faut faire preuve de prudence, et je ne pense pas que Mally soit si maligne. Elle n'a aucune limite.

— Le fait est qu'elle a disparu, et j'espère bien qu'elle n'est pas six pieds sous terre. Je vais la retrouver. Tu ne devrais pas parler d'elle comme ça.

— Pourquoi prends-tu ça à cœur ?

— Je ne sais pas… Parce que c'est un être humain ?

Même à eux, je ne peux pas avouer la vérité : je veux que Mally rentre saine et sauve à la maison pour servir mon ambition.

— C'est ta première véritable affaire, dit James. Tu t'en sortiras très bien. Tu vas la retrouver.

— Et on va t'aider ! s'écrie Ursula.

— On va t'aider si tu le souhaites, précise James.

— J'espérais que vous pourriez me tenir au courant si vous entendez des rumeurs… Vu que… Vous savez…

— Les gens ne veulent pas te parler parce qu'ils pensent que tu trahis la Cicatrice ? demande Ursula comme si « les gens » avaient peut-être un peu raison.

C'est la deuxième fois que quelqu'un me dit ça ce soir. C'est vrai, j'ai eu quelques problèmes quand j'ai obtenu le stage, mais je croyais que c'était réglé. Peut-être que je me trompais. Je ne peux rien pour les faire changer d'avis, à part prouver que je travaille pour le gouvernement dans le seul but d'aider la Cicatrice et de lui rendre sa splendeur d'autrefois.

— Retrouve Mally, et les gens commenceront à te faire confiance, à comprendre que tu es de notre côté, souligne James. Même si personne ne l'aime, elle est l'une d'entre nous.

— Oh, les gens sont nuls, soupire Ursula en levant son verre, mais pas vous !

— Ni toi !

Nos verres s'entrechoquent en tintant.

— Une partie de croquet, ça vous tente ?

— Oui, dis-je. Je compte bien défendre ma place sur la plus haute marche du podium.

— Tu seras toujours sur la plus haute marche de *mon* podium, déclare James.

— Croyez-moi, je vais vomir ! s'exclame Ursula. Je ne sais pas ce que je fais avec vous.

Ils éclatent de rire et nous nous éloignons tandis qu'ils se taquinent. Tout semble aller pour le mieux, mais une sensation désagréable enfle en moi. C'est comme si des nuages menaçants s'amoncelaient à l'horizon, si loin que je ne peux pas encore les distinguer, et que c'était la dernière fois que nous étions tous ensemble avant que la tempête n'éclate. Je veux leur en parler, nous garder à l'abri dans cet instant, nous entourer d'une bulle impénétrable pour que nous nous envolions loin d'ici. Mais je ne peux pas, car la magie est morte et les vœux ne se réalisent plus.

Alors j'encercle de mes bras la taille de mon petit ami et celle de ma meilleure amie, et nous jouons au croquet dans le noir, et puis nous dansons ensemble, comme s'il n'y avait plus de lendemain, parce que c'est la seule chose à faire.

Six

Quoi qu'en disent ceux qui nient l'existence de la magie, les Héritiers savent que Monarch n'est pas une ville comme les autres. Tout autour de nous, les Traces nous rappellent que nous n'avons pas toutes les réponses et que nous ne pouvons pas tout expliquer. Le temps, les nuages, le lac Miracle, les cœurs noirs qui patientent sur notre peau, comme des graines prêtes à germer… La magie est censée être morte depuis treize ans, mais James sent toujours si je suis triste, en danger ou dans la même pièce que lui, et parfois mes rêves semblent vouloir me dire quelque chose. Et puis il y a aussi cet endroit inexplicable où nous venons nous cacher, mon vestige de poussière de fée préféré de toute la Cicatrice.

Le Jardin éternel.

Selon certains, le Jardin éternel a survécu à la Mort de la magie grâce à toutes les bonnes choses qui s'y sont passées et à tous les vœux qui s'y sont réalisés. Immense, il trône en plein centre de la Cicatrice et regorge de fleurs luxuriantes, d'arbres et de buissons qu'on ne trouve nulle part ailleurs. Les humains n'ont que trois types de photorécepteurs pour distinguer les couleurs et voient donc moins bien que les papillons et les colibris, mais, quand on entre dans le Jardin éternel, on a l'impression de découvrir pour la première fois le monde tel qu'il est réellement. Les lilas scintillent de lueurs opalescentes, les dahlias aussi éclatants que des diamants prennent les couleurs des kakis et des fruits du dragon, et les roses noires échangent des arcs-en-ciel. Les eaux argentées et cristallines d'un ruisseau promènent des lotus de cristal.

Encore mieux : les innombrables coins et recoins du Jardin éternel se replient sur eux-mêmes pour cacher les visiteurs, de telle sorte que vous restez toujours en compagnie des seules personnes qui vous accompagnent. Vous trouverez toujours le parterre d'herbe verte idéal pour partager un pique-nique ou regarder les étoiles. Ici, on est à l'abri. Le Jardin est vigilant et expulse toute personne mal intentionnée – par exemple, quelqu'un qui serait assez stupide pour tailler des branches ou retoucher la disposition des plantes. Un jour, un vendeur a voulu entrer avec son camion à hot-dogs, mais un séquoia l'a jeté dehors. C'est bien le seul endroit de la Cicatrice – et peut-être du monde – où rien ne peut changer et rien ne peut vous arriver.

James et moi venons parfois ici pour être au calme. Contrairement au reste de Monarch, le Jardin éternel est une bulle de sérénité et de sécurité.

Le lendemain de notre soirée au Pays des Merveilles, nous nous allongeons sur l'herbe chaude comme une couverture, à côté d'un tapis de marguerites, et deux saules pleureurs nous entourent de leurs branches.

— James ?

— Oui ?

— Est-ce que tu crois que Mally Saint est morte ?

— Tu as vraiment un don pour les rendez-vous sexy et intimes, pas du tout agrémentés de discussions morbides…

— Je suis désolée.

— Ne t'excuse pas. C'est important. Tu vas peut-être sauver quelqu'un.

— Pas si elle a déjà fini dans une benne à ordures…

— Je ne pense pas.

Il m'attire vers lui et j'entends son cœur battre contre mon oreille. Ses mots me font du bien, même si c'est juste son intuition qui parle. C'est grâce à elle qu'il est pratiquement intouchable. Il sait tout de suite s'il a affaire à quelqu'un d'honnête ou pas. Et il repère très bien les causes perdues.

— Je ne pense pas qu'elle soit morte, moi non plus. Mais je commence à me dire qu'elle a peut-être quitté la ville. Sa vie est un champ de ruines. Elle est en colère et aigrie, personne ne l'aime… Elle n'a que l'argent de son père et son corbeau. Elle a peut-être décidé de tout laisser derrière elle et de recommencer à zéro dans un endroit où personne ne la déteste.

James semble réfléchir.

— Non. Mally ne se séparerait jamais de cet oiseau. Jamais. Elle pourrait quitter son père et son argent, et peut-être même la Cicatrice, mais elle n'abandonnerait pas Trublion.

— Comment peux-tu en être sûr ?

— Parce qu'elle l'aime et qu'il l'aime. Parce qu'elle l'a eu juste après la mort de sa mère et que c'est comme ça que fonctionnent les gens, surtout ici. Nous sommes liés à des choses et à des personnes que le destin nous a attribuées arbitrairement. Ce corbeau est son compagnon et elle n'irait nulle part sans lui.

— Ce qui signifie…

— Qu'elle est probablement retenue quelque part contre sa volonté ou blessée. Mais je ne pense pas qu'elle soit morte.

— Pourquoi pas ?

— Parce que les gens sont comme des cartes : ils ont des lignes de vie, comme les lignes de la main, et son histoire ne s'achèvera pas de cette façon. Il suffit de la regarder pour le savoir. Mally Saint ne peut pas simplement mourir. Ce n'est pas son destin. Quand elle quittera la scène, ce sera dans un brasier de rage.

Il me prend la main et l'examine à la lueur de deux buissons.

— Tu as déjà lu les lignes de ma main, lui fais-je remarquer.

— Je vérifie juste qu'elles n'ont pas changé.

— Alors ?

— Ce sont toujours les mêmes.

— Et comment se termine notre histoire ?

Il hésite. Son visage s'obscurcit un instant, puis il balaye ses doutes et me sourit de toutes ses dents.

— Heureux pour toujours, bien sûr.

On ne peut pas dire qu'il mente, à proprement parler. Je suis certaine qu'il nous souhaite une fin heureuse, mais les choses sont si compliquées et imprévisibles dans la Cicatrice qu'il ne peut pas sérieusement croire que tout ira pour le mieux dans le meilleur des mondes. La vie ne fonctionne pas ainsi. Pour personne.

Quand il appuie son pouce contre ma paume, je ferme les yeux et laisse filer toutes mes pensées : Mally, Trublion, la cheffe, Bella, Gia, mes inquiétudes, les tensions à Monarch, tout ce que je ne peux pas expliquer, et même ma famille. Pendant plusieurs minutes, je n'entends plus que les battements de son cœur.

— Je veux juste…

Je ne trouve pas les mots. C'est comme si quelque chose en moi attendait de s'embraser.

— Je sais, enchaîne James. Tu *veux*. Je *veux* aussi. Un jour, nous n'aurons plus besoin de *vouloir* quoi que ce soit, parce que nous aurons tout. Je ferai ce qu'il faudra, Mary.

Il marque une pause avant d'ajouter :

— Tu as l'impression qu'il se passe quelque chose, toi aussi, n'est-ce pas ?

— Comment ça ?

— Je ne sais pas. Des forces semblent agir dans l'ombre. La Chute, le lac Miracle, ton stage, la disparition de Mally… C'est comme si on nous avait installés dans un manège sans nous prévenir. Il ne nous reste qu'une chose à faire : rester à bord en attendant de voir où on nous mène.

Une boule de gui fait tomber sur nous un léger brouillard qui sent le sapin et le feu de cheminée. C'est vrai, les fêtes approchent pour le reste de Monarch City, et le temps devient plus froid et rude. Je me serre contre James et l'embrasse.

— Tu te souviens de notre première danse ? demande-t-il.

— On avait quatorze ans.

— Tu as dévalé l'escalier pour me rejoindre.

— Mouche est allé au bal avec Ursula et ils n'ont pas arrêté de se disputer.

— Mais toi… Tu étais entourée d'or et tes cheveux étaient encore plus resplendissants que d'habitude. Tu portais ce collier.

— Le ras-de-cou en perles de ma mère.

— Tu étais superbe.

Je l'embrasse de nouveau et il éclate de rire.

— Ne cherche pas à me déconcentrer. J'essaye de te raconter une histoire très importante et émouvante.

— D'accord, d'accord. Mais pense à souligner à quel point je suis belle et parfaite. N'oublie aucun détail.

— Eh bien, quand tu as descendu les marches, je n'ai pas vu juste une jolie fille qui allait au bal avec moi, James Bartholomew. J'ai vu une personne qui avait déjà prouvé qu'elle était là pour moi. Tout le monde t'a dit que j'étais une mauvaise fréquentation, ou un vaurien, ou que je ne ferais jamais rien de ma vie, mais tu ne les as pas écoutés, jamais.

— C'est ce soir-là que je t'ai offert cette montre.

Du bout des lèvres, je frôle sa peau juste à côté du bracelet en cuir d'alligator, sur son poignet.

— Tu l'as volée dans les affaires de ton grand-père et Gia a essayé de la récupérer le lendemain.

— J'ai refusé. Tu méritais un beau cadeau. Elle a dit que la montre était dans la famille et j'ai dit…

— Que j'étais ta famille, moi. Tu m'as donné l'impression d'être quelqu'un. Tu as toujours été la seule à ne pas me prendre pour ce que je ne suis pas. Tu ne me demandes pas d'être meilleur que je ne le suis, mais tu ne me soupçonnes pas d'être pire non plus. Tu sais tout de moi. Un jour, même si c'est dans très longtemps, j'espère que tu m'épouseras.

L'idée d'épouser James m'a toujours semblé une évidence. Nous ne pourrons jamais trouver mieux et, de toute façon, nous n'avons pas envie d'essayer. Je sais que ce sera pour la vie depuis la toute première fois où nous nous sommes embrassés, sur la sortie de secours. Et si cela passe par le mariage, je n'hésiterai pas. Nous n'avons que dix-sept ans, donc la chose n'a pas d'importance pour le moment. Toutefois, il est agréable d'avoir au moins une certitude, ou une quasi-certitude, dans la vie. Je vais devoir me battre pour tout le reste.

— Mary Elizabeth, je sais que nous ne sommes pas encore prêts, mais si le monde devait un jour cesser de tourner, je voudrais être avec toi. Quand l'immeuble s'est effondré, avant le lac Miracle, je ne pouvais penser qu'à une seule chose : j'avais la chance d'assister à la fin du monde avec toi. Quand nous nous marierons, ce ne sera pas une prison. Tu n'auras pas envie de prendre la fuite ou d'être ailleurs. Nous ferons ce que nous voudrons. Nous serons ensemble et tout sera possible. Ce sera la plus grande des aventures.

— Je ne comprends pas pourquoi tu parles de ça maintenant.

James a-t-il enfreint la loi ? Est-il en danger ? Quelque chose ne va pas. Bien sûr, nous avons déjà abordé le sujet, mais il semble y mettre plus d'intensité que d'habitude.

— Qu'est-ce qui ne…

— Je ne te quitterai jamais, me coupe-t-il, et j'ai besoin que tu me promettes de ne jamais me quitter non plus.

Il pose ses lèvres au creux de mon cou. Malgré mon appréhension, mon corps s'arque contre le sien. Ses lèvres sont irrésistibles. Je tente de ne pas perdre le fil de mes pensées.

— Si je te le promets, tu me diras ton secret ?

— Promets.

— James.

Je commence à avoir peur. L'impression de sécurité du Jardin éternel s'est envolée.

— Nous sommes censés nous faire confiance. Nous devrions pouvoir tout nous dire. Alors, que se passe-t-il ?

— Je t'ai toujours soutenue.

— Je sais.

— Même si ton stage me met dans une situation délicate et risque de nous causer des problèmes si je finis comme mon père.

— Tu ne finiras pas comme lui.

— Je pourrais.

Son visage s'assombrit et quelques iris se penchent vers nous pour le réconforter.

— Nous ne savons pas ce que réserve l'avenir de la Cicatrice et qui prendra le pouvoir, reprend-il. Si la Cicatrice n'est pas en position de force, qui sait ce qu'il pourra se passer... Je refuse de laisser les Enclavés nous dicter leur loi.

Il se redresse et s'assoit.

— Et si... Et si j'avais trouvé un moyen de prendre nos précautions ?

Voilà. C'est ça, ce que j'ai senti entre nous, juste sous la surface. J'en suis certaine.

— Nos précautions contre quoi ?

— Contre la faiblesse.

Il guette une réaction sur mon visage, mais je ne sais pas de quoi il parle.

— Et si je pouvais te montrer un meilleur moyen de sauver la ville qu'en étant flic à Midcity ?

— James. Je *veux* être flic. Je *veux* travailler à Midcity.

Je suis tiraillée entre l'envie qu'il me dise tout et celle qu'il se taise.

— Je vais réaliser tous tes rêves, Mary Elizabeth, poursuit-il comme s'il ne m'avait pas entendue. Tu me crois ?

Il place sa main entre nous, la paume levée vers le ciel, et, soudain, ma peau commence à fredonner et ma tache de naissance à palpiter.

Une lueur bleutée s'élève au-dessus de sa main, entre nos torses, et reste suspendue là. Nous retenons nos souffles. James est totalement différent, comme s'il n'était pas de ce monde, et je ne l'ai jamais vu aussi heureux.

Tout à coup, je me souviens de l'explosion bleue de la Chute, de cette sensation de déchirure dans mon crâne, comme un éclair remontant du centre de la terre. La lueur devant moi y ressemble un peu, mais elle est plus douce et plus chaleureuse. Elle ne provoque nulle douleur ; elle évoque plutôt un ami qui me fait signe. Elle fait partie de moi, et elle est chaude, excitante. Elle a sa propre personnalité et veut la partager avec nous.

— Où l'as-tu trouvée ?

— Je ne peux pas te le dire.

— Je croyais que nous n'avions pas de secrets l'un pour l'autre.

— Bientôt. Aie confiance en moi.

— Confiance.

Confiance, répète un écho. *Fais-nous confiance.* La boule lumineuse commence à danser autour de nous et James la contemple avec l'intensité qu'il me réserve en temps normal.

— Mais, James… C'est…

— De la magie.

— Oui.

Avec un bruissement excité, la boule enfle jusqu'à atteindre la taille d'une petite pastèque, et quelques filaments s'en détachent. La lumière est de plus en plus bleue et vive.

— Elle veut que tu la prennes.

Parfois, des choses horribles me tombent dessus sans crier gare. Je n'ai pas du tout vu venir la Chute, par exemple ; la surprise a été totale. Mais je ne pressens pas forcément les bonnes choses non plus. Après la mort de ma famille, je n'aurais jamais pu imaginer que je rencontrerais James et que nous panserions nos plaies ensemble. La vie ne s'arrête jamais et, parfois, elle va trop vite. En ce moment précis, toutefois, mon estomac se tortille dans tous les sens comme une anguille hors de l'eau, et je sais, au plus profond de mon être, que cette lumière bleue est à la fois le début et la fin de tout. Je devrais interroger James et le contraindre à me dire où il l'a trouvée, ce qu'elle est et ce qu'elle veut dire, mais je n'ai pas du tout envie de le faire. Quelque chose me dit que sa réponse ne me plairait pas et m'obligerait à passer à l'action. En plus, James et moi nous faisons suffisamment confiance pour accepter que nous fassions des erreurs. Nous ne sommes pas obligés de tout nous dire. C'est une liberté que je ne veux pas perdre.

Je regarde la boule jusqu'à ce que je fasse partie d'elle, à tel point que je vois qu'elle n'est pas entièrement bleue : elle a aussi de petits filaments violets et verts et des touches dorées en son centre. Elle est vivante et elle tend ses doigts vers moi. Un instant après, elle plonge dans ma poitrine.

— *James*, dis-je dans un souffle.

Une certitude s'imprime dans mon esprit : quelque chose vient de prendre fin. Nouveau départ.

James me prend dans ses bras, et tous les souvenirs que nous avons partagés éclatent dans nos esprits.

Il passe son bras autour de moi pour la première fois.

Il me parle de son père.

Je lui parle de ma famille.

Nous nous efforçons de ne pas nous toucher. L'air entre nous est comme chargé d'électricité. Nous savons toujours précisément où se trouve l'autre. C'est comme si tous les atomes qui nous séparent estimaient que nous devrions toujours être en contact.

Et puis ça y est. Nos lèvres se touchent. Notre premier baiser manque de détruire le monde.

Mais nous ne prenons pas la fuite. Au contraire, nous fonçons l'un vers l'autre.

C'est ça, la confiance, dit la lumière. *Ouvrez-vous.*

Oui. Nous sommes prêts. Nos lèvres se sont déjà touchées des milliers de fois, mais c'est comme si nous avions des millions de nouveaux nerfs, que nous nous comprenions à la perfection, que nous pouvions prédire les mouvements l'un de l'autre. On dirait que nous n'avons plus du tout de corps et que nous ne sommes rien d'autre que cette lumière.

Les fleurs qui nous entourent se parent d'une cascade de couleurs éclatantes et iridescentes et dansent pour nous.

— Mary, réussit à articuler James, la voix rauque. C'est parfait. Tu es parfaite.

C'est cela, la vérité.

C'est comme l'amour.

Sept

Mally Saint est dans mon lit, auréolée de flammes. Ses lèvres articulent mon prénom. Sa peau a une teinte verte, ses yeux jaunes de reptile sont voilés. Elle va incendier les draps. Elle va tout incendier. Si elle approche encore, nous allons mourir, toutes les deux.

Pourtant, nous ne mourons pas. Ma température augmente un peu, c'est tout. Mally est si près de moi que je sens son souffle brûlant sur mes joues. Les flammes qui l'entourent lèchent ma peau.

— Ils vont tout prendre pour eux et il ne restera rien de toi. Il ne restera rien de personne.

Elle appuie son index contre ma poitrine. Il fend les muscles et les os, et je sens quelque chose se détacher en moi. Quand elle retire son bras, elle tient une masse palpitante dans son poing fermé, et le sang dégouline en ruisseaux noirâtres sur sa peau.

Je porte les mains à mon torse, cherchant du regard de quoi refermer la plaie béante et arrêter le saignement.

— Mary Elizabeth, dit Mally, mon cœur dans la main. Tu vas devoir choisir entre ta tête et ton cœur. Nous allons tous devoir choisir.

Le souffle coupé, je saisis son poignet. C'est donc cela, mourir. Il me reste tellement à accomplir, tellement de choses que je ne ferai jamais. Je veux appeler James, Ursula, mais je n'ai pas la force d'émettre le moindre son. Plus elle se rapproche, plus j'ai du mal à respirer. Son odeur porte une note sucrée de putréfaction.

— Tu es morte ?

Je ne suis pas certaine d'avoir utilisé ma voix pour l'interroger.

Elle place un doigt sur son menton et regarde en l'air, comme si la réponse était écrite au plafond, puis elle rapproche son visage du mien.

— Mon oiseau me manque. Est-ce que tu as vu Trublion, Mary Elizabeth ? Mary Elizabeth, tu m'entends ? Tu m'entends ? Mary Elizabeth ? *Mary Elizabeth ?* Mary Elizabeth ! Réveille-toi !

J'ouvre les yeux, aveuglée par une lumière blanche et crue, le crâne fendu par une migraine. L'espace d'un instant, j'ai l'impression d'avoir été kidnappée et je m'attends à être interrogée sous une ampoule solitaire. Puis je réalise que je me trouve dans ma chambre et que la figure à contre-jour, responsable de ma torture, n'est autre que Bella.

Bella, chez moi.

À tâtons, je cherche mon téléphone sur la table de chevet. Un verre d'eau à moitié plein, le livre sur la police scientifique que j'essaye de lire… Je distingue péniblement les chiffres sur mon écran.

— Six heures et demie ? Mais ça va pas ?!

Je ne sais même pas à quelle heure je suis rentrée hier soir… Ou ce matin, plutôt. Ça fait probablement deux heures grand maximum. La lumière. James.

— Bonjour, beauté, déclare Bella. Bienvenue dans la Cicatrice. Le temps est superbe, une fois de plus. Pas un nuage à l'horizon.

— Bella, comment as-tu trouvé mon adresse ?

— Élémentaire, ma chère.

Je la regarde en plissant les yeux, tentant vainement de voir ma chambre correctement.

— Je l'ai trouvée dans la base de données, soupire-t-elle.

— Non-respect de la vie privée.

— Ta tante m'a fait entrer. Elle est encore debout.

Mon écran est inondé de messages de James.

Je t'aime.

Puis : *J'ai quelque chose à faire aujourd'hui. On se voit après.*

Puis : *Passe une journée magique.* Avec trois émojis hilares et deux baguettes magiques.

L'odeur écœurante de Mally est toujours présente. J'ai envie de vomir. Constatant que mon torse est intact, je me laisse retomber sur l'oreiller. Mon cœur n'a pas été arraché et je ne suis pas pleine de lumière bleue. Je suis comme d'habitude : endolorie, grincheuse, potentiellement hantée.

Bella, en revanche, étincelle comme un rayon de soleil.

— Ouah ! s'exclame-t-elle après avoir remonté les stores. Quelle vue magnifique ! Tu réalises la chance que tu as ? Ta chambre donne directement sur le lac Miracle. Je ne vois rien du tout depuis ma fenêtre, à part mes voisins. Et, crois-moi, ce n'est pas plaisant à voir.

— Baisse les stores, espèce de monstre !

Elle m'ignore royalement. J'aurais aussi bien pu ne pas ouvrir la bouche. Elle est trop occupée à contempler le lac Miracle. Tee-shirt et pantalon taille haute à bretelles, maquillage discret, cheveux relevés en un chignon négligé… Je suis prête à parier qu'il lui a fallu une heure pour se préparer, et pourtant elle est pétillante et adorable dans ma chambre, alors qu'il n'est même pas sept heures du matin.

— Tu étais ici, lors de la Chute ? Ça s'est passé juste devant ta fenêtre. Tu as tout vu ?

Elle n'est que curiosité et enthousiasme. J'ai dû faire quelque chose de très, très mauvais pour mériter un sort pareil.

— J'ai tout vu, oui.

Je secoue la tête pour en chasser le souvenir.

— Bella, je vais reformuler ma question : que fais-tu chez moi ?

Elle semble réfléchir.

— Eh bien… Nous travaillons ensemble. Nous avons une enquête à mener. Tu n'as répondu à aucun de mes messages. Par conséquent, je n'avais pas le choix, je devais venir te voir. D'après ton dossier, tu es libre quasiment toute la journée, ce qui est une excellente nouvelle. Nous n'avons pas de temps à perdre. Nous devons trouver Mally, aujourd'hui, de préférence. Allez ! En route !

— C'est vrai. Mais je croyais qu'on se retrouverait après les cours. *Au poste.*

— Oui… Cependant…

Elle bondit sur mon lit et s'installe, les jambes croisées.

— Je vais essayer de parler à ces trois filles pendant que tu seras en maths. Ce qui me rappelle que j'ai fait tes devoirs. Comme ça, tu n'auras pas besoin de t'en occuper et nous pourrons nous concentrer sur l'enquête.

Elle tire quelques papiers de sa sacoche en cuir.

— Tu as fait mes…

— Je suis une as de l'informatique, tu sais ! J'ai trouvé les exercices sur le portail du lycée. Ils sont super faciles, ça n'a pas été un problème.

— Euh… Merci ?

— Je ne sais pas ce que tu en penses, mais Mally ayant disparu depuis trois jours, il est très improbable qu'elle réapparaisse par ses propres moyens. Chaque minute compte.

— Je veux interroger Flora, Pâquerette et Pimprenelle avec toi.

— Je ne crois pas que ce soit une bonne idée. Tu fais partie de leurs pairs. Avec moi, elles n'auront pas de parti pris. J'ai déjà vérifié : Mally n'a pas utilisé ses cartes de crédit, ni sa carte de transport. Elle n'a été vue nulle part et n'est pas allée rendre visite à des membres de sa famille hors de la ville. Bref, il y a une vie en jeu, et nous devrions nous activer. Nous devons envisager toutes les possibilités et discuter de notre stratégie. Et, bien sûr, si elle est morte…

— Elle est vivante.

Le nez de Bella frémit légèrement, et elle s'interrompt, le temps de me dévisager.

— Je n'ai jamais dit qu'elle ne l'était pas, mais nous devons envisager cette possibilité-là aussi. Nous connaissons toutes les deux les statistiques après les premières quarante-huit heures et elles ne jouent pas en notre faveur.

— J'ai fait un rêve.

— Un *rêve ?*

— Oui, j'ai rêvé de Mally. C'est ma Trace, les rêves. Elle est vivante et je le sais parce qu'elle me l'a dit.

— Oh, fait Bella en s'affalant à côté de moi. Tu es magicaliste, alors ?

Son audace et sa sincérité me prennent au dépourvu. Il n'y a rien de plus personnel que d'interroger un Héritier sur sa relation à la magie, et on peut facilement blesser quelqu'un en supposant qu'il appartient à telle ou telle faction. Les magicalistes sont des extrémistes, les amagicalistes vivent dans le déni et l'immoralité (et l'extrémisme, eux aussi), et les naturalistes sont considérés comme des ménagères quadragénaires, risibles, dénuées d'importance et pleines d'idées embrouillées. Quelle que soit votre opinion, vous ne reliez jamais quelqu'un à l'une ou l'autre de ces factions. Pourtant, Bella vient de le faire en toute innocence.

— Je n'aime pas les étiquettes, rétorqué-je. Et je trouve que les magicalistes manquent de finesse.

Ils provoquent des émeutes, sèment le désordre et s'en prennent à la ville parce qu'ils pensent que la mairie nous cache la magie et a, on ne sait comment, provoqué la Grande Mort.

— Et toi ?

Si elle veut que nous ayons cette conversation, ce sera donnant donnant.

— Je ne sais pas. Je crois ce que je vois. Je ne comprends pas l'intérêt d'être amagicaliste. La magie a bel et bien existé, nous le savons. Même s'il est ironique de voir qu'il n'en reste que cette météo digne de la côte ouest et des cumulus qui réagissent à la pensée.

Mais ce n'est pas tout, n'est-ce pas ? Il en reste aussi ce que James m'a montré hier, quoi que ça puisse être. Je pense à la lumière bleue, à son bruissement, à la sensation d'être enfin vivante. Je comprends que les gens qui ont autrefois vécu ça veuillent le retrouver, surtout s'ils estiment que c'est leur droit. Je comprends que les magicalistes soient furieux.

— Que tu croies aux Traces ou non, j'ai rêvé de Mally cette nuit. Ça n'arrive pas souvent, mais parfois je fais un rêve qui n'en est pas vraiment un, et, même s'il a l'air insensé, il s'y trouve toujours quelque chose d'important.

— D'accord. Supposons que ton rêve était une vision ou un message. Elle t'a dit autre chose ?

Bella me regarde, le sourcil arqué. Je commence à me rendre compte que c'est l'expression qu'elle arbore le plus souvent. Jusqu'à maintenant, je l'ai vue arquer un sourcil quand elle fait quelque chose qu'elle n'est pas censée faire, quand elle taquine quelqu'un et quand elle ne croit pas vraiment ce qu'elle dit.

— Non.

J'entends le bruit épouvantable de mon cœur qu'on retire de ma cage thoracique et je suis obligée de me concentrer sur ma chambre pour ne pas paniquer.

— Si. Elle m'a dit que son oiseau lui manquait.

Tu vas devoir choisir entre ta tête et ton cœur, Mary Elizabeth. Un frisson me parcourt l'échine.

— Pas très utile, comme rêve, à mon avis.

— Tu sais quoi, Bella ? Tu peux juste…

Elle pose la tête sur l'oreiller à côté de moi, exactement comme si nous étions en pleine pyjama party. Cette fille n'a aucune limite.

— Quoi d'autre, alors ? Tu as des idées ?

J'observe son profil en me disant qu'il serait si simple de l'étouffer. Ça me semble être la seule chose capable de soigner son optimisme délirant. Puis, avec un long soupir, je baisse les bras. Après tout, nous faisons équipe, que je le veuille ou non. À la longue, je finirai par supporter son regard pétillant. Même si ce ne sera pas facile.

— J'ai discuté avec Dally Star. Tu sais, c'est le propriétaire du Pays des Merveilles.

— Oui, je vois qui c'est. Mais je ne suis jamais allée au Pays des Merveilles, par contre. Ce n'est pas trop mon truc.

J'essaye d'imaginer Bella en train de se déchaîner sur du rock alternatif, le samedi soir, ou de jouer au flipper-croquet. Rien ne me vient. C'est inimaginable.

— Ça ne m'étonne pas.

— Alors, qu'est-ce qu'il a dit ?

— Que Mally est partie du Pays des Merveilles toute seule lundi.

— Bien. Il nous faut les vidéos des caméras de surveillance pour le prouver.

— Oui, j'allais demander…

— Je vais m'en occuper aujourd'hui ! s'exclame-t-elle en bondissant de mon lit. Allez, viens !

Une odeur de café envahit lentement la chambre. Gia en prépare chaque matin. Il est temps de m'habiller. J'enfile un tee-shirt noir – Bella détourne le regard en rougissant – et mon jean, et glisse mon badge dans une poche. Mon réveil sonne au moment où j'attrape mes bottines. Tout ne va pas si mal, finalement. Je devrais me lever à cette heure-ci, de toute façon, et c'est la première fois que j'ai vraiment l'impression d'être flic. Certes, je vais devoir endurer un cours de maths et un cours d'histoire, mais après, pour la première fois, je travaillerai pour de vrai sur une véritable affaire.

Bella se tient juste devant une photo de mes parents, ma sœur Mirana et moi dans ce qui était autrefois la forêt enchantée.

— C'est ta famille ?

— Oui. C'était.

Elle hoche la tête. Dans la Cicatrice, quasiment tout le monde a déjà perdu un proche. Mieux vaut ne pas commenter la chose à chaque fois. Nous avons tous appris à vivre avec.

En prenant ma veste et mon écharpe dans l'armoire, je vois que Bella examine la pièce du regard et en mémorise le moindre détail. Un drapeau Héritier avec un cœur noir est suspendu au-dessus du lit, lui-même recouvert de draps noirs. À part ça et deux photos de ma famille, il y a seulement une carte de la Cicatrice et une photo plus grande, encadrée, de moi avec la cheffe et la maire Triton à la conférence de presse, quand j'avais sept ans. Mes vêtements, peu nombreux, sont soigneusement suspendus dans une petite armoire et mes bijoux sont entassés dans une coupelle sur la commode. Un vieux miroir fatigué, que ma mère a acheté à l'époque des miroirs magiques, renvoie un reflet légèrement déformé de la pièce et un tapis noir à poils longs recouvre le sol. Près de la porte, cinq paires de bottines noires sont alignées les unes à côté des autres, toutes dans une pointure et un état d'usure différents.

— Je te laisse quelques instants, dit Bella.

Bien que la Cicatrice soit pleine de skateurs, et les rues de gens qui traînent torse nu et en tongs, je privilégie toujours le même uniforme. Il me permet de m'adapter à la météo, où que je sois en ville, et de quitter mon appartement rapidement. Un tee-shirt, un jean noir, des bottines et mon ras-de-cou avec cinq cœurs en argent qui retombent sur mon sternum. J'enfile aussi mes bracelets en cuir, puis j'attrape mon sac à dos, et je fourre ma veste et mon parapluie dedans, avant d'envoyer un message à James pour lui dire de ne pas passer me chercher ce matin. Je ne suis pas encore prête à lui parler de Bella, et je ne sais pas ce qu'il pourrait se passer si elle devait faire le trajet jusqu'au lycée avec Mouche et Ursula.

— J'ai fait connaissance avec ta coéquipière, déclare Gia quand j'émerge de ma chambre.

Vêtue de son pyjama orange et rouge, les cheveux divisés en deux couettes, elle s'apprête à aller se coucher.

— Super, dis-je.

Je lui tends ma tasse pour qu'elle la remplisse et je bois aussitôt une gorgée.

— Un peu de café, ma chérie ? demande-t-elle à Bella.

Bella accepte et repère le sucre, le lait et une petite cuillère. Gia bâille bruyamment.

— Désolée, dit-elle. La nuit a été chargée, à l'autre bout de la planète. Quant à toi, jeune fille, il nous faudra peut-être rétablir le couvre-feu si tu rentres aussi tard.

Je n'ai aucun souvenir de mon retour à la maison, mais il n'est pas question de lui en demander plus. Si elle apprend que je ne me souviens de rien, elle va tellement paniquer que je ne pourrai plus jamais mettre un pied dehors.

— On n'a pas vu le temps passer, James et moi. On était au Jardin éternel.

— Au moins, tu étais en lieu sûr, dit Gia en s'installant devant la petite table en bois de la cuisine.

Elle est moins stressée au sujet de James qu'auparavant. Avec les années, elle a compris qu'il n'est pas quelqu'un de mauvais, comme son père, et que ma sécurité est sa priorité absolue.

Malgré cela, sa paranoïa va forcément se réactiver quand elle apprendra que Mally a disparu. Perdre sa sœur jumelle aux mains d'un meurtrier a ce genre d'effet sur les gens.

Bella boit une gorgée de café et en hume la fumée en connaisseuse.

— Il est délicieux. Merci.

— De rien. Mary Elizabeth, n'oublie pas que tu as des devoirs de maths et que nous avons un accord : le lycée avant tout.

Bella me fait un clin d'œil et je dois retenir un grognement.

— Et il y a une réunion ce soir, ajoute Gia avec fierté. De naturalistes.

— Ah, fait Bella.

— Nous nous occuperons de nos incantations et tout le toutim, donc rentre simplement dans ta chambre si tu ne veux pas rejoindre le cercle.

Je jette un coup d'œil à Bella, qui a l'air amusée.

— Oui. Que ferais-je sans toi, Tata Gia ?

Je connais très bien la réponse à ma question : je périrais probablement dans un coin, comme tous ces gens. Gia est ma famille et je l'aime, même si elle gagne sa vie en vendant du maquillage de la Cicatrice dans le monde entier par téléphone, une activité qui paraît douteuse dans le meilleur des cas. C'est pour ça qu'elle reste éveillée toute la nuit et va se coucher quand je pars au lycée le matin.

J'attrape un pancake sur un plateau, au centre de la table, et le dévore tout en remplissant mon mug thermos d'une dose généreuse de café bien chaud.

— Allez, on y va, dis-je. Bella, tu peux venir au lycée avec moi, mais dès que nous aurons passé les portes, tu seras toute seule. Je te retrouve chez Mally cette après-midi, d'accord ?

— Bien sûr. Je ne te verrai même pas dans les couloirs, promis.

— C'est parfait. Ignore-moi.

— Ça m'a fait plaisir de te voir, ma chérie, lance Gia avant de refermer la porte derrière nous. Et j'ai été ravie de vous rencontrer, Bella !

Huit

Sur les 1 500 élèves qui fréquentent Monarch High, non seulement c'est avec Lucas et Katy que j'ai cours d'histoire de la magie, mais par-dessus le marché je suis dans le même groupe de discussion qu'eux. L'univers m'en veut, ça ne fait pas le moindre doute.

Déjà que les Enclavés se multiplient dans la Cicatrice et sont de plus en plus nombreux au lycée au fur et à mesure que leurs parents s'installent dans des immeubles flambant neuf sur les rives du lac… On pourrait croire qu'être infiltrés par un tas de crâneurs riches et élitistes suffirait. Mais non, il y a pire encore : dès qu'ils ouvrent la bouche, ils profèrent des immondices. En plus, ce sont des brutes. Ils sont vraiment exécrables, c'est impressionnant. Certains d'entre eux ne sont pas méchants, je suppose, mais ils veulent tellement être des Héritiers qu'ils essayent de s'habiller comme nous et vont parfois jusqu'à se faire tatouer de fausses taches de naissance, qu'ils dissimulent à leurs parents. Pourtant, ils ne seront jamais des Héritiers. Ce sont des Enclavés des beaux quartiers et ce seront toujours des Enclavés.

Au moins, Ursula est avec moi en histoire de la magie. Elle a placé sa chaise près de la mienne afin de pouvoir me prêter main-forte en cas de besoin, même si elle est dans un autre groupe. Elle est en plein accord commercial et je la vois glisser un devoir d'histoire à une pauvre âme infortunée. Ursula peut se procurer n'importe quoi, pour n'importe qui. Même si les Enclavés la rendent aussi folle que moi, elle ne refusera pas de pactiser avec eux s'ils sont prêts à y mettre le prix. Comme ils sont les plus riches, elle interagit beaucoup plus avec eux que je ne le fais. Autre conséquence : ils lui témoignent un certain respect.

Tout au long du cours, nous nous envoyons des messages et des mèmes en pianotant sur nos téléphones sous la table. De temps en temps, elle me transfère des photos compromettantes qu'elle a prises. M. Iago aime tellement son cours qu'il ne se rend compte de rien.

— Aujourd'hui, nous allons aborder les émeutes de Midcity, annonce-t-il en tapant dans ses mains.

Tous les Héritiers commencent à échanger entre eux et le brouhaha s'intensifie.

— Pourquoi faut-il que littéralement tout tourne autour de la magie et de vos précieux pouvoirs qui n'existent même plus ? Quelle importance ? demande Katy.

Sa queue-de-cheval s'agite comme la queue d'un véritable cheval qui serait de mauvais poil.

— Bonne question, déclare Lucas Attenborough en croisant les bras.

— Le cours s'intitule « Histoire de la magie à Monarch ». Les Héritiers sont les descendants des gens qui avaient des pouvoirs magiques. De quoi d'autre pourrait-on parler ?

Ursula est probablement la personne la plus vaniteuse que j'aie jamais rencontrée. Elle est grande, elle est forte, et elle n'hésite pas à bondir sur ses pieds et à prendre position quand quelque chose lui tient à cœur. Et c'est exactement ce qui est en train de se passer.

— Ursula, pouvons-nous avoir votre attention ? demande M. Iago.

— Bien sûr, répond-elle en battant des cils avant de se rasseoir.

— Excellent. Comme vous le savez, le treizième anniversaire de la marche sur Midcity approche et beaucoup auront une opinion sur beaucoup de choses. Moi, je ne m'intéresse pas à leurs opinions mais à ce que vous avez à dire, vous. Était-ce une bonne idée, d'organiser cette marche ? A-t-elle réussi à faire évoluer les mentalités en ville ?

Personne ne dit rien. Il me fait presque de la peine. Le soir, une fois rentré chez lui, il arrose probablement sa plante verte et pleure dans son oreiller parce qu'il a affaire à nous toute la journée.

— Miss Heart ?

Mince. Il a dû deviner que j'ai pensé quelque chose de gentil.

— Euh…

Je le regarde, puis je regarde Ursula, qui hausse les épaules.

— C'était plutôt une bonne idée ? tenté-je.

J'ai bien quelques vagues notions sur la marche. Je sais que Tante Gia y est allée avec ma mère, mon père et Mirana, tandis que je suis restée à la maison avec Mamie et Papi. C'était avant qu'ils ne partent pour la Californie, tellement ils étaient bouleversés. Gia pense que c'était important et parle toujours de tous les grands musiciens qui étaient là. Ils essayaient de faire revenir la magie ou quelque chose du genre. En y réfléchissant, toutefois, je dois avouer que je ne sais pas vraiment de quoi il s'agissait, en partie parce que j'étais avec James hier soir et que je n'ai même pas songé à faire mes devoirs, et en partie parce qu'il m'est difficile d'imaginer les gens se battre pour quelque chose dans les rues. Aujourd'hui, tout est imprégné d'une hostilité discrète et perfide, et nos efforts semblent vains.

— Je peux répondre à la question, dit Lucas, qui adore monter à la tribune pour critiquer les Héritiers. C'était une idée désastreuse, cette marche. Les manifestants ont coûté des centaines de milliers de dollars à Monarch City. Ils se sont comportés comme des Héritiers typiques : ils ont pillé, volé et tout ravagé. Et pour accomplir quoi ? Rien. La magie est toujours morte et leurs théories complotistes débiles sur le gouvernement ne valent rien.

— Eh bien…

M. Iago choisit visiblement ses mots.

— Je vois ce que vous voulez dire, Lucas, même si je pourrais souligner qu'ils avaient de bonnes intentions et étaient scandalisés, à juste titre, par le traitement des citoyens de la Cicatrice après la Grande Mort. La disparition de la magie a rendu toute cette partie de la ville quelque peu absurde et le gouvernement a simplement tout laissé tomber en ruine. Nous avions besoin de nouvelles infrastructures. Par exemple, il n'était plus possible de faire disparaître ses déchets, il fallait que des éboueurs passent ramasser les poubelles.

Il remonte ses lunettes sur son nez et elles retombent aussitôt. Il est en nage. C'est probablement un sujet délicat pour lui aussi, d'autant plus qu'il est Héritier. Toute cette histoire est explosive et le lycée est censé rester neutre.

— Ils avaient besoin d'attirer l'attention sur ce qu'il leur arrivait, ne croyez-vous pas ? reprend-il.

— Les Héritiers ont fait n'importe quoi après la Grande Mort, déclare Kathy en croisant les bras. Ils ont volé et menti. Ma mère dit toujours que si on se comporte comme une ordure, on se fait traiter comme une ordure.

— Oh, elle dit ça, vraiment ? s'exclame Ursula, prête à se relever. Je suis curieuse… Comment ta mère gagne-t-elle sa vie, déjà ?

Elle se tapote le menton du doigt.

— Oh, ça me revient. Elle ne gagne *pas* sa vie. Elle se fait faire des manucures et passe le week-end dans un spa tandis que ce quartier dépérit à cause de tous vos nouveaux commerces. Vous n'êtes que des petites tiques agaçantes.

— Espèce de ratée, chuchote Lucas. La magie est morte. Résigne-toi.

Ursula sourit, puis elle lui arrache un cheveu et le glisse dans son décolleté.

— Tous les moyens sont bons pour parvenir à ses fins, tu sais. Fais attention, ou je t'ajoute à ma liste noire.

— Sale sorcière, souffle Lucas, blême, juste assez fort pour que nous l'entendions.

— Tu réveilles toujours des envies de meurtre en moi, Lucas. C'est viscéral, dis-je.

Il me regarde comme s'il me voyait pour la première fois alors que nous sommes assis l'un devant l'autre depuis quasiment vingt minutes.

— Tu n'es pas flic, toi ?

— Ouais, confirme Katy. Tu devrais protéger les citoyens, non ?

— Je suis stagiaire. Ça veut dire que je peux faire ce que je veux.

Ce n'est pas vrai, bien sûr. Si j'étais impliquée dans une bagarre, mon stage prendrait brutalement fin.

— Ça suffit, ça suffit, intervient M. Iago. Mary Elizabeth, Lucas et les autres, j'aimerais vous rappeler que ce cours est un endroit sûr et que nous acceptons tous les points de vue. C'est ce que nous nous efforçons de faire en étudiant notre histoire riche et complexe. Des erreurs se sont-elles produites ? Comment pourrons-nous les éviter à l'avenir ? L'avenir étant, bien entendu… euh… maintenant.

Il se racle la gorge.

— Nous pouvons tous tomber d'accord sur le fait que la marche pour la magie ne s'est pas déroulée comme prévu ; toutefois, son objectif d'origine, sa motivation étaient pertinents.

— En quoi ? proteste Lucas. En quoi un tas de débiles qui volent des télés peut-il faire avancer les choses ?

— C'est arrivé après, explique Ursula. Après que la ville a lancé les lacrymogènes. Et c'était un de leurs grands magasins. C'était une déclaration politique. Personne ne voulait que ça se passe comme ça. Ma mère était là. Elle dit que c'était le chaos et que les gens sont juste devenus fous.

Lucas ne se laisse pas intimider. Il a plus d'argent que n'importe qui d'autre et n'a pas besoin d'Ursula.

— L'idée de la marche était plutôt simple, reprend M. Iago d'une voix plus forte pour couvrir les chuchotements qui fusent dans la salle. Même après la Grande Mort, les nouveau-nés portaient la marque des Héritiers, un symbole crucial pour les habitants de la Cicatrice. Cela voulait dire que l'héritage de la magie subsistait chez leurs enfants et qu'il y avait peut-être une chance pour qu'elle revienne. Ils avaient été abandonnés, vous comprenez, et une communauté autrefois florissante était en ruine. Tous les magasins avaient baissé le rideau. Vous connaissez la suite. Pour la génération précédente, la magie et son héritage donnaient du sens à l'existence. Après, les Héritiers étaient encore là, mais leur raison d'être en l'absence de la magie est devenue quelque peu mystérieuse.

— Ils ont juste besoin de quelque chose pour les fertiliser, dis-je.

Je répète simplement ce que Tante Gia et les naturalistes déclarent à tout va. Le silence se fait et je réalise que j'aurais dû garder ça pour moi. Tout le monde me dévisage comme si je devais continuer.

— Si la marque est toujours là, le potentiel magique est là aussi… Ils ont juste besoin… d'une étincelle, ou de quelque chose de ce genre…

Je pense à la lumière bleue.

— C'est le désespoir qui parle, rétorque Katy. Si c'était vrai, on s'en serait rendu compte, depuis le temps.

— De toute façon, toute cette histoire de magie était probablement un canular, déclare Lucas.

— Lucas, dis-je, tu peux décider d'être un idiot, ça ne regarde que toi, mais tu insultes les gens présents dans cette pièce. Certaines familles ont fait énormément de sacrifices après la Mort de la magie.

— Du calme, intervient de nouveau M. Iago. Nous sommes sur un terrain neutre. J'aime beaucoup le dialogue socratique, mais ne nous emportons pas.

— Je pense que M. Iago essaye de dire que ton besoin de te confronter à moi n'est, au fond, qu'une histoire d'attraction et de tension sexuelle, répond Lucas en bâillant.

— Euh, non, bégaye M. Iago, ce n'est pas ce que j'essaye de dire.

— Et si tu n'avais pas cette tache ignoble et n'étais pas plate comme une planche à découper, je pourrais bien envisager de te libérer de toute cette tension, poursuit Lucas en se penchant vers moi.

— Ça suffit ! s'exclame Ursula en bondissant sur ses pieds. Toi et moi, abruti. On va voir si tu as plus de consistance qu'une méduse.

— Ce ne sera pas nécessaire. J'ai bien peur que Lucas ne doive s'absenter.

Une voix à la fois sirupeuse et menaçante vient de résonner dans la salle, et tous les élèves se figent en découvrant la figure apparue à la porte. Lucas, lui, pâlit à vue d'œil.

Fascinée, Ursula observe Kyle Attenborough, père de Lucas et magnat des affaires contrôlant tous les nouveaux projets immobiliers de Monarch, spécialement les tours de grand standing qui poussent comme des champignons dans la Cicatrice. Nous avons l'habitude de voir son visage sur les bus et les murs des gares, dans des tas de communications annonçant une multitude de nouveaux emplois pour les habitants de la Cicatrice, mais le rencontrer en chair et en os, c'est autre chose. Il est très digne, d'accord, mais il a l'air… dangereux, peut-être. Et un peu plus petit que sur les photos. Le matin, Lucas arrive en limousine, et on ne distingue jamais son père, qui semble réduit à une ombre. C'est la première fois que je le vois en personne, et ça me fait mal, mais je dois avouer qu'il est impressionnant.

— C'est parfait, déclare Ursula sans le perdre des yeux. Papa est là, Lucas. Il va peut-être pouvoir t'apprendre les bonnes manières.

Avec une assurance sans faille, Kyle Attenborough la détaille de la tête aux pieds et laisse ses yeux s'attarder sur sa tache de naissance.

— Lucas, tu me présentes ton amie ? finit-il par dire. Vous aviez l'air en pleine discussion.

— Elle ? Non. Elle n'en vaut pas la peine.

— Tu es sûr ?

— Absolument.

M. Iago tente pitoyablement de traverser la salle. Ses habits se prennent au coin des meubles, il trébuche sur les pieds des tables. Quand il arrive enfin à destination, il tend la main, et Kyle Attenborough l'étudie, lui aussi, un peu trop longtemps avant de la serrer. Il est tellement mince qu'on pourrait presque oublier la puissance qu'il dégage, mais je devine les muscles sous le tissu de son pantalon, et son torse et ses bras sont secs et bombés.

— Un imprévu, explique-t-il. Un problème familial. Lucas doit rentrer immédiatement.

— Il faudra signer une déclaration auprès du surveillant, bien entendu, répond M. Iago.

— Bien entendu, confirme Kyle Attenborough avec un sourire indulgent. Je suis ravi de rencontrer l'un des enseignants de Lucas. Voici ma carte. Le numéro indiqué est celui de mon téléphone personnel. N'hésitez pas à m'appeler au moindre problème. Mon garçon peut être un peu turbulent, je fais de mon mieux pour le cadrer.

— Papa…

Ursula laisse échapper un petit rire amusé et Lucas lui fait un doigt d'honneur, à l'insu des deux adultes.

— Veuillez m'excuser pour cette interruption, reprend son père avec un demi-sourire à l'attention de la classe entière.

Puis il fait demi-tour pour s'en aller, non sans de nouveau poser les yeux sur Ursula, qui affronte son regard déconcertant sans ciller.

— Je suis certain que vous reprendrez le cours dans le calme et qu'il sera inutile de mettre à exécution les menaces contre mon fils, qui étaient sûrement méritées.

Une espèce de sourire se dessine sur les lèvres d'Ursula. Puis, en un instant, Kyle Attenborough disparaît, et Lucas avec lui.

— Je n'arrive pas à croire que M. Attenborough soit venu au lycée ! s'exclame Katy dès que la porte est refermée. Il est incroyable. Il va faire renaître Monarch ! Je vais tout le temps chez eux. Il m'a même invitée à passer les vacances avec eux.

— C'est le salaud qui a expulsé ma grand-mère, proteste Stone. On devrait lui mettre des coups de pied aux fesses, pas lui lécher les bottes.

— Je le trouve assez fascinant, dit Ursula. Qui d'autre aurait débarqué dans la Cicatrice et pris le contrôle comme il l'a fait ?

M. Iago toussote et lève une main pour rétablir le silence.

— Eh bien, euh, je crois que ça suffit pour aujourd'hui… Pour demain, demandez à vos proches où ils étaient durant les émeutes, que vous soyez Héritiers ou non. Ils s'en souviennent.

Inutile. Je le sais déjà : Tante Gia était au cœur de l'action, à brandir des pancartes et à essayer de convertir tout le monde sur son passage. La Cicatrice devait rester la Cicatrice jusqu'au retour de la magie, puis elle reprendrait son ancien nom, la Merveille. En attendant, après avoir passé des années à faire le bien et à exaucer les vœux, ses habitants méritaient un peu de soutien de la part du gouvernement, qui les avait utilisés, puis abandonnés.

— N'êtes-vous pas censée filer sauver le monde, madame la gardienne de la paix ? me demande Ursula.

Je jette un coup d'œil à ma montre et constate qu'elle a raison.

— Ça va aller, toi ?

— Tu sais quoi ? Je ne suis pas d'humeur à gaspiller ma journée avec ces bambins et j'en ai marre du lycée. Je vais rentrer voir ma mère.

La mère d'Ursula est malade et alitée. Sa petite sœur – qu'Ursula aime de tout son cœur – reste avec elle, mais la situation n'est pas terrible et Ursula le sait très bien. C'est pour cela qu'elle dit toujours qu'elle a besoin de gagner énormément d'argent. Elle économise pour poursuivre ses études, pour que Morgana aussi puisse aller à l'école et pour que leur mère reçoive des soins adaptés.

— Tu as un cours de maths cette après-midi, lui rappelé-je.

— Et alors ? rétorque-t-elle en montrant son bloc-notes noir. Je sais tout sur les maths. Sur les maths dont j'ai besoin, en tout cas.

Parfois, Ursula m'inquiète. Comme maintenant, par exemple.

Quand nous sortons de la station de métro, le temps est splendide, comme d'habitude. Même s'il ne fait pas tout à fait assez chaud pour une séance de bronzette, la météo reste l'un des principaux attraits de la Cicatrice et l'une des raisons pour lesquelles les gens sont prêts à se battre pour y vivre. Il n'y a pas un nuage et le soleil éclaire joyeusement notre gros carré de dix pâtés d'immeubles sur dix.

— *Arf*, fait Ursula en tapotant ses cheveux blonds. Est-ce qu'on peut avoir un peu de vent ? Des feuilles mortes ? De la neige ? Ou, encore mieux, des températures suffisantes pour plonger dans le lac Miracle ?

— Ursula !

Le lac est mortellement dangereux. Juste après la Chute, tout le monde a pensé qu'il représentait peut-être une bénédiction, même si ses eaux sont tellement sombres qu'elles paraissent noires. Ce n'est que lorsque des baigneurs n'ont jamais refait surface que la mairie et les habitants ont réalisé qu'elles sont en réalité un poison mortel. Maintenant, il est entouré de panneaux d'avertissement.

Quant à la météo, mieux vaut ne pas trop y penser et simplement se réjouir du fait qu'elle n'ait pas totalement détruit l'écosystème en restant la même depuis treize ans. Malgré les inquiétudes de la communauté scientifique, les plantes s'en sortent bien et nos ressources en eau ne s'amenuisent pas.

À mes pieds, une brochure tout abîmée décrit les vertus d'un groupe de soutien.

La première étape consiste à reconnaître que vous êtes accro à la magie.
La deuxième étape consiste à reconnaître que la magie est morte.
Rejoignez-nous ! La liberté est tout près.
Rencontre amagicaliste : église Beaupétale, les mardis à 19 h 00

Tante Gia déteste les amagicalistes. On dirait qu'elle les insulte rien qu'en prononçant leur nom. Elle pense que nier la magie revient à nier la vie elle-même. Les grands noms du naturalisme se réunissent chez nous deux fois par semaine pour discuter des manières dont ils pourraient déclencher suffisamment de vibrations pour faire revenir la magie, puis ils organisent des cérémonies simultanées à plusieurs endroits, dans l'espoir qu'il se passe quelque chose. Ils sont convaincus qu'il suffit d'être assez nombreux à vouloir la même chose. Ils ne sont pas comme les magicalistes, qui seraient prêts à tout pour le retour de la magie.

— Achetez vos couronnes de fleurs, déclame un homme au torse orné de rubans. Devenez la princesse que vous avez toujours voulu être. Pantoufles de verre, deux dollars la paire, aujourd'hui seulement.

Il manque tellement d'enthousiasme qu'il pourrait aussi bien vendre des cotons-tiges.

Sur notre chemin, nous passons devant un magasin proposant du lait et quelques fruits et légumes à la limite de la pourriture. On distingue encore les mots « ENTREZ POUR RÉALISER VOS VŒUX » en lettres délavées sur la devanture. Les propriétaires, un homme et une femme âgés, nous saluent de la main. Le dos courbé, ils attendent dans la boutique, vêtus de robes pailletées qui ont dû autrefois être scintillantes et qui ne sont plus, aujourd'hui, que de tristes chiffons trop voyants.

— Un jour, je leur achèterai un poney, grommelle Ursula. C'est injuste.

— Vous avez un peu de monnaie ? demande un homme marchant avec une canne. J'ai perdu ma maison, mon emploi, ma femme. Quelques dollars, n'importe quoi, ce serait d'une grande aide…

— Arrête-toi là, mon pote ! s'exclame Ursula en brandissant sa bombe lacrymogène. Pas un geste !

— Il veut juste un peu d'argent, Urs. Il ne va pas nous faire de mal.

Je tends un dollar au pauvre homme. Ursula reste sur ses gardes, refusant de baisser son spray.

Quand nous arrivons, je sonne à l'interphone et Gia nous ouvre la porte de l'immeuble. Elle se penche à la fenêtre au-dessus de la cour, ses cheveux orange et sa grande robe hawaïenne flottant autour d'elle.

— Bon début de journée, les filles !

— La journée est déjà bien entamée, Tata Gia, répond Ursula en souriant.

— Pour moi, elle ne fait que commencer. Je bois tout juste mon thé. Ursula, ne devrais-tu pas être au lycée ? Tu ne fais pas partie du programme de cours regroupés sur la matinée, n'est-ce pas ?

— Non, avoue Ursula sans la moindre gêne. Mais si je ne suis pas Mary comme son ombre, je ne la vois plus du tout, maintenant qu'elle a son stage.

Une fenêtre s'ouvre au deuxième étage, et Art, un de mes voisins, nous regarde d'un air grincheux.

— Oh, c'est vous.

— Salut, Art ! s'écrie Ursula. Tu es très élégant, aujourd'hui.

Il baisse les yeux sur son tee-shirt blanc sale et agite la main pour la faire taire.

— Les compliments, c'est pour les idiots. Pouvez-vous baisser d'un ton et laisser un vieil homme faire la sieste ?

Art était le meilleur paysagiste de la ville, dans le temps. Il pouvait faire pousser un parterre de fleurs ou un verger d'un geste : baies et bardanes, roses et reliefs, saules majestueux et trembles chatoyants. Si vous pouviez en rêver, il pouvait le créer, et le résultat allait toujours au-delà de vos espérances. À présent, il passe le plus clair de son temps à dormir. De temps à autre, il se plaint en regardant tristement ses mains qui ne servent plus à rien. Il n'y a pas grand-chose d'autre à faire.

C'est la maire Triton qui a commencé à verser des allocations aux Héritiers après la marche pour la magie. Il fallait maintenir la paix, faire en sorte qu'ils se tiennent tranquilles. Après tout, elle ne voulait surtout pas d'une nouvelle émeute. L'argent est tout juste suffisant pour survivre, mais, pour les gens comme Art, c'est déjà ça.

— Chut, fait Gia en portant le doigt à ses lèvres. Ne parlez pas si fort. Art essaye de se reposer.

Art claque la fenêtre en grommelant et disparaît dans son appartement.

Ursula et moi nous tassons dans l'ascenseur de cuivre et de verre. En réalité, on monte beaucoup plus vite en prenant l'escalier. L'ascenseur est aussi vieux que le bâtiment, qui va sur ses cent cinquante ans. Lors de sa construction, personne ne pouvait imaginer qu'il serait un jour situé pile au bon endroit devant le lac : c'était juste un immeuble d'habitation de quatre étages destiné à loger les Héritiers et à les abriter des demandes incessantes de leurs clients. Maintenant, un flot continu de gens cherche à acheter un appartement ici, discute carrément de la démolition de l'immeuble et s'installe pour prendre le soleil dans des transats au bord du lac.

Tante Gia a hérité de l'appartement de mes grands-parents, qui sont morts à quelques jours d'intervalle avant la Grande Mort. Ma mère vivait ici quand elle était petite. C'est ici que la famille se rassemblait au moment des fêtes, ici que j'ai assisté à la Chute. C'est ici que je suis arrivée, une valise à la main, quand mes parents et ma sœur ont été assassinés.

— Ouvre donc la porte, dit Ursula. J'ai soif. Et tu sens cette odeur ? Gia fait de la pâtisserie. On dirait un gâteau aux épices.

Dans l'entrée, je pose la main sur une photo de ma famille. Ma mère avec ses yeux noirs remplis de tendresse et ses cheveux aussi orange que ceux de Gia, mon père avec son sourire rêveur et ses longs cils. Mes doigts s'attardent sur ma sœur, Mirana. Ses traits délicats, ses cheveux aussi noirs que ceux de mon père, le regard plein d'espoir qui fixe l'objectif.

Les morts ne disparaissent pas vraiment tant qu'on se souvient d'eux.

Gia sort de la petite cuisine, une tasse de thé dans chaque main.

— Ooooh, du thé ! s'exclame Ursula.

Elle se précipite, embrasse Gia sur la joue et prend l'une des tasses.

— Tu veux un peu de miel, ma puce ? demande Gia en me tendant l'autre tasse.

— Je vais le chercher, dit Ursula. Ça sent tellement bon, Gia ! Tu as fait un gâteau ?

— Il sera prêt dans dix minutes.

Ursula ressort de la cuisine avec le miel et s'affale dans le canapé.

— Quel est le programme, aujourd'hui ? m'interroge Gia. Des armes ? Des explosifs ? Un marathon ?

— Non, c'est fini, tout ça. Je passe aux affaires sérieuses. On m'a confié un vrai dossier.

— Je savais qu'ils finiraient par reconnaître ton talent, déclare Gia, radieuse.

Le vieux téléphone rouge suspendu au mur se met à sonner. Comme c'est moi la plus proche, je décroche.

— Allô ?

— Bonjour. Puis-je parler à Gia ?

— Bien sûr.

C'est Cindy, une amie naturaliste de ma tante. Gia est déjà à côté de moi ; elle sait que je ne reçois pas d'appels sur la ligne fixe.

— Oui, commence-t-elle en attrapant le combiné. Oui, j'ai les cristaux. Et toi, tu as les bols tibétains ?

Je la laisse à ses préparatifs et découvre qu'Ursula s'est déjà endormie profondément. Son téléphone a glissé par terre, à côté de sa tasse vide. Les gens ont peur d'elle parce qu'elle est imposante, qu'elle parle fort et ne s'excuse jamais, et aussi parce qu'elle porte de grosses bottes à lacets qui doivent faire très mal si elle vous les colle quelque part, mais ils comprendraient tout de suite qu'elle est juste une personne comme les autres s'ils la voyaient pelotonnée ainsi sur le canapé, la bouche ouverte sur un début de ronflement. Elle est épuisée. Elle se démène pour sa sœur et sa mère.

Je la recouvre d'un petit plaid pour qu'elle n'ait pas froid.

— Elle a tellement bon cœur, souffle Gia après son coup de fil. Dépêche-toi, il est temps que tu y ailles.

— Tu es sûre ?

— Oui. Je lui donnerai un peu de gâteau quand elle se réveillera.

Gia est une bonne âme. Je sais que je lui ai causé bien des soucis au fil des ans, entre mon petit ami, mes amis et les très, très nombreux appels de l'établissement au sujet de ma tendance à l'énervement. Mais je n'oublie jamais qu'elle n'a pas hésité un instant lorsque ma famille a été tuée. Elle m'a prise sous son aile, est entrée d'un pas résolu dans le poste de police et ne m'a pas laissée une seule nuit sans un toit. Elle a toujours été là pour moi. D'une certaine manière, elle s'occupe aussi de James, d'Ursula et, parfois même, en râlant un peu, de Mouche.

— Tu vas être en retard, ma petite, insiste Gia en indiquant l'horloge murale avant de me serrer doucement dans ses bras.

— J'y vais, j'y vais.

J'enfile mes chaussures, je glisse mon téléphone et mon pass de transport dans ma poche, puis je file vers la station de métro. J'ai l'impression d'être tiraillée en deux. Moitié Cicatrice, moitié Midcity ; moitié flic, moitié fourbe ; moitié optimiste, moitié convaincue que nous sommes tous condamnés.

Transcription d'un entretien mené au lycée de Monarch City

par l'agente Isabella Loyola (Héritière)

Personnes interrogées : Flora (Héritière), Pâquerette (Héritière), Pimprenelle (Héritière)

Pimprenelle : C'est à propos du démon ? De sa disparition ?

Agente Loyola : Euh, si vous faites référence à Mally Saint...

Flora : Oui. Le démon, comme a dit Pimp.

Agente Loyola : Je préfèrerais l'appeler par son nom, dans le cadre de cet entretien.

Pâquerette : Est-ce que ça vous va si on dit Mally Saint Démon ?

Agente Loyola (toussote) : Quand avez-vous vu Mally pour la dernière fois ?

Flora : Elle était au Pays des Merveilles lundi après les cours.

Agente Loyola : Et vous aussi ?

Flora : Ouais. C'est là qu'on va tous après les cours. Tous les jours. Il n'y a rien d'autre à faire dans la Cicatrice, sauf si vous aimez acheter des trucs vintage ou chiner des vinyles dans la rue branchée.

Agente Loyola : Avez-vous interagi avec elle, de quelque manière que ce soit ?

Pimprenelle : Oh, juste ciel, non. Pourquoi est-ce qu'on ferait ça ?

Agente Loyola : Vous étiez amies, à un moment, non ?

Pâquerette : Je suppose qu'on peut dire ça, mais c'était super toxique.

Flora : Elle voulait tout contrôler. « Fais ci », « fais pas ça »...

Pimprenelle : « Change de maquillage. » « Tes cheveux me font honte. »

Flora : Ben, tu te frises la frange, Pimp.

Pimprenelle : C'est à la mode. Lis les magazines, un peu.

Pâquerette : Ça n'allait jamais, on faisait toujours tout de travers. On a coupé les ponts, même si on se connaissait depuis toujours. Radical.

Flora : Du coup, on n'est plus obligées de l'écouter répéter à l'infini que sa mère était la reine des fées et que nos mères font pitié et que nous n'avons pas du tout le look qu'il faut pour des fées Héritières. Comme si c'était un concours.

Agente Loyola (soupire) : Donc, aucune d'entre vous ne lui a parlé lundi ni n'a eu le moindre contact avec elle ?

Pimprenelle : Non. On a une politique claire : pas de sorcière chez nous. De toute façon, une fois que quelqu'un a javellisé votre pelouse, vous avez tendance à garder vos distances.

Flora : Ouais, et puis imaginez un écureuil mort, un vrai, sur votre paillasson. Si c'est pas un traumatisme, ça ! Ça ne m'étonnerait pas que quelqu'un lui ait réglé son compte. Tout le monde la déteste. Elle et son piaf aussi.

Agente Loyola : Bien, je vois. J'espère que vous serez disponibles pour répondre à d'autres questions si besoin est.

Pimprenelle : Il y a encore une demi-heure d'EPS. Est-ce qu'on peut rester ici ?

Flora : Ouais, faudrait pas abîmer ta frange !

(éclats de rire moqueurs)

Agente Loyola : Agente Isabella Loyola au micro... Cet entretien est terminé.

NEUF

COMME NOUS ATTENDONS TOUJOURS LES VIDÉOS DES CAMÉRAS de surveillance du Pays des Merveilles et que l'entretien de Bella avec Flora, Pâquerette et Pimprenelle n'a rien donné, à part un long monologue de Bella sur le fait qu'elle est bien contente de ne plus aller au lycée en compagnie de tous ces ados (« avec tout le respect que je te dois, Mary Elizabeth »), c'est en silence que nous montons l'escalier menant à l'appartement de Mally.

Même en l'absence de Mally, l'immeuble semble caverneux et hanté, baignant dans un silence inhabituel pour la Cicatrice. Il est situé dans le quartier des entrepôts, qui fournissait autrefois tous les vêtements magiques : les chapeaux et capes de sorcier, les baguettes magiques et ces robes merveilleuses que les marraines les bonnes fées offraient à leurs protégées lorsqu'elles réalisaient leurs vœux. Aujourd'hui, toute cette zone est quasiment abandonnée et je ne veux même pas savoir ce que contiennent les entrepôts. Dans certains, on peut acheter des tee-shirts avec des messages du type « J'AI SURVÉCU À LA CICATRICE » et

« MAGIE, C'EST FINI ». Ursula habite par ici, donc je connais bien le coin. J'ai passé des heures devant chez elle, le nez levé vers l'immeuble au toit surmonté d'un immense corbeau de métal. Il nous est même arrivé de voir jusqu'à une vingtaine de corbeaux en chair et en os aller et venir par les fenêtres du dernier étage.

Une femme à l'accent allemand nous ouvre dès que nous sonnons à l'interphone et nous demande de monter au dernier étage. Nous longeons les rampes dorées en détaillant le décor. Le moindre son résonne à l'infini, et nous n'osons donc pas échanger à voix haute, de peur que la dame ne nous attende sur le palier et n'entende toute notre conversation. Des corbeaux décorent le moindre objet, des chandeliers suspendus au plafond aux barreaux de fer forgé des fenêtres donnant sur la rue. La fenêtre de toit éclaire si bien l'escalier que même les particules de poussière semblent danser lentement, comme si elles avaient conscience de se trouver dans une maison endeuillée qui pleure son enfant disparue. Je savais que le père de Mally était riche, mais là, c'est différent : c'est le chic à l'état pur. Je ne connais personne d'autre qui vive dans un luxe pareil dans la Cicatrice. La mère de Mally était la fée la plus puissante de toute la Merveille, et l'immeuble regorge de cadeaux qu'elle a reçus en échange de ses attentions. Il n'est pas surprenant que Mally se croie si supérieure. Si j'avais été élevée dans un endroit pareil, j'aurais probablement un complexe de supériorité, moi aussi.

Je suis si perdue dans mes pensées, cherchant désespérément à comprendre le monde qui m'entoure, que Bella doit m'arrêter à quelques marches du dernier étage.

— Sapristi ! s'exclame-t-elle. Qui est-ce ?

Je n'en ai aucune idée. Je réfléchis avant de répondre, les yeux posés sur le géant étendu devant la porte d'entrée de chez Mally.

— « Sapristi » est le bon mot. Je n'ai jamais vu quelqu'un d'aussi grand.

Je m'apprête à faire un nouveau pas en avant quand Bella me retient.

— Attends, souffle-t-elle. Selon le proverbe, il ne faut pas réveiller le géant qui sommeille…

— Ne me fais pas trébucher comme ça, tu vas me tuer. Et ce sont les bébés, qu'il ne faut surtout pas réveiller, je crois.

— Oh.

— Allez, viens !

Un petit arbre en pot bien entretenu est posé sur le palier, près d'un paillasson vert. La petite entrée de l'appartement-terrasse serait adorable si le géant affalé sur son énorme chaise n'était pas aussi impressionnant. Ce n'est pas un géant à proprement parler, pas comme dans un conte de fées, mais il est gigantesque par rapport à moi, par exemple. Il mesure au moins deux mètres dix, et ses mains font la taille d'un petit cochon. Vu le talkie-walkie dans sa poche et le téléphone dans sa main, il n'est pas censé faire la sieste en cet instant précis. Je devine le renflement d'une arme sous sa veste. Un garde du corps, sans aucun doute.

Lorsque Bella s'éclaircit la gorge, il se contente de tressaillir et d'émettre un petit ronflement, puis la porte de l'appartement s'ouvre et une femme aux cheveux blancs relevés en un chignon strict fait son apparition.

— Anton ! s'exclame-t-elle.

— Magda, répond le géant en se frottant les yeux avant de se redresser. Oh, mince, je suis désolé, Magda. Vous êtes là pour le caviar ?

Cette dernière question nous est adressée.

— Le caviar ? répète Magda en nous passant en revue de la tête aux pieds. Vous avez dit que vous étiez de la police de Monarch. Vous êtes inspectrices ? Je vais examiner vos badges, si vous le voulez bien.

Elle place les mains sur ses hanches, l'air déterminé, avant de frapper Anton sur l'épaule.

— Et toi, tu devrais avoir honte !

— Quoi ? Il ne m'a pas laissé dormir de la nuit, Magda. De la nuit !

— C'est vrai, il n'a pas beaucoup dormi ces derniers jours, sans Miss Mally à la maison, commente-t-elle d'une voix plus douce. Les temps sont durs.

Bella et moi nous avançons afin qu'elle puisse vérifier nos badges.

— Désolée, vous avez l'air bien jeunes, pour être de la police.

— Je suppose que j'ai perdu la notion du temps, déclare Anton sans s'adresser à personne. Je n'arrête pas d'oublier, pour notre petite Mally… Je m'endors et tout s'efface, mais c'est le troisième matin d'affilée où elle n'est pas là quand je me réveille. C'est horrible, tout simplement horrible. Qui oserait faire une chose pareille ? Qui pourrait s'en prendre à cette pauvre petite si adorable ?

Bella et moi échangeons un regard. C'est bien la première fois, mais ça fait plaisir de constater qu'il existe au moins une personne qui apprécie Mally.

— Je vais voir si M. Saint est prêt à vous recevoir, ajoute Magda. Je reviens dans un instant.

Les notes d'une vieille chanson interprétée par une femme flottent jusque sur le palier.

— Je vais vous expliquer les règles, en attendant, nous dit Anton. Il y en a deux. Premièrement, pas d'enregistrement ni de photos de lui. Deuxièmement, pas d'armes dans l'appartement.

— Nous n'avons pas pour habitude de nous séparer de nos armes, répond Bella sur un ton hésitant. Elles sont censées rester en notre possession à tout moment.

Je m'abstiens de signaler que je dispose en tout et pour tout une bombe lacrymogène et qu'y renoncer ne change pas grand-chose pour moi. De toute façon, quand je repense à Jack Saint au poste, je vois un homme triste et calme, rien de menaçant.

— Je vous assure que vous devrez poser vos armes dans cette boîte, avec vos téléphones, si vous voulez le voir. Je vous les rendrai dès que vous sortirez.

Je pose mon spray sur la table. Bella me regarde de travers.

— On va déroger au protocole pour une bonne raison, expliqué-je.

— J'espère que tu as raison, répond Bella en posant son flingue à côté de mon spray.

— Monsieur est prêt à vous recevoir, annonce Magda à son retour.

— Bon courage, dit Anton en se rasseyant.

— Et toi, tu ne dors pas, d'accord ? gronde-t-elle.

— Bien sûr que non, madame. Vos désirs sont des ordres.

Une fois à l'intérieur, Madga nous débarrasse de nos manteaux et nous fait entrer dans une pièce presque entièrement tendue de velours. Jack Saint est assis dans un grand fauteuil en cuir brun devant les fenêtres, les yeux posés sur la Cicatrice. Le bâtiment étant plus grand que ses voisins, la vue porte jusqu'au lac Miracle. Le paysage est spectaculaire, c'est indéniable, et je pourrais être hypnotisée si Jack Saint n'était pas entouré d'oiseaux. De corbeaux, pour être exacte. Ils sont énormes, noirs et brillants. Trois d'entre eux croassent sur le rebord de la fenêtre ; les autres volettent de droite et de gauche avant de se reposer. En tout, il doit y en avoir une douzaine. La rue en contrebas est si calme qu'on n'entend, à part la musique, que leurs battements d'ailes et leur babillage incessant.

— Superbe, n'est-ce pas ? demande Jack en dodelinant de la tête au rythme de la chanson.

Je ne sais pas s'il s'adresse à la pièce ou à nous, ni s'il parle des oiseaux, de la rue, de son appartement ou de la musique. Il ne nous a pas accordé un regard jusqu'à présent. Trublion est posé sur un perchoir à côté de lui. Je le reconnais facilement, car il est plus grand que les autres et ses plumes semblent former une sorte de collier autour de son cou. En nous voyant, il pousse un cri agressif.

— Tout va bien, mon petit, dit Jack.

Il se tourne enfin vers nous et je réprime un cri de surprise. Les séquelles de son chagrin se lisent sur son visage. Il porte toujours la même tenue qu'au poste et ses joues sont envahies de barbe. Ses yeux, qui paraissaient si bons et vivants, sont ternes et injectés de sang.

— Des enfants ? sourit-il, l'air triste. Ma chère cheffe Ito a envoyé des enfants à la recherche de ma Mally ?

— Avec tout le respect que je vous dois, réplique Bella en montrant sa tache de naissance, nous ne sommes pas des enfants. Nous sommes chargées de l'enquête parce que nous sommes Héritières. Seuls des Héritiers peuvent retrouver un autre Héritier dans la Cicatrice.

— Toutes mes excuses. Le chagrin me fait perdre ma politesse.

— Je connais Mally, expliqué-je. Ou, du moins, je la connais de vue depuis longtemps. Elle semble être le genre de personne qui écrit ses propres règles.

— Oui. C'est tout à fait ça. Elle est tellement incomprise… Les gens ont peur de son pouvoir. C'est pour ça que tout est si difficile. Il lui est arrivé de fâcher certaines personnes et, sans sa mère, je n'ai pas pu lui donner tout ce dont elle avait besoin. Les fées ne sont peut-être plus parmi nous, mais le sang de la reine des fées coule dans ses veines et cela a forcément une influence.

Comme la rendre asociale, irraisonnable, égoïste et cruelle ?

— Je l'encourage à prendre son envol, mais, comme les oiseaux, elle sait où est sa maison.

— Monsieur, intervient Bella, je suis désolée de devoir vous interroger à propos de Mally alors que vous êtes en proie à un tel chagrin, mais nous devons nous concentrer sur les recherches pour la retrouver.

— Je vous en prie, asseyez-vous.

D'un geste, il déloge deux corbeaux posés sur un canapé tapissé de brocart doré. Bella est si petite par rapport au siège que c'en est presque drôle. Elle tire son bloc-notes de son sac et en tourne les pages, à la recherche d'une information.

— J'ai analysé attentivement les relevés bancaires de Mally des six derniers mois. Vous pouvez consulter toutes les informations dont je dispose, si vous le souhaitez.

— Ce n'est pas nécessaire. Je connais bien la situation financière de ma fille.

— Eh bien, monsieur, Mally est peut-être un esprit libre, mais elle semble faire pratiquement la même chose tous les jours. D'après sa carte de crédit, du moins.

— Oui, je crois que c'est bien le cas.

— Elle prend un café à l'Heure du Thé chaque matin. Ensuite, elle va à la librairie.

— Tout à fait. Elle aime beaucoup la philosophie. Les matérialistes.

— Après, direction le lycée. Aucune trace d'éventuels déjeuners. Ensuite, le Pays des Merveilles. Elle règle une consommation quasiment tous les jours. Elle part à minuit environ et recommence le lendemain. Le week-end, je vois qu'elle aime faire du shopping dans la rue huppée. Voilà.

Bella relève la tête, comme si elle venait de poser une question et attendait une réponse.

— J'aurais dû faire preuve de plus de discipline, dit Jack en caressant l'un des corbeaux. Mais, vous comprenez, elle était tellement bouleversée. Je lui ai apporté toute l'aide à laquelle j'ai pu penser.

Quelque chose que m'a dit James dans le Jardin éternel me revient en mémoire. Je n'ai pas encore pu ouvrir le dossier de Mally, mais j'y aurais sûrement trouvé l'information.

— Sa mère est morte durant la Chute ?

— Oui. Parfois, je crois que les choses sont mieux ainsi. Ma femme n'aimait pas vivre dans un monde sans magie. J'ai fait de mon mieux. Après la mort de Marion, j'ai juré de prendre soin de Mally. Je vérifiais qu'elle se lavait bien les dents, que ses habits étaient propres, qu'elle mangeait ses légumes. Ça n'avait aucune importance… Elle ne pouvait pas oublier sa mère. Elle m'aime, mais je ne lui suffis pas. Je n'ai pas pu lui donner ce qu'elle voulait vraiment : une sorte de paix, l'impression que les choses allaient bien se passer. Je n'ai jamais rien pu lui promettre de tel… Le monde ne fonctionne pas ainsi et je ne veux pas lui mentir quant à ce que je peux contrôler ou non. Toutefois, Mally m'appelle systématiquement. Elle m'envoie des messages. Elle peut aller où elle veut, mais elle ne s'éloigne pas et garde toujours Trublion avec elle. Et elle respecte les horaires. Depuis son traumatisme, elle reste près de la maison et a mis en place une routine.

Mally. Traumatisme. J'ai toujours pensé qu'elle n'avait pas d'âme et qu'elle était insensible à tout ce qui rend la vie si difficile, comme les sentiments. En réalité, peut-être qu'elle est juste profondément blessée, comme nous tous.

— Venez, je vais vous montrer sa chambre, propose Jack dès que Bella a fini d'écrire.

La pièce ne contient qu'une seule photo : Mally, debout entre ses parents, tous deux grands, minces et vêtus de noir. Sa mère a des pommettes saillantes, des lèvres cruelles et un nez étonnamment délicat. L'arrogance incarnée. Je repose la photo et regarde autour de moi. Un tapis d'un beige chaleureux, des murs crème assortis. Une coiffeuse dont le plateau de marbre est couvert de boîtes à bijoux et de flacons de parfum en cristal. À côté du lit, un grand perchoir de bois. Sur le mur juste derrière, une vaste peinture représentant des oiseaux noirs. Rien d'autre.

— Je peux ? demandé-je.

Jack hoche la tête. Bella, de son côté, a déjà le nez dans le placard.

J'ouvre le tiroir de la coiffeuse. Le maquillage est parfaitement rangé, des pinceaux bien propres sont posés sur un morceau de satin. Tout, ici, évoque la richesse, le confort et l'attention portée au moindre détail.

— Êtes-vous d'accord pour que nous consultions le contenu de son ordinateur ? demande Bella en montrant le portable argenté. Nous pourrions y trouver des indices. Elle fréquente peut-être des personnes que vous ne connaissez pas.

— Je vous en prie. Je ne connais pas le mot de passe, cependant.

— Ce n'est pas un problème. Je suis plutôt douée pour ce genre de choses.

— Avez-vous fait le ménage ici depuis sa disparition ? demandé-je. Avez-vous touché à quoi que ce soit ?

— Trublion vient s'installer sur le perchoir, de temps en temps, et il m'arrive donc de laisser les fenêtres ouvertes. À part ça, Magda a passé l'aspirateur et fait la poussière, comme d'habitude. C'est tout.

— Donc, tout est à sa place ? Vous n'avez pas remarqué s'il manquait quelque chose ?

— Non.

Bon. Cette chambre n'a qu'une chose à nous dire : Jack Saint emploie une femme de ménage très compétente. Il y a peut-être quelque chose dans l'ordinateur, mais, dans l'ensemble, nous avons fait chou blanc.

Justement, Magda fait son apparition à la porte.

— Excusez-moi, monsieur Saint. Votre caviar est arrivé.

— Merci, Magda. Dites à Anton de ne pas rester sur le palier et de rentrer. Pouvez-vous préparer un peu de soupe et quelques sandwichs ?

— Bien sûr, monsieur, acquiesce-t-elle avant de disparaître aussitôt.

— Nous allons vous laisser, dis-je.

— À moins que vous ne souhaitiez partager autre chose avec nous, précise Bella. Tout ce qui peut vous sembler important.

Jack hésite, Bella le voit aussi bien que moi.

— M. Saint ? dis-je.

Le bec de Trublion frôle son oreille.

— On dit souvent qu'il faut suivre les billets verts, quand un crime s'est produit, finit par dire Jack. Qui a de l'argent, qui en veut... Vous le savez.

Je hoche la tête.

— Un crime a été commis et, d'après mon expérience, toutes nos actions se résument, tout au fond, à une forme ou une autre d'avidité. L'argent, c'est le pouvoir, et c'est tout ce qui compte aux yeux de certains. Si vous suivez l'argent, vous trouverez peut-être Mally. C'est ce que j'essaye de faire de mon côté. Mais gardez vos armes à portée de main. Si vous commencez à toucher à l'argent, vous risquez de mettre en jeu votre propre sécurité.

— Tout ira bien, monsieur, le rassure Bella en consultant son téléphone. Nous devons retourner au poste.

Sans avoir vraiment pris le temps d'y réfléchir, j'attrape vivement un bracelet en argent dans la coiffeuse et le glisse dans ma poche. Quelque chose m'a attirée, comme si c'était une partie de Mally Saint. C'est un bijou délicat, avec une breloque en forme de poignard.

Mon téléphone sonne tandis que nous descendons l'escalier et je réponds même si je ne reconnais pas le numéro.

— Allô ?

— Mary Elizabeth, dit une petite voix. C'est Morgana.

La petite sœur d'Ursula.

— Morgie ?

— Oui.

— Qu'est-ce qui se passe ? Tout va bien ?

— Non. Est-ce que tu sais où est Ursula ? Maman avait rendez-vous chez le médecin et Ursula n'est pas rentrée pour l'accompagner. Elle ne rate jamais ses rendez-vous. J'ai essayé de la joindre, mais je tombe directement sur le répondeur. Ça n'arrive jamais, absolument jamais. Mary, je pense que quelque chose ne va pas.

Bien que je vienne de voir Ursula dormir sur mon canapé et qu'il y ait probablement des tonnes d'explications raisonnables pour qu'elle ne soit pas allée directement chez elle, je sens une main glaciale me broyer le cœur.

— Je dois y aller, Bella. C'est urgent.

DIX

DÈS QUE MORGIE ME SEMBLE SUFFISAMMENT CALME POUR mettre fin à notre conversation, j'appelle Urs à mon tour et je tombe sur son répondeur. Je passe ensuite à Gia, qui me dit qu'Ursula est partie depuis des heures, puis à James, qui ne l'a pas vue. Il essaye de me rassurer et me rappelle qu'elle sait très bien se débrouiller toute seule, mais en vérité, elle est toujours soit chez moi, soit chez elle, soit au lycée, soit au Pays des Merveilles. Et en compagnie de l'un d'entre nous, en général.

Nous passons au Pays des Merveilles, mais elle n'y est pas. Une fois rentrée à la maison, je suis tellement épuisée que je m'endors à peine ma tête posée sur l'oreiller.

Le lendemain matin, je rappelle. Toujours pas de réponse. Hors de question que j'aille en cours aujourd'hui. Je fais de mon mieux pour garder mon calme et ne pas inquiéter Gia, mais c'est raté. Lorsque Morgana m'apprend au téléphone qu'Ursula n'est pas rentrée de la nuit, je prends soudain conscience de la situation et, écartelée entre la panique et la colère, je liste toutes les erreurs débiles que j'ai commises. Je n'aurais pas dû la laisser sécher les cours, ni partir de chez moi sans elle, ni rester des heures sans prendre de ses nouvelles. J'appelle Dally Star, au cas où elle serait allée au Pays des Merveilles après moi.

— Ursula ? Oui, elle est passée hier soir.

— Elle était avec quelqu'un ?

— Oh, je ne sais pas, ma belle... Il y avait un monde fou. Je lui ai servi une chenille, mais je ne me souviens pas l'avoir revue après.

— D'accord. Si tu la vois, dis-lui de recharger son téléphone. Et il me faudra les vidéos des caméras de surveillance d'hier soir.

— Bien sûr. Encore plus de vidéos. Ravi de pouvoir rendre service.

Après avoir raccroché, je rappelle Ursula.

Vous êtes bien sur le répondeur d'Ursula. Si vous n'avez rien d'intéressant à dire, merci de raccrocher direct. Dans le cas contraire, étonnez-moi après le bip.

À bord du train qui nous emmène lentement en ville, Bella, emmitouflée dans son manteau à cause de la météo qui s'annonce mauvaise en dehors de la Cicatrice, tente de me rassurer.

— Je sais que tu es bouleversée, mais ne crois-tu pas qu'il soit un peu tôt pour penser qu'il y a un lien entre Ursula et Mally, et qu'Ursula a disparu ? Je veux dire « disparu » au sens de « kidnappée »...

— Non, non, protesté-je en serrant soigneusement mes mains l'une contre l'autre pour ne pas l'étrangler. Contrairement à ce que tout le monde semble croire, les ados de la Cicatrice n'abandonnent pas la sécurité de leur foyer du jour au lendemain sans explications.

J'ai du mal à réfléchir quand elle parle. Quelque chose m'échappe, je le sens.

— Tu veux dire qu'Ursula est comme Mally ? Elle n'a pas d'amis et fait la même chose tous les jours ? On sait exactement où elle est à tout moment de la journée ?

— Non ! Elle a plein d'amis. Elle parle fort et elle énerve beaucoup de monde, oui, d'accord. Mais elle a des infos sur tous les gens qui lui en veulent, alors n'importe qui y réfléchirait à deux fois avant de s'en prendre à elle.

— Alors, elles ont toutes les deux des ennemis ? C'est ça, le lien entre elles ?

— Euh… non ! Le lien, c'est qu'elles vont toutes les deux au lycée Monarch High, elles ont dix-sept ans, elles n'écoutent personne et, surtout, elles sont Héritières.

Ce n'est qu'en prononçant ces mots que je réalise combien ils sont vrais. Le fait qu'elles soient Héritières est primordial. Le train accélère en grinçant et nous nous interrompons, essentiellement à cause du regard intéressé de l'homme assis en face de nous. Même si on a du mal à s'en souvenir, il faut toujours faire attention quand on parle de la magie. À l'arrêt avant le nôtre, il descend en nous dévisageant d'un regard glacial.

— Qu'est-ce que ça signifie, être Héritier ? me demande Bella.

— Quoi ? Pourquoi me poses-tu une question pareille ? Je n'en sais rien !

— Je suis sérieuse. La magie est morte depuis quasiment treize ans. Alors, que signifie être Héritier, aujourd'hui ? Nous ne descendons pas tous de gens importants. Pour certains, la magie signifiait seulement qu'ils pouvaient changer de forme ou se téléporter.

— C'était une force en faveur du bien. Dans la plupart des cas, elle était utilisée pour réaliser les rêves et les souhaits, et pour améliorer la vie des autres. Les gens se sentaient bien et avaient quelque chose sur quoi compter, comme un filet de sécurité en cas de problème. Maintenant, il n'y a plus de filet.

Je laisse le poids de mes propres mots faire son chemin.

— Les Héritiers avaient le droit d'utiliser et de transmettre la magie pour aider les gens qui ne pouvaient pas s'en servir et n'avaient pas d'autre solution. On ne peut pas leur demander d'accepter qu'elle ait disparu pour toujours. Plus de baguettes, plus d'ailes, plus de lampes magiques. Il faudrait qu'on se contente d'une anomalie météorologique et d'un lac qui peut vous tuer si vous plongez un orteil dedans ? Je ne sais pas, Bella. Je ne sais pas si ça pourra être accepté un jour.

— Peut-être que nous n'avons pas mérité un tel don ou une telle responsabilité. Peut-être que la magie nous a été retirée pour une bonne raison.

Elle baisse la voix pour ajouter :

— Peut-être que les habitants de la Cicatrice ne devraient pas autant essayer de la faire revenir.

— Quel rapport avec Ursula et Mally ?

— Peut-être aucun. Je pense juste à ce qu'a dit Jack Saint sur l'argent et l'avidité. Quoi qu'il en soit, j'espère que tu te trompes, qu'Ursula va rentrer chez elle en pleine forme et qu'il s'avèrera qu'elle a juste dormi chez une amie.

— Elle n'a *pas* dormi chez une amie, dis-je avec une certitude absolue. Je connais ses vrais amis. Il n'y a que moi, James et Mouche, et elle ne reste dormir que chez moi. En plus, elle est complètement accro à son téléphone. Elle ne reste pas plus de dix minutes sans consulter ses réseaux sociaux et prendre un selfie. Elle a disparu.

Le désespoir menace de me submerger. J'essaye de respirer. Je ne peux pas me permettre de paniquer. Le désespoir est l'ennemi de l'action. Je ne peux pas y céder, je dois garder la tête sur les épaules.

— Donc, tu penses que l'argent et la magie seraient à l'origine de la disparition de deux ados ?

— Honnêtement, je ne sais pas encore, répond Bella, les sourcils froncés. Mais je finirai par le savoir.

Le poste de police est en pleine effervescence, comme d'habitude, mais je n'y prête aucune attention. Je suis résolue à piétiner Mona si elle s'avise de m'empêcher de parler à la cheffe. Agrippée à ma manche, Bella me demande de me calmer depuis que nous sommes sorties du métro, et, maintenant que la porte du bureau de la cheffe est enfin en vue, voilà que Tony, son ancien coéquipier, nous barre le chemin.

Sous ses cheveux noirs relevés en queue-de-cheval, tellement luisants qu'ils semblent lissés avec de la graisse, il est pratiquement en train de prendre la pose pour mettre en valeur sa musculature.

— Eh bien, bonjour, mesdames !

— Tony, répond Bella, la mâchoire serrée.

— Vous avez appris la nouvelle ? Ils ont assemblé les morceaux du cadavre et savent qui c'est… Enfin, qui c'était, plutôt. Le pauvre. En fait, c'est moi qui ai trouvé le dernier morceau, dans le train entre la Cicatrice et Midcity. Impressionnant, n'est-ce pas ?

Bella inspire avant de lui répondre, mais il continue de fanfaronner.

— Je suppose qu'on pourrait dire que ça n'a été qu'une coïncidence, vu que je devais aller interroger le gamin qui a trouvé le morceau à côté de l'Heure du Thé, mais c'était un vrai coup de génie, de voir le paquet cadeau et de le prendre le premier…

— C'est spectaculaire, Tony. Et maintenant, si ça ne te dérange pas…

— Donc, je me disais qu'on pourrait aller dîner tout à l'heure, toi et moi, vu que tu es là.

— Je travaille, Tony. Il s'est passé quelque chose et je…

— Bien sûr, bien sûr… coupe-t-il. La recherche de cette riche héritière - dans les deux sens du terme… Comment ça se passe ? Vous avancez bien ?

Son expression satisfaite ne laisse planer aucun doute : il sait parfaitement que nous n'avançons pas.

— Tony, dis-je.

— Oui, petite ? répond-il avec indulgence.

— Nous devons entrer dans le bureau de la cheffe et tu es sur notre chemin.

— Ah ?

Regard totalement vide de sa part.

— D'après ce que je vois, tu essayes de draguer Bella, qui ne s'intéresse pas le moins du monde à toi, sauf que tu ne comprends pas quand elle te le dit gentiment parce que ça ne te traverse même pas l'esprit qu'une femme puisse ne pas avoir envie de sortir avec toi. Donc, vu qu'elle est trop gentille, là maintenant tout de suite, je vais éclaircir les choses : Bella ne veut pas sortir avec toi. Elle ne veut même pas te parler. Elle n'ira jamais dîner avec toi et tu la harcèles en insistant.

Là, il pâlit.

— Donc, *laisse-nous passer.*

— Tu sais quoi ? s'exclame-t-il en reculant de plusieurs pas. J'ai voulu être sympa, mais vous êtes ridicules, toutes les deux. Vous n'arriverez jamais à rien, et vous faites pitié, à essayer de vous faire prendre au sérieux.

— Merci pour ton évaluation de nos compétences, Tony, c'est très utile, dit Bella d'un ton léger.

Elle m'entraîne vers nos bureaux désertés, où elle renifle et relève le nez avec un air impérieux.

— Merci pour la mise au point. Et maintenant, assez traîné. Nous devons bien préparer ce que nous allons dire à la cheffe et faire très attention. Elle impose le respect et elle ne prendrait pas ça bien si nous débarquions dans son bureau et…

— Bella, coupé-je, le sang battant encore contre mes tempes après l'effort fourni pour ne pas tout simplement hurler sur Tony. Je n'ai pas le temps de parler. Je dois trouver Ursula. Il faut que la cheffe valide des ressources supplémentaires. Il faut qu'elle comprenne qu'on a affaire à bien plus qu'une personne disparue ou en fugue dans la Cicatrice.

— D'accord. Je dis juste qu'il nous faut un plan.

— Il n'y a pas de temps pour les plans.

Là-dessus, je coupe court et j'ouvre à la volée la porte du bureau de la cheffe.

Elle est en réunion avec deux hommes, des inspecteurs assez âgés que je ne connais pas personnellement, juste de vue. Elle a l'air plus en forme que l'autre jour. Moins fatiguée. Et, en revanche, très agacée d'être interrompue.

— Oui ? dit-elle.

— Ah non, non, dehors ! s'exclame Mona en quittant son bureau pour nous faire décamper.

— Je dois juste vous parler une minute, expliqué-je.

— Je suis en réunion et tout le monde doit juste me parler une minute. Attendez votre tour.

— Non.

Je bouscule un peu Mona pour m'approcher. La cheffe me regarde, les lèvres pincées, et j'enchaîne avant qu'elle n'ait le temps de m'expulser de son bureau.

— Ma meilleure amie a disparu. Elle va à Monarch High, elle aussi. Elle s'appelle Ursula. Sa mère est malade et elle a une petite sœur, elles ont besoin d'elle. Et elle a disparu. Elle ne peut pas avoir disparu, vous comprenez ?

— Mary, me prévient Bella.

Je l'entends à peine. Je ne sais même pas ce qu'elle dit. Je n'ai qu'une chose en tête : Ursula n'est pas là où elle est censée être et ça veut dire qu'elle ne va pas bien. Et si elle était blessée ? Et si quelqu'un la torturait ?

— Il nous faut plus de ressources. Déployez plus d'agents dans la Cicatrice, dites-leur de faire du porte-à-porte. Mally et Ursula pourraient être à tant d'endroits différents…

D'un geste de la main, la cheffe ordonne aux deux inspecteurs de s'en aller. Ma poitrine se soulève au rythme de ma respiration saccadée.

— Miss Heart, êtes-vous en train de me donner des ordres ?

— Je dis seulement que mon amie mérite autant d'attention que Mally Saint. Ce n'est pas parce que Mally est riche qu'il faut concentrer tous les efforts sur elle tandis qu'Ursula disparaît et que personne ne fait rien !

Bella me pince légèrement le bras, juste assez pour que je ralentisse mon débit de paroles et que je tente de reprendre mon souffle.

— Non, madame, dit-elle. Mary Elizabeth n'était pas du tout en train de vous donner des ordres. Elle formulait juste une demande. Elle est un peu tendue, aujourd'hui, c'est tout.

Ce n'est que lorsque Mona ferme la porte que je réalise combien la situation me dépasse.

— Je suis ravie de vous l'entendre dire, agente Loyola, car vous savez que je n'apprécie guère de recevoir des ordres.

— Elle n'aime pas ça du tout, souligne Mona.

— Donc, Miss Heart, si vous avez repris vos esprits, vous pouvez recommencer depuis le début.

— Reste à ta place, me souffle Bella.

— Je pense qu'il y a un ravisseur en série dans la Cicatrice. Ma meilleure amie, Ursula, a disparu hier soir. Elle vit tout près de chez Mally Saint. Elles ont le même âge et fréquentent le même lycée, Monarch High.

— Est-ce tout ? demande la cheffe, l'air encore plus irrité qu'avant.

— Eh bien…

— Si je comprends correctement – et vous excuserez toute confusion de ma part, étant donné que j'étais en pleine réunion stratégique au sujet du réseau de crime organisé qui est en train de prendre le contrôle de Monarch au moment même où nous parlons –, vous voudriez que je mette mes meilleurs agents à la recherche de votre amie, qui n'est pas rentrée chez elle, alors que je suis sur le point de résoudre l'affaire du Chapelier Fou, pour laquelle j'ai besoin de mes équipes.

— Mais…

— Et vous voudriez que je prenne une telle décision parce que vous avez, en toute bonne foi, le pressentiment que votre amie a été kidnappée ? Votre amie qui, j'en suis certaine, est irréprochable et a disparu depuis… quand, déjà ?

— Minuit, dis-je en prenant conscience de toutes les failles de ma théorie.

— Minuit. Même pas vingt-quatre heures. Donc, pour récapituler, vous voudriez que je réorganise mes ressources pour chercher une fille qui n'a probablement pas disparu du tout.

Je ne sais pas quoi répondre. Je suis sûre d'avoir raison, mais je n'ai aucune chance de la convaincre.

— Mary Elizabeth, je suis consciente que vous êtes très stressée en ce moment, soupire-t-elle. Je peux même concevoir que vous croyiez voir un lien entre votre amie et Mally Saint. Toutefois, je suis convaincue qu'elle sera de retour chez elle, saine et sauve, avant que vous n'ayez le temps de rentrer dans la Cicatrice.

J'aimerais tant que ce soit vrai, mais je *sais* que ça ne l'est pas. La certitude qu'affiche la cheffe est dangereuse. Je ne sais pas à quoi je m'attendais. Je pensais peut-être que nous serions tellement liées par le destin, notre expérience de la vie dans la Cicatrice, le deuil et son rôle dans la résolution de l'enquête sur la mort de mes parents qu'elle verrait en moi quelque chose de plus que… qu'une simple bleue. C'est de la folie, je le sens, mais j'ai raison, et je ne peux pas laisser Ursula payer le prix de la stupidité de ma démarche.

— Je vous en prie, laissez-moi simplement la chercher.

La cheffe me regarde sans sourciller.

— Laissez-moi vérifier s'il y a un lien ou pas… Si elle n'est pas revenue quand je rentrerai dans la Cicatrice. Je vous en serai très reconnaissante… Une fois de plus.

Un instant, je vois quelque chose d'humain apparaître sur son visage. Un instant seulement.

— Malheureusement, je ne peux pas vous laisser traiter une affaire qui vous touche de si près. C'est un conflit d'intérêts et du gaspillage d'argent public.

Le moment est probablement mal choisi pour lui rappeler que mon stage n'est pas rémunéré.

— Vous devez continuer de concentrer vos efforts sur votre objectif principal : retrouver Mally Saint. Dites à la mère de votre amie de suivre la procédure habituelle et de contacter la police si sa fille n'est pas de retour au bout de vingt-quatre heures. Et j'aimerais que vous preniez rendez-vous avec la docteure Chette. Elle sera à même de juger si vous êtes assez stable pour poursuivre votre enquête.

Génial. Mon existence tout entière dépend maintenant de ma thérapeute totalement perchée. Le fait est que *je suis* assez stable pour gérer la situation. Il faut que je trouve Ursula, peu importe ce qu'en dit la cheffe.

— Oui, madame.

Elle m'observe attentivement, comme si elle entendait le mensonge dans ma voix, mais je reste impassible.

— Encore une chose, Miss Heart.

— Madame ?

— Si jamais vous entrez de nouveau dans mon bureau sans y avoir été invitée ou avez l'audace de me reparler sur ce ton, je vous ferai jeter hors du bâtiment et vous ne pourrez plus jamais y remettre les pieds. C'est clair ?

— Oui, madame.

Non, en fait. *Vous pouvez dire ce que vous voulez, je vais faire ce que je veux et c'est tout.* Je sens quelque chose d'inédit enfler en moi. Je ne sais pas si je suis prête à l'affronter, mais, en ce moment précis, je n'aime pas du tout la cheffe Ito. Une petite voix me chuchote que je ne sais même pas qui je suis si je ne suis pas la Mary Elizabeth Heart qui vénère la cheffe Ito.

— Agente Loyola, reprend la cheffe avec un regard noir étincelant. Contrôlez-la. Je veux un rapport sur mon bureau jeudi au plus tard, alors profitez bien du temps qu'il vous reste.

— À vos ordres, disons-nous d'une même voix.

Une fois dehors, Bella pose une main sur mon dos et je la repousse.

— Ne fais pas ça, s'il te plaît.

Je m'en veux tellement d'avoir perdu mon sang-froid et d'avoir gâché ma seule chance de découvrir ce qui est arrivé à Ursula.

— Je dois juste remplir les rapports pour aujourd'hui, puis je pourrai t'aider à la chercher, dit Bella. Nous la retrouverons… Ensemble.

Elle s'assoit à son bureau, ouvre son ordinateur portable et sort ses notes. Après m'avoir adressé un petit sourire inquiet, elle se penche sur son clavier.

Je ne dis pas au revoir, me contentant de me glisser dehors dès qu'elle est plongée dans son travail.

Et voilà. Je suis libre. Je cours jusqu'à la gare, laissant Bella et Midcity derrière moi. Je sais que ce stage peut m'ouvrir la voie vers ce que je veux, mais ces gens ne vont pas m'aider et je ne souhaite pas impliquer Bella dans cette partie de ma vie.

Je dois rejoindre James et retrouver ma meilleure amie.

Onze

La soirée n'apporte rien de nouveau. j'appelle Ursula encore et encore, juste pour entendre le son de sa voix.

Vous êtes bien sur le répondeur d'Ursula. Si vous n'avez rien d'intéressant à dire, merci de raccrocher direct. Dans le cas contraire, étonnez-moi après le bip.

James et moi l'attendons au Pays des Merveilles pendant des heures. Nous ne savons pas quoi faire d'autre. Je ne supporte pas l'idée d'aller chez elle, nous avons déjà fait le tour de son quartier et James a ses propres sources d'information. Il gère la situation en jouant au billard. Il frappe les boules tellement fort que j'ai l'impression qu'elles vont éclater en se percutant. Nous dévisageons les nouveaux venus à chaque fois que la porte s'ouvre, espérant que ce soit Ursula. Je veux bien la récupérer en piteux état, sale, assoiffée, affamée et même blessée, pourvu qu'elle franchisse cette porte.

Mouche et les autres garçons de la bande patrouillent à sa recherche toute la nuit. James les laisse même prendre sa voiture. Après la fermeture du Pays des Merveilles, nous marchons pendant des heures, vérifiant la moindre ruelle. James interroge les passants. La Cicatrice est la même que d'habitude : un parfum agréable flotte dans l'air, les palmiers ondulent dans la brise, les gens se promènent en débardeur, en jupe courte et talons hauts, encerclés de magie morte. Nous rentrons si tard que Gia a quasiment terminé sa nuit de travail. James reste un moment avec elle. Je regarde fixement le canapé sur lequel Ursula s'est endormie. C'était à peine hier. J'aurais dû la garder là. J'aurais dû faire plus attention. Je ne me souviens même pas de notre dernière conversation. Je crois qu'on a parlé du gâteau aux épices, mais je n'en suis pas sûre. J'étais tellement excitée par l'enquête sur Mally que je n'ai accordé aucune attention à ce que faisait Ursula.

J'ai été une mauvaise amie et une mauvaise personne. Plus égoïste, tu meurs. Je n'ai pas apprécié ce que j'avais à sa juste valeur et, maintenant, je suis en train de tout perdre. Je n'arrête pas de penser que je dois dire à Ursula qu'Ursula a disparu. Je ne sais pas si je peux survivre à tout ça.

Je finis par m'allonger sur le canapé, la tête posée au même endroit que la sienne, en espérant qu'une trace de son essence se glissera en moi et me dira où elle est. Mon cerveau visualise en boucle toutes les horreurs qui pourraient lui arriver. James s'installe à côté de moi et m'attire contre son torse. Peu après, je m'endors en m'agrippant si fort à lui que je suis surprise qu'il puisse encore respirer. Je ne veux plus jamais considérer quoi que ce soit comme acquis et j'espère que, si je le serre assez fort, il ne disparaîtra pas à son tour.

Le lendemain matin, quand je m'asseois dans le fauteuil de la docteure Chette, parce que je ne sais absolument pas quoi faire d'autre, je me dis que je suis peut-être en train de devenir folle.

J'essaye de me concentrer sur ma thérapeute. Assise sur un fauteuil inclinable marron, elle ressemble étrangement à une plante. Elle a des cheveux blonds et courts, un visage en forme de cœur, des traits fins, et elle porte une veste cintrée et un pantalon moulant, tous deux vert kaki. Les jambes croisées, elle agite un mollet en rythme et attend visiblement que je réponde à une question, mais je ne sais absolument pas laquelle. Je devrais avoir l'air plus enthousiaste et aussi impliquée que possible si je veux qu'elle fasse une évaluation positive de mon état mental.

— Mary Elizabeth ?

— Oui ?

— Je sais que vous ne dormez pas bien…

— Si, rétorqué-je en sentant la colère monter. Je dors tout le temps, littéralement. Vous n'en savez rien, vous dites ça juste parce que j'ai deux malheureux cernes…

— La colère est un mécanisme de défense, Mary Elizabeth, m'interrompt-elle. J'ai les données de votre appli de suivi médical. Vous avez dormi dix heures en tout au cours des trois dernières nuits, dont seulement une heure trente au cours des dernières vingt-quatre heures.

J'avais oublié qu'elle avait accès à cette appli. Je m'avachis dans mon fauteuil en attendant qu'elle me fasse la leçon. Nous avons rendez-vous une fois par semaine depuis le début de mon stage, il y a deux mois. Même si elle est juste censée m'aider à affronter d'éventuelles situations stressantes liées au poste, elle m'incite constamment à parler de mon passé, comme si elle était convaincue que c'était la clé de quelque chose.

— Avez-vous réfléchi à ce dont nous avons parlé la dernière fois ? demande-t-elle.

La dernière fois. C'était il y a une éternité. Je ne m'en souviens pas.

— À propos de quoi ?

— De votre famille. Êtes-vous prête à parler de ce qu'il s'est passé ce jour-là ?

— Je… Je suis désolée, mais quel est le rapport ? Tout le monde perd quelqu'un tôt ou tard.

Je ne sais pas pourquoi elle considère mon histoire comme particulièrement traumatisante. Elle est Héritière et tout le monde sait qu'elle a perdu son frère dans la Chute.

Elle me regarde comme si elle était surprise, tandis qu'un éclat de douleur traverse son visage joyeux, puis elle reprend le contrôle.

— Mary Elizabeth, vous pensez peut-être que ça n'a pas d'importance, mais si vous ne commencez pas à tenir compte de votre propre expérience, elle continuera à vous maîtriser. Que vous en ayez conscience ou pas, c'est exactement ce qui est en train de se passer. Vous êtes une série de réactions en chaîne. N'aimeriez-vous pas mieux contrôler les événements ?

— Pourquoi espérer alors que c'est impossible ? Ce sont des choses qui arrivent. Il faut encaisser. On a quelque chose, puis on en est privé, et tout ce qu'on peut faire, c'est apprendre à surmonter tout ça du mieux possible. Donc, oui, je réagis parce que la vie est comme ça et que je ne peux rien faire d'autre.

La docteure Chette a l'air perdue dans son immense fauteuil, comme s'il l'avait dévorée.

— Je pense que vous ne voulez pas revivre toute cette douleur.

— Je la revis *tout le temps*. Elle est toujours avec moi.

Ma voix se brise sur la fin de ma phrase et je la ravale.

Chette laisse l'atmosphère se tendre entre nous en attendant que je dise quelque chose. Face à mon silence, elle reprend :

— Je vais recommander un congé. Je ne pense pas que votre stage vous fasse du bien en ce moment. Vous avez besoin de vous reposer et de prendre soin de vous.

— Non, s'il vous plaît !

Je m'oblige à me redresser et à me concentrer sur ce qu'elle dit.

— Vous ne comprenez pas.

Puis je comprends, moi. Je dois faire ce qu'elle veut ou laisser tomber mon rêve de devenir policière. Même si je déteste la cheffe en cet instant précis et que j'ai l'impression de ne servir à rien, je le regretterai si je sors d'ici en tempêtant.

— C'est bon. Je vais vous dire ce qu'il s'est passé, même si je ne pense pas que ça va m'aider ou faire une quelconque différence.

— D'accord, Mary Elizabeth. Prenez votre temps.

Je ferme les yeux. Je me souviens de ma mère. Elle était de mauvaise humeur et s'était habillée en rouge. Sa main était fraîche contre la mienne.

— Bien, dit la docteure Chette. Maintenant, racontez-moi.

Je n'ouvre pas les yeux. Je n'en ai pas envie. Ce serait perdre cette image de ma mère, la sensation de ce jour-là sur ma peau. Je crois que c'est la première fois que ce souvenir est si proche. Il m'a toujours paru distant et déformé. *C'est la lumière bleue*, murmure une voix. *Elle t'a rapprochée de toi-même.*

— Ma mère était en colère. Ou fâchée, en tout cas. Elle portait une robe d'été rouge avec de petits cœurs blancs.

— Pourquoi était-elle en colère ?

— Parce que Papa était malade, Mirana aussi, et qu'elle avait des choses à faire. Finalement, elle allait devoir s'occuper d'eux toute la journée. Nous nous tenions par la main. Elle m'a accompagnée à l'école à pied, et elle n'a pas arrêté de me dire qu'elle était contente que je ne sois pas malade mais que je le serais sûrement bientôt, moi aussi, et que, là, toute sa semaine serait fichue.

— Vous souvenez-vous d'autre chose sur le chemin de l'école ?

— Seulement que le soleil brillait et que les nuages étaient en forme de cookies.

— Et après ?

— Elle s'est agenouillée et m'a fait une caresse sur le sommet de la tête. Ses yeux étaient si bleus, ses cheveux si rouges, et les cœurs sur sa robe semblaient danser.

Quelque chose me revient.

— Danser… Nous avons appris le quadrille, ce jour-là. Dos-à-dos…

— Tout le monde en passe par là, un jour.

— Puis la police est arrivée. Les agents m'ont emmenée au poste. Ils ne m'ont pas dit ce qu'il s'était passé, alors je suis simplement restée un bon bout de temps à regarder les gens qui répondaient au téléphone et tapaient à l'ordinateur, l'air pressé. Puis une inspectrice s'est assise à côté de moi. Je me souviens qu'elle sentait bon. Elle m'a emmenée dans une salle et elle m'a dit… Et aussi que ma tante allait venir me chercher et que j'allais rentrer avec elle.

— Que vous a-t-elle dit d'autre, Mary ?

J'ai un frisson. Quelque chose de moite, endormi depuis longtemps, cherche à sortir de ma bouche. Ça a un goût métallique.

— Elle m'a dit…

Je sens tout mon corps trembler. Je me souviens de cette pièce si blanche, avec un téléviseur suspendu dans un coin et un miroir sur toute la largeur d'un mur.

— Elle m'a dit que ma famille avait été tuée, que quelqu'un de méchant était entré dans notre appartement et avait trouvé Papa et Mirana malades, au lit, et qu'il les avait tués, puis qu'il avait tué Maman, puis qu'il était reparti. J'ai pensé que c'était tellement étrange, d'avoir appris à danser le quadrille pendant que quelqu'un tuait ma famille.

— Allez plus loin. Comment vous sentiez-vous ?

— Mirana. J'ai pensé à elle. Elle avait un manchot bleu en peluche qu'elle emportait partout. Je me suis demandé où il était et si elle l'avait quand… quand il…

Je ne peux plus respirer. Je porte les mains à ma poitrine, qui est serrée au point de m'étouffer.

— Tout va bien, Mary. Vous pouvez y arriver. Quand vous retrouvez un souvenir de ce genre, comptez à rebours, de dix à un. Concentrez-vous simplement sur les chiffres. Allez-y.

— Maintenant ?

— Oui.

J'inspire.

— Dix, neuf, huit, sept, six, cinq, quatre, trois, deux, un.

Je m'efforce de compter lentement, de tenir bon contre le frisson que m'ont laissé mes souvenirs.

— Bien. Vous vous sentez mieux ?

— Oui. Vraiment.

C'est vrai. Revivre cette journée l'a rendue moins effrayante et moins menaçante.

— Pouvez-vous continuer ? Me dire ce qu'il s'est passé après ?

J'inspire profondément et je laisse mes poumons se remplir avant de les vider complètement.

— Oui, c'est bon.

— D'accord. À votre rythme.

Je replonge dans le souvenir. Cette fois, j'ai un peu plus de recul, comme si j'étais une observatrice dans la pièce, et non la personne à qui tout ça est en train d'arriver, et je me sens plus en sécurité.

— J'ai pensé à mon père. Il était si fort qu'il pouvait soulever un piano, alors je ne comprenais pas comment on avait pu lui faire une chose pareille. Comment quelqu'un avait-il pu le maîtriser ? C'était pratiquement inconcevable. L'inspectrice me tenait par la main. Elle m'a regardée dans les yeux et m'a dit qu'elle allait retrouver celui qui avait fait ça à ma famille. C'était quelqu'un de méchant, et il n'avait pu s'en prendre à eux que parce que mon père était malade. Il n'aurait pas pu soulever un piano ce jour-là. Elle a dit qu'elle allait s'assurer que le tueur passerait le restant de ses jours derrière les barreaux. Elle a attendu avec moi jusqu'à l'arrivée de Gia. Ici, au poste. Dans cet immeuble. C'est ici que tout se passe.

Ma gorge me fait mal et je veux m'arrêter.

— Et l'inspectrice ?

— La cheffe Ito.

J'ouvre les yeux et je reprends conscience de la pièce : l'assortiment de thés et de biscuits dans un coin, les livres expliquant comment recevoir l'amour qu'on mérite, la rangée de succulentes devant la fenêtre aux stores baissés.

— Elle n'était pas cheffe, à l'époque. Ma main est passée de celle de ma mère à la sienne, puis à celle de Gia, ce jour-là. La cheffe a pris soin de moi. Puis il y a eu la conférence de presse, quand elle l'a retrouvé. Je lui ai remis un prix devant tous ces gens.

J'entends le crépitement des flashs, je me souviens avoir été aveuglée et avoir adoré être sur le devant de la scène. Ce jour-là, pour la première fois, je me suis dit : *Voilà ce que je veux faire.*

— J'avais sept ans. J'ai caché mon visage dans sa jupe. Elle m'a protégée.

Je m'interromps. Je croyais *vraiment* être quelqu'un de spécial pour la cheffe, raison pour laquelle le traitement qu'elle m'a réservé hier m'a tellement blessée. Je n'ai peut-être pas eu de contacts avec elle jusqu'à récemment, mais j'étais toujours à tourner autour d'elle, à attendre qu'elle me remarque. Puis elle m'a remarquée, et je n'avais jamais envisagé qu'elle pourrait détourner les yeux après m'avoir accordé son attention. Je pensais que, lorsqu'elle reconnaîtrait mes capacités, je ferais partie du cercle, que nous étions liées comme si j'étais une sorte de fille de substitution. C'est tellement ridicule. Combien de centaines d'enfants a-t-elle aidés à l'heure qu'il est ? Combien de mains a-t-elle tenues ? Dans combien de regards a-t-elle plongé le sien avant de faire des promesses ? C'est son travail. Je ne suis qu'un rouage mineur. Je ne suis rien pour elle.

La docteure Chette me tend un mouchoir, mais je n'en ai pas besoin ; j'ai le cœur trop lourd pour pleurer.

— Il m'a fallu du temps pour réaliser que la cheffe avait raison et que mon père était trop faible pour se défendre ce jour-là. Et l'homme qui les a tués… Ça ne lui a rien fait. Il n'a rien ressenti. C'était juste un crime haineux de plus contre les Héritiers. Il ne voyait même pas mes parents et ma sœur comme des êtres humains. Je n'ai jamais pu rentrer chez moi. Je sais maintenant que c'était un tel bain de sang que personne ne voulait que j'approche de la scène du crime. Je n'avais qu'une envie : rentrer à la maison. J'ai toujours voulu rentrer à la maison. Puis j'ai rencontré James et Ursula, et il y a Gia. Ce n'est pas comme avant, mais c'est quelque chose. C'est un peu comme être à la maison.

— Oui, c'est ainsi qu'on se remet d'une tragédie. On ne peut pas guérir, et redevenir plein et entier comme avant, mais on peut construire des ponts par-dessus ses blessures.

Chette regarde le bloc-notes sur ses genoux, puis en l'air, comme si elle cherchait des réponses au-dessus de sa tête.

— Et comment vous sentez-vous maintenant, Mary Elizabeth ?

Je réfléchis à sa question et au degré de sincérité de ma réponse.

— Je… Je suis furieuse. J'ai envie de me venger. J'ai l'impression que tout ce qu'il se passe, tout ce qu'il s'est passé depuis ma naissance, est injuste, et que justice doit être faite.

Pendant une seconde, je pense avoir dit exactement ce qu'il ne fallait pas. Elle va recommander qu'on me donne un congé ou qu'on recrute un autre stagiaire. Toutefois, elle se contente de hocher la tête.

— Je sais qu'Ursula a disparu. Les circonstances sont quelque peu différentes de celles de votre enquête, mais vous pensez que les deux affaires sont liées.

— Oui.

Un sanglot menace de remonter et je dois impérativement le contrôler. Sinon, tout va sortir d'un coup et il y en aura trop.

— Parfois, j'ai l'impression que c'est la fin du monde, dis-je quand je me sens en mesure de parler. Parfois, j'ai l'impression que c'est la fin du monde depuis que je suis née.

— Développez, demande Chette en se penchant en avant.

Je résiste à l'envie de me refermer comme une huître. Je regarde par la fenêtre. Nous sommes au dixième étage, et on voit une vaste étendue grise et un bout triangulaire du bâtiment à côté.

— Quand la magie est morte, c'était comme si elle avait emporté l'âme du monde entier avec elle. Maintenant, tout est possible et il se passe plein de choses à la fois. C'est comme si l'univers était aspiré dans un entonnoir.

Ses yeux verts pétillant, Chette tapote le bout de son stylo contre son menton.

— Je sais que rien de tel n'est en train de se produire, mais c'est l'impression que j'ai. Et donc, oui, la disparition d'Ursula est une chose de plus qui me pousse à croire que le monde ne va nulle part. Chacune de mes pensées complètement folles semble vraie. Je dormirai. Je ferai ce que vous voulez. Mais, je vous en prie, recommandez-leur de me garder en stage. S'il vous plaît.

Chette jette un coup d'œil à sa montre. Son bureau est une espèce d'usine à flics dérangés. Je suis sûre qu'elle a des cas plus graves à traiter, des gens dont un collègue a été tué sur le terrain, ce genre de choses.

Elle cligne des yeux.

— N'aimeriez-vous pas pouvoir simplement y croire tellement fort que tout irait bien ? demande-t-elle. Prier la bonne étoile ou taper dans vos mains pour que tout redevienne comme il devrait l'être ? Enfin… Le monde dans lequel nous vivons ne fonctionne pas ainsi, n'est-ce pas ?

Elle pousse un soupir.

— Néanmoins, je veux que vous me promettiez de dormir six heures minimum. Vous devez aller au lycée et faire le nécessaire pour les cours. Et souvenez-vous : si vous explosez, si vous perdez le contrôle ou si vous manifestez de nouveaux signes de stress, je recommande un congé.

— Merci ! Je serai sage, je serai parfaite !

— Et, Mary, gardez à l'esprit que, parfois, tendre la main à quelqu'un peut changer la donne pour cette personne. Lorsqu'on se protège constamment contre la menace que l'on soupçonne à chaque coin de rue, lorsqu'on pense que le monde est ligué contre nous, le positif a du mal à se frayer un chemin. La colère n'est pas un problème si elle est dirigée dans la bonne direction. Ne la laissez pas dévorer la douceur que vous avez en vous.

— D'accord. L'univers n'est pas mon ennemi, malgré toutes les preuves en ce sens. J'ai compris.

Elle sourit et gribouille une signature au bas de mon évaluation.

— Vous avez fait du bon travail, aujourd'hui, Mary Elizabeth. Vous avez travaillé en profondeur. Prenez soin de vous et ne faites rien d'inconsidéré.

— D'accord.

— Mona m'a demandé de vous renvoyer au poste. Je suppose que quelqu'un a ouvert une enquête sur Ursula. Les agents Colman et Mahony ont été chargés de l'enquête.

Elle m'observe digérer l'information. Ursula est officiellement une personne disparue. Des gens mènent l'enquête. Quelqu'un est responsable du dossier. C'est juste que ce n'est pas moi.

— N'est-ce pas une bonne nouvelle ? demande Chette. C'est officiel : elle a disparu. Cela veut dire que la police va s'en occuper.

— Oui, c'est une bonne nouvelle.

Pas aussi bonne que si Ursula était rentrée à la maison. Je repousse ma peine, ma jalousie et, pire, la conviction que, même si deux agents sont sur le coup, personne ne voit le lien dont je suis si certaine.

— Bien. Souvenez-vous de faire *votre* travail, de poursuivre votre enquête, de prendre soin de vous et de ne pas vous mettre en danger.

— C'est promis.

Elle me serre chaleureusement la main et je dois ravaler une pointe de culpabilité. Je sais très bien que je viens de lui mentir.

Transcription de l'enregistrement de l'entretien avec Mary Elizabeth Heart au sujet de la disparition d'Ursula Atlantica

Entretien mené par les inspecteurs Colman et Mahony au poste central de Monarch City

Mahony : Mary Elizabeth, pour mémoire, vous êtes en stage ici, au poste central de Monarch, et vous essayez actuellement de localiser Mally Francine Saint, c'est bien ça ?

Mary : C'est ça.

Mahony : Et vous êtes une amie d'Ursula Atlantica ?

Mary : Oui.

Mahony : Pouvez-vous nous parler de votre relation ?

Mary : C'est ma meilleure amie.

Mahony : Depuis combien de temps diriez-vous qu'elle est votre meilleure amie ?

Mary : On s'est rencontrées au tout début du primaire. Il y a onze ans, donc. C'était après la Grande Mort.

Mahony : Pour mémoire, pouvez-vous confirmer que vous êtes toutes les deux Héritières ?

Mary : Oui. Oui, nous sommes toutes les deux Héritières.

Mahony : Pouvez-vous nous dire quand vous avez vu Ursula pour la dernière fois ?

Mary : Jeudi après-midi.

Mahony : Il y a deux jours, donc.

Mary : Oui.

Mahony : Et où se trouvait-elle la dernière fois que vous l'avez vue ?

Mary : Elle était chez moi. Je l'y ai laissée pour venir ici, pour mon stage. Elle devait rentrer chez elle pour voir sa mère et sa sœur. J'imagine qu'elle ne l'a jamais fait.

Colman : Nous attendons encore les vidéos, mais il semblerait qu'elle se soit rendue au Pays des Merveilles au lieu de rentrer chez elle comme elle vous l'a dit. Pouvez-vous expliquer pourquoi elle aurait fait ça ?

Mary : Elle aurait pu y retrouver quelqu'un ?

Colman : C'est une question ?

Mary : Je ne sais pas. Je ne sais pas ce qu'elle a pu faire. J'étais au travail.

Mahony : Colman voulait savoir si vous étiez au courant qu'elle allait retrouver quelqu'un cette après-midi-là.

Mary (après une pause) : Non. Je ne sais pas pourquoi elle est allée au Pays des Merveilles.

Colman : La dernière fois que vous l'avez vue, avait-elle l'air déprimée ou perturbée de quelque manière que ce soit ?

Mary : Non, juste fatiguée.

Colman : Est-il exact que votre appartement est situé près du lac Miracle, un lieu où se produisent de nombreux suicides ?

Mary : Elle n'a pas fait ça ! Elle ne ferait jamais ça.

Mahony : Pardon. Désolé de vous émouvoir. C'est une possibilité dont nous devons tenir compte.

Colman : Nous devons vous poser une question et nous espérons que vous y répondrez sincèrement. Au fil de certains entretiens, nous avons découvert qu'Ursula menait des activités parallèles, ce qui lui a valu de se faire quelques ennemis. Apparemment, elle faisant chanter plusieurs enseignants, le proviseur et… euh… le propriétaire de l'épicerie du coin. Il a été difficile de recueillir ce genre d'informations auprès des personnes de votre âge. Les lycéens deviennent suspicieux en notre présence. Vous pouvez peut-être nous éclairer sur les activités illégales d'Ursula.

Mary : Je ne sais pas grand-chose. Je n'ai jamais eu l'impression que c'était illégal.

Colman : Vous croyiez que le chantage était légal ?

Mary : Euh, non, mais…

Colman : On dirait que des tas de gens avaient tout intérêt à la voir disparaître.

Mary : Non, tout le monde l'adore.

Mahony : J'ai bien peur que ce ne soit pas le cas. Pas du tout.

Mary (hésitante) : Je ne sais rien.

Colman : Et votre petit ami ?

Mary : Quoi ? Qu'est-ce qu'il vient faire là-dedans ?

Colman : Non, rien. Juste son père.

Mahony : Rien dont nous ayons besoin de parler aujourd'hui. Voici ma carte. Restons en contact. Je sais que vous ferez ce qu'il faut si vous avez du nouveau.

Colman : Et si vous ne faites pas ce qu'il faut, ce ne serait pas seulement une violation du contrat qui vous lie à la police, mais une affaire d'entrave à la justice.

Mary : Est-ce que je peux y aller ?

Colman : Je vous en prie.

Mahony : Restez joignable, Miss Heart.

DOUZE

— ILS ONT ÉTÉ HORRIBLES, JAMES. COLMAN ET MAHONY. ILS ont posé plein de questions et on voyait très bien qu'ils étaient anti-Héritiers. À les entendre, Ursula ne vaut rien et allait forcément finir par être enlevée ou éliminée… On aurait cru que tout était sa faute.

James et moi faisons le tour de la Cicatrice en voiture, à la recherche de la moindre trace d'Ursula. Pendant ce temps, les garçons surveillent le Pays des Merveilles. Je me sens incapable d'y aller et d'affronter Dally, et toutes ses questions, spécialement quand je n'ai aucune réponse à lui apporter. Je ne sais pas où est Mally. Je ne sais pas où est Ursula. Je ne sais rien.

Après mon explosion chez la cheffe hier, Bella me laisse tranquille pour aujourd'hui. Elle, de son côté, travaille sur le dossier de Mally. Mais il m'est impossible de simplement prendre ma journée. Je ne tiens pas en place.

James arrête la voiture devant l'immeuble de Mally. Les oiseaux se découpent contre le ciel sombre et une lueur jaune brille dans l'appartement de Jack Saint. J'espère qu'il se sent mieux, là-haut, que moi ici.

Nous sortons de la voiture et nous installons sur le capot.

— Viens là, dit James.

Je me blottis dans ses bras et nous restons assis quelques minutes en silence, oubliant les pensées effrénées qui tournent dans nos têtes.

— James.

— Oui ?

Je veux l'interroger au sujet de la lumière bleue. Elle est comme suspendue entre nous depuis mercredi soir. La vie semble avoir tellement accéléré que nous n'avons même pas eu le temps de parler de ce qui a pourtant une importance fondamentale. Depuis notre enfance, James a toujours affirmé qu'il trouverait le moyen de ramener la magie grâce à son intuition. Il ne fait peut-être pas officiellement partie des magicalistes, mais il a les mêmes idées qu'eux : la magie est seulement endormie, et on peut la récolter comme n'importe quelle autre ressource naturelle, si on sait où la chercher. Et, maintenant, on dirait qu'il l'a trouvée. C'est une révolution.

— Tu veux que je te dise tout ? demande-t-il en me serrant contre lui.

— Je ne sais pas. Nous n'avons jamais eu de secrets l'un envers l'autre.

— Si je te disais tout, tu le regretterais. Nous sommes obligés de signaler le moindre fait magique, c'est la loi. Et tu es flic.

Il observe la rue déserte autour de nous.

— C'est à toi de décider, Mary. Si tu veux que je t'en parle, je le ferai. Mais je ne pourrai pas revenir en arrière.

Me séparer de James est difficile. Aller au travail, ne pas savoir ce qu'il fait avec les garçons, ce qu'ils préparent, s'ils sont en danger. Cependant, être près de lui est difficile aussi. Regarder ses yeux bruns, ses longs cils, sans avoir les mots pour lui dire qu'il ne me reste que lui, à part le rêve de faire de cette ville un endroit où nous pourrons vivre tous les deux.

— Non. Ne me dis rien. Pas encore. Mais j'ai quelque chose pour toi.

Je sors le bracelet de ma poche et le lui tends.

— Il appartient à Mally. Tu peux peut-être m'aider. Utilise ton intuition, ou ta lumière bleue, qui sait ? J'ai aussi cette bague… Elle est à Ursula. Est-ce que tu penses pouvoir les trouver grâce à ces bijoux ?

Je retire la bague que je porte au doigt et la lui donne.

— Je n'en sais rien. Je verrai ce que je peux faire.

Je repense à Ursula. Ces policiers s'en fichent. Je dois aller chez elle, trouver sa liste noire, et parler à Morgana et sa mère. Je repèrerai peut-être quelque chose dans sa chambre, quelque chose que ces idiots auront raté. Je n'ai pas le droit d'enquêter sur sa disparition officiellement, mais personne ne peut m'interdire d'aller chez ma meilleure amie.

— Ça va aller, me rassure James. C'est terrible de ne pas savoir où elle est, mais je pense qu'elle va bien.

— Tu crois ?

— Je le sentirais, s'il lui était arrivé quelque chose.

Je le sentirais aussi. Je sais qu'il a raison.

— Ma Trace m'enverra peut-être un autre rêve.

— Peut-être, répond James en bâillant. On la trouvera.

Avec un croassement et un froissement de plumes, Trublion, que je reconnais à son collier de plumes, se pose sur le lampadaire à côté de nous.

— Ça alors ! C'est l'oiseau de Mally ? demande James. Qu'est-ce que tu veux, le corbeau ?

Trublion me regarde droit dans les yeux en poussant un cri accusateur.

— Va la chercher, toi, lui dis-je.

Il penche la tête sur le côté.

— Je ne la trouve pas. Essaye, toi.

C'est ridicule, je sais. Il ne peut pas comprendre ce que je raconte. Je ne le pense pas, du moins. Vu la manière dont il me regarde, je n'en suis plus très sûre.

— Va chercher Mally et ramène-la à la maison.

Trublion pousse un long croassement bruyant, puis disparaît dans la nuit avec un battement d'ailes furieux.

James laisse échapper un petit rire incrédule.

— Si je ne savais pas que c'est impossible, je dirais que ce corbeau vient de suivre tes instructions.

— Ne me juge pas. Ces pauvres mecs de Midcity ne retrouveront jamais Ursula et, apparemment, je ne retrouverai jamais Mally non plus. Trublion a autant de chances d'y parvenir que n'importe qui d'autre.

Je repense à l'avertissement de la cheffe et au conseil de Bella, qui m'a dit de rester à ma place. C'est le mieux que je puisse faire pour ma meilleure amie et c'est tellement insuffisant. Rester assise sur le capot, les yeux perdus dans l'obscurité, en attendant qu'Ursula émerge de la nuit et me revienne.

Le lundi matin, lorsque James vient me chercher pour aller au lycée, Mouche passe sur la banquette arrière sans râler ni se plaindre, ce qui prouve bien à quel point nous sommes tous déprimés. Les couloirs de Monarch High, généralement bruyants et chaotiques, sont plongés dans le silence. Personne ne se bagarre, ne se dispute, ne fait l'idiot. Dreena porte un brassard noir et me fait signe de la main, l'air funèbre. Stone tire de sa basse quelques accords décousus. Tout se passe comme si Ursula et Mally étaient deux forces de la nature qui nous fournissaient notre énergie ou une raison de nous battre, et qu'il ne restait maintenant que le vide.

C'est de la torture. Pas de Mally, pas d'Ursula. Un profond malaise règne dans les couloirs. Les Héritiers ne sont pas pleins de leur entrain habituel, tandis que les Enclavés marchent avec un regard paranoïaque, sur le qui-vive.

En cours d'histoire de la magie, nous nous répartissons dans nos groupes de discussion en traînant des pieds. La salle paraît trop grande et silencieuse sans Ursula. Bien que personne ne dise rien, je sens que les autres lycéens me surveillent, surtout Lucas, même s'il semble avoir perdu sa langue, lui aussi.

— Ce matin, commence M. Iago une fois que tout le monde est installé, j'aimerais que vous sortiez vos ordinateurs portables et répondiez à l'enquête sur l'inclusivité que vous trouverez dans votre espace en ligne. Monarch High étant situé dans un quartier majoritairement Héritier, la ville, maire Triton comprise, voudrait s'assurer que le lycée aborde l'éducation de ses élèves sans biais culturels.

Il s'éclaircit la gorge.

— Je vous serais très reconnaissant d'avoir la gentillesse de partager vos retours sur ce cours. C'est obligatoire. Par la suite, si vous le voulez bien, lisez le chapitre 8 et faites l'exercice à la fin. Ce sera tout pour aujourd'hui. Vous pouvez rester aux places où vous êtes actuellement, mais il n'y aura pas… euh… de discussion. Pas aujourd'hui.

Il se rassied derrière son bureau, puis se relève aussitôt.

— J'ajouterai également que si l'un d'entre vous est mal à l'aise face aux récents évènements ou a la moindre pensée… euh… envisage de se faire du mal, j'ai ici quelques brochures, gentiment fournies par Dreena. Je vous encourage tous à demander de l'aide si vous en ressentez le besoin.

— Sérieux ? s'écrie James du fond de la salle. Essayez-vous de dire… Vous croyez qu'Ursula et Mally se sont suicidées ?

— Pourquoi pas, l'Écorché ? rétorque Lucas, l'air maussade. Ce n'est pas comme si elles avaient eu grand-chose à attendre de la vie.

— Tu n'as qu'un geste à faire, Cap, grommelle Mouche en se penchant en avant. Tu veux que j'étripe ce raté ?

— Non, répond James. Un jour, quand tu t'y attendras le moins, je te ferai payer ce que tu viens de dire, Lucas.

Katy lève la main.

— Monsieur, vous avez entendu ? Mouche et James ont menacé Lucas.

— Eh bien, euh…

— Je voulais être sûre que vous aviez bien entendu, poursuit-elle en fixant James du regard. Peut-être que c'est quelqu'un de la Cicatrice qui les a enlevées. Quelqu'un qui ne prend pas la peine de se cacher.

— Ça suffit, je vous en prie !

Iago a élevé le ton pour couvrir les voix qui grondent dans la salle. En vérité, la dispute soulage tout le monde. Je préfère encore ça à ce silence insupportable.

James semble réfléchir à qu'il a devant lui, mais je sens les questions qui s'entrechoquent dans son esprit. Ursula ne sauterait jamais dans le lac Miracle, n'est-ce pas ? Et Mally ? Ursula est stressée à cause de sa mère et de Morgana, d'accord, mais elle aime la vie plus que n'importe qui d'autre. C'est juste qu'elle voit l'existence différemment de la plupart des gens. Pour elle, c'est plutôt un jeu auquel il faut gagner. Sauter dans le lac Miracle ne serait pas une victoire.

— Le lycée est bien plus calme ces derniers jours, tu ne trouves pas ? demande Katy à Josey, une autre Enclavée.

Elle a mal choisi son interlocutrice. Josey adore les Héritiers. Elle essaye même de se faire passer pour l'une d'entre nous avec des tatouages éphémères. Elle hausse les épaules et tente de se concentrer sur son écran.

— C'est juste tellement plus agréable en l'absence d'une certaine personne, insiste Katy. Tellement moins vulgaire.

Elle porte la paille de son mug blanc de voyage à sa bouche et boit une gorgée. Je suis prête à parier que c'est une boisson trop sucrée, du genre que l'on continue à sentir sur ses papilles bien après l'avoir terminée.

J'aimerais lui arracher la langue, mais les avertissements de la cheffe et de Bella résonnent à mes oreilles. Pas de violence physique.

— Katy, arrête, dit Josey d'une voix faible.

— Je ne critique pas, je constate. L'atmosphère est tellement plus saine sans Ursula.

— Ça suffit, dit Lucas à voix basse.

— Mais c'est vrai !

Je n'en peux plus. Je ne supporterai pas une seconde de plus les sons qui sortent de la bouche de Katy.

— Écoute-moi, petite idiote : ne parle plus jamais d'Ursula. Jamais.

Murmures tout autour de nous.

— Nous avons deux options, intervient M. Iago, toujours assis derrière son bureau. Vous pouvez mettre vos différends de côté et faire le travail demandé dans le calme, de sorte que votre enseignant, épuisé et à bout de nerfs émotionnellement, puisse reprendre ses esprits, ou bien vous faites le tour de la cour au pas de course pendant les soixante prochaines minutes. Que préférez-vous ?

Katy fait la moue, et moi aussi, mais nous nous replongeons dans le questionnaire.

Avez-vous l'impression que toutes les factions sont représentées en cours ?

Avez-vous l'impression de pouvoir parler librement en cours ? Que votre point de vue sera pris en compte ?

Avez-vous l'impression de connaître les opinions politiques de votre enseignant ?

Je ne sais pas quoi répondre, alors je relis les questions, encore et encore. Que nous demandent-ils ? Pourquoi ?

Ma main s'avachit sur ma chaise. Les minutes s'égrènent, les unes après les autres. J'ai de plus en plus de mal à rester concentrée et je renonce à m'échiner à comprendre les questions. Puis j'entends le tic-tac de la montre en alligator de James.

Tic.

Tac.

Tic.

Tac.

Tic.

Tac.

J'ai envie de dire à James de la faire baisser d'un ton, qu'elle est si bruyante que je ne m'entends plus penser, mais je n'arrive pas à parler. Je tente de bouger les mains, d'ouvrir la bouche.

Impossible. Je tourne la tête vers lui. Ça me prend un million d'années. Chaque millimètre s'étire en un effort infini, comme si ma tête était un ballon encombrant prêt à s'envoler de mes épaules à tout moment.

James essaye de me parler, mais sa voix n'est qu'un long murmure. Ses mots n'ont aucun sens. Je ne sais même pas quelle langue il parle. Il se passe quelque chose. Mes bras picotent et je ne peux absolument pas les bouger.

Un fredonnement s'élève et je fais un effort colossal pour ramener ma tête vers l'avant.

Mally Saint est assise sur la chaise qu'occupait Katy il y a quelques minutes. Elle est aussi royale que d'habitude, ses minces épaules se tiennent droites et fières. Ses cheveux recouvrent l'une de ses joues. Elle a peut-être perdu un peu de poids ; en tout cas, elle semble plus mince encore qu'avant. Elle s'immobilise un instant en croisant mon regard. Elle est terrifiante. Son ombre englobe toute la salle. Elle recommence à fredonner et, cette fois, sa voix fait vibrer la pièce tout entière. Je ne peux rien faire d'autre que la regarder. Je n'entends rien d'autre que sa voix.

Soudain, elle s'interrompt. Personne ne nous regarde. C'est comme si nous n'étions même pas là.

— Tu ferais mieux de garder un œil sur lui, dit-elle en désignant James du menton.

J'essaye de parler. Rien ne sort. Je ne veux pas qu'elle le regarde. Ses ongles sont plus longs que dans mon souvenir et vernis de rouge sang. Ils tapotent la table, l'un après l'autre.

— Ce n'est pas aussi dur que je le pensais, dit-elle. Il faut souffrir pour en arriver là, mais la vie n'est que douleur, de toute façon, n'est-ce pas ?

Il faut que je lui parle. Je suis muette. Je hurlerais de frustration si seulement je pouvais bouger.

Elle se penche sur la table et s'approche suffisamment pour murmurer à mon oreille.

— Quand j'ai choisi entre ma tête et mon cœur, ç'a été facile. Qui pourrait souhaiter ressentir des émotions ? Puis ils l'ont pris. Ils l'ont pris. Juste comme ça.

Elle presse ses doigts contre ma poitrine, comme la dernière fois que j'ai rêvé d'elle, et déchire la peau. Puis elle regarde par-dessus mon épaule et retire sa main.

— Non !

Je n'ai jamais vu Mally effrayée, auparavant. Je veux voir de quoi elle a peur. Si seulement je pouvais tourner la tête.

— Laissez-moi !

Elle repose les yeux sur moi et commence à parler très vite.

— Ursula s'est enfuie. Elle est allée au seul endroit où ils ne peuvent pas aller la chercher. Tu dois lui dire de revenir. Elle doit revenir, ou ils vont…

Et là, comme si une main invisible avait tiré d'un coup sec sur ses jambes, elle tombe de sa chaise et percute lourdement le sol. Puis elle glisse lentement sur le carrelage, la tête sur le côté, les yeux grands ouverts, et on la traîne hors de la salle. Elle ne laisse qu'une traînée de sang bleu et visqueux derrière elle.

C'est à ce moment-là que je parviens à hurler.

Je suis par terre. J'entends l'écho de ma propre voix. James est penché sur moi, une main sous ma nuque, le visage envahi par la panique.

— Tu vas bien ? Mary, tu vas bien ? Dis quelque chose !

J'arrive à prononcer le nom de Mally en haletant.

— Miss Heart ! intervient M. Iago. Lucas, allez chercher l'infirmière.

— Il n'en est pas question, rétorque Lucas.

— Combien de doigts vois-tu ? me demande James en fusillant Lucas du regard, ce que je vois très bien malgré le flou qui m'entoure.

— Deux. Que s'est-il passé ?

— Je pense que tu t'es endormie. Je ne sais pas. Tu avais l'air de piquer du nez, j'ai voulu te réveiller, et tu t'es mise à hurler.

— Mally Saint. Elle était ici.

— Non, Mary Elizabeth, déplore M. Iago. Je vous assure que nous nous en serions rendu compte. Malheureusement, Mally n'est pas avec nous ce matin.

— Je pense qu'elle a rêvé, explique James.

— Oui. J'ai rêvé et j'ai vu Mally.

James sait que mes Traces se manifestent dans mes rêves. Il hoche la tête pour me signifier qu'il a compris, sans rien ajouter.

Je me relève, mais je suis obligée de me laisser retomber sur ma chaise. J'ai la tête qui tourne.

— Je dois y aller.

— Attends une seconde. Tu dois voir l'infirmière. Tu t'es cogné la tête en tombant.

— Je dois y aller et faire quelque chose. Je ne peux pas rester ici à remplir des questionnaires. Elle a dit…

Je tente de contrôler le ton de ma voix pour qu'on ne m'entende pas.

— Elle m'a dit qu'Ursula s'est enfuie. Qu'est-ce que ça signifie ?

— C'est de la folie, déclare Katy.

James parcourt la salle du regard. Tout le monde nous fixe.

— Je vais la ramener à la maison, annonce-t-il. Elle doit dormir un peu, se reposer.

— Impossible, refuse Iago. Un adulte doit valider la sortie de l'établissement.

— Je dois y aller et vous devez me laisser sortir. Chaque minute…

Je bute sur mes propres mots. Je me force à me lever.

— Chaque minute qui passe sans que j'agisse est une minute de plus pour celui qui fait du mal à vos élèves. J'ai mon stage à Midcity. Vous pouvez appeler ma tante, elle sera d'accord. Je dois y aller, et tout de suite.

Je fais mon possible pour reprendre le contrôle. Les gens aiment qu'on s'exprime calmement. Quand on s'exprime calmement, on obtient ce qu'on veut.

— Chaque minute compte, dis-je en essayant d'imprimer à mon regard le plus de profondeur et de sérieux possible.

M. Iago pousse un long soupir et capitule d'un geste de la main.

Aussitôt, James et moi bondissons.

— James, il n'est pas question que vous quittiez cette salle ! proteste Iago.

— C'est moi qui l'emmène, répond James, juste derrière moi.

— James ! crie l'enseignant. James !

Sur le parking, la voiture rugit, et James éclate de rire.

— Tu vas avoir des ennuis, lui dis-je.

— J'ai toujours des ennuis. Qu'est-ce que ça change ?

Je pense à l'inspecteur Colman et à la manière dont il a parlé de James, comme si son nom salissait le mien. Depuis qu'il est tout petit, James n'a jamais été jugé sur ses propres actes. Le fils d'un baron de la drogue meurtrier et la fille de deux victimes d'assassinat : nous formons un drôle de couple, et pourtant nous sommes parfaits l'un pour l'autre. Ensemble, nous sommes moins brisés par la vie.

Quelques rues plus loin, j'envoie un message à Bella. Elle me répond dans la seconde, comme si elle avait attendu que je la contacte, les doigts sur le clavier, et nous nous mettons d'accord pour nous retrouver.

— Tu peux me déposer du côté de chez Ursula ?

— Bien sûr. Est-ce que tu vas enfin me laisser rencontrer ta coéquipière ?

— Aujourd'hui ou un autre jour, je suppose que ça ne change rien. Je veux juste te prévenir… Elle est un peu intense.

— J'aime les gens intenses. Tu es intense, toi.

— Elle est plutôt intense dans le genre de Dreena.

— J'ai hâte, répond James en prenant un virage serré vers la zone des entrepôts.

J'observe par la fenêtre les bâtiments pastel décolorés. Deux fervents Héritiers promènent un rottweiler. L'un d'eux a le mot LOYAUTÉ tatoué sur son dos nu. La voiture passe devant un stand sur lequel un vieil homme coiffé d'un bob sélectionne des journaux, puis des pommes rouges et des roses à paillettes, qu'il fourre dans son sac de courses. Des garçons font du skate, des musiciens jouent au coin des rues, un mime au maquillage doré imite une statue. J'adore cet endroit, même sans magie. *J'aime* la Cicatrice et je ne resterai pas les bras ballants pendant qu'on lui fait du mal.

Prise dans la circulation des taxis, la voiture ralentit. Quelques personnes attendent le bus. Sur les lampadaires, des affiches annoncent la prochaine rencontre des Magiciens Anonymes : « Chercher, ensemble, le courage d'accepter la Mort. Les choses ne seront plus jamais les mêmes, mais nous pouvons avancer et affronter la réalité, une journée après l'autre. »

J'aperçois Bella, qui marche vers nous. Pantalon en tartan à taille haute, mocassins, chemise blanche à col boutonné. Et, encore une fois, ce chignon négligé à la perfection.

— Arrête-toi là. C'est elle.

En apercevant le mouvement soudain de la voiture, Bella porte la main à l'étui de son revolver. En toute objectivité, James peut être quelque peu intimidant. Il est recouvert de tatouages et très musclé. Pas baraqué, non, mais sec et fort, ça se voit tout de suite. Je n'y pense jamais, mais il est vrai qu'il correspond bien à l'image qu'on se fait d'un criminel.

Bella laisse retomber sa main dès qu'elle me reconnaît. Nous sortons de la voiture et je réalise, en les voyant se dévisager et s'évaluer mutuellement, que les deux univers dans lesquels je vis sont en train d'entrer en collision.

— Ravi de te rencontrer. James.

— Bella. Je… Je m'appelle Bella.

Un silence raisonnablement gêné s'installe.

— Bon, fini de jouer, dis-je. Viens, Bella. Il est temps qu'on prenne un café.

Treize

Bella ne dit pas un mot au sujet de James, mais je sais ce qu'elle pense. Je porte le même tee-shirt et le même pantalon noir tous les jours et j'ai de gros bijoux bien typiques de la Cicatrice aux doigts, d'accord, mais je m'intègre aussi bien dans le décor de Midcity que dans celui de la Cicatrice. James, en revanche… Impossible d'avoir le moindre doute quant à ses origines ou à sa place dans la grande équation existentielle de Monarch City. Pour dissiper l'embarras, je commence à parler de Mally et récapitule ce que nous savons. Et ce que nous ne savons pas.

Bella me lance un regard soulagé.

Nous n'avons que peu d'infos. Nous attendons toujours les vidéos du soir de la disparition. Logiquement, ça devrait être très rapide, juste le temps de saisir l'heure souhaitée dans le système de surveillance, mais non, il va nous falloir être patientes. Mally est toujours sur la liste des personnes disparues de leur plein gré et nous n'avons pas le droit d'enquêter sur Ursula. En d'autres termes, nous n'avons pas grand-chose à faire, alors nous décidons d'aller à la bibliothèque pour voir si l'historique de prêt de Mally peut nous apprendre quelque chose. En attendant, nous pouvons continuer de ratisser le quartier sur notre chemin, au cas où nous ferions de nouvelles découvertes.

Au coin des avenues du Merveilleux et du Lierre, nous croisons Stone, en train de boire un verre. Même sans sa basse, il a le look du musicien mélancolique et cerné.

— Tu es flic ? demande-t-il en serrant la main de Bella.

— Inspectrice.

— Alors, Mary, tu es en état d'arrestation ?

— Non, je travaille pour la police.

— Ah oui, j'avais oublié. Eh bien, madame l'agente, je fais ma part. Je garde un œil sur la situation.

— La Cicatrice a de la chance de t'avoir, Stone.

— Si le kidnappeur d'Ursula s'avise de venir nous chercher des noises, je l'assommerai avec mon skate. Vlan ! En plein dans le crâne.

— Excellent plan.

— Ursula m'a offert un toit à un moment où ça n'allait pas fort avec mes parents, tu comprends ? Elle a toujours été sympa.

J'ai les yeux qui piquent. J'aimerais que ces inspecteurs de Midcity soient là et entendent quelqu'un dire du bien d'Ursula, au lieu de toutes ces rumeurs. Bien sûr, ils ne croiraient probablement pas un mot sorti de la bouche de Stone.

— Merci de ton aide.

— Loyauté Héritiers, dit-il.

— Loyauté Héritiers, répété-je.

À la première épicerie, nous prenons un café à emporter, et Bella sourit en m'entendant commander pour elle un café léger et sucré.

— Tu t'es souvenue de ce que je préfère.

— L'appartement d'Ursula est tout près d'ici, dis-je après avoir savouré une gorgée. Est-ce qu'on pourrait y passer en allant à la bibliothèque ?

— Euh, non, répond Bella. Absolument pas. Je n'arrive pas à croire que tu me poses une question pareille après que la cheffe a clairement refusé que tu t'occupes de sa disparition.

Elle commence à arpenter la rue à grands pas.

— Bella, c'est une enfant, murmure-t-elle à sa propre intention. Tu ne peux pas t'attendre à ce qu'elle comprenne l'importance des règles. Ce n'est pas son badge, qui est en jeu. Elle n'a même pas de badge à proprement parler. Comment pourrait-elle comprendre la gravité de la situation ?

J'ai envie de hurler. Et de taper du pied. Je ne lui demande pas de gâcher sa vie : je veux juste passer chez Ursula, voir sa mère et, peut-être, jeter un coup d'œil dans sa chambre. Je suis sur le point de lui dire qu'elle n'a pas à me traiter comme une enfant lorsque je repense à ce qu'a dit Chette sur la douceur et la vulnérabilité.

— Pour être honnête, je n'ai pas encore eu le courage d'aller chez Ursula. Je n'ai vu ni sa mère ni sa sœur. J'ai été lâche. L'idée d'entrer dans sa chambre alors qu'elle n'y est pas… C'est horrible. Mais je pense que, avec toi, ce sera moins…

— Moins gênant.

— Peut-être. Ou moins émouvant, ou je ne sais quoi. Si je dois remonter le moral de la maman d'Ursula toute seule, je n'y arriverai pas.

Je me surprends moi-même d'avoir dit quelque chose d'aussi sincère. Je sens que c'est vrai. C'est pour cela que je ne suis pas allée chez Ursula avec James ; il est aussi émotif que moi.

— D'accord, d'accord, dit Bella. On entre et on ressort aussitôt, c'est clair ?

— C'est clair.

En poussant les portes du hall d'entrée, je suis submergée par une vague de pensées dissonantes. C'est ici que je passe le plus clair de mon temps lorsque je ne suis pas chez moi. J'ai tellement de souvenirs. Ursula et moi déguisées pour une séance de minuit de *The Rocky Horror Picture Show*. Ursula qui passe un coup de fil dans le hall, avec ses bas résille et ses grandes bottes noires. Moi, en larmes, la première fois que James et moi nous sommes disputés. Ursula, agenouillée à côté de moi, me disant d'encaisser et de me relever avec la dignité d'une reine. *Redresse le menton. Ne laisse jamais personne te voir les yeux baissés.*

— Tu vas bien ? demande Bella. Tu es toute pâle.

L'immeuble, plutôt cossu autrefois, s'est beaucoup dégradé au cours des dix dernières années. L'ascenseur ne fonctionne pas, et la peinture murale représentant des flamants et l'océan est décolorée. Au bout du petit couloir menant à la porte d'Ursula, j'hésite.

— Tu es prête ? vérifie Bella, les sourcils froncés.

— Tu me donnes encore une minute ?

— Alors, vous êtes amies depuis longtemps ?

— Depuis le tout début du primaire. Après la mort de ma famille, j'ai dû aller vivre chez Gia. Certains des autres enfants se connaissaient depuis l'âge de deux ans. Ursula est venue droit vers moi, elle m'a donné un feutre orange et elle m'a dit de faire du coloriage avec elle. Et c'est ce que j'ai fait.

— Et maintenant, elle a disparu, et tu dois vérifier que sa mère et sa sœur vont bien.

— C'est ça.

— Et ce n'est pas facile, parce que tu penses que c'est ta faute.

Sa remarque me percute comme un bulldozer.

— Ah bon ?

— Eh bien, je ne vois pas d'autre explication pour que tu redoutes de voir sa mère et sa sœur. Elles attendent probablement que tu passes depuis un moment. Donc, tu dois te sentir coupable de quelque chose.

Je regarde ma coéquipière et, pour la première fois, je ne me sens ni irritée ni exaspérée. Je ne suis que reconnaissance. J'aimerais pouvoir le lui dire, mais, au lieu de cela, je demande :

— Tu es très perspicace, tu sais ?

— Merci, Mary Elizabeth, répond-elle en rougissant légèrement.

Bien sûr que je me sens coupable de la disparition d'Ursula. Et j'ai bien raison. J'ai été tellement égocentrique que je ne n'ai pas prêté attention à ce qu'il se passait autour de moi. Et, même si je ne veux pas l'avouer, il est vrai qu'elle a des ennemis. Elle a énervé beaucoup de monde avec ses accords et ses menaces.

— Tu es prête ?

— Oui, je pense que c'est bon.

Bella frappe, puis elle recule de quelques pas afin de me laisser passer devant.

Morgana entrouvre la porte et j'aperçois les monstrueux chats tigrés d'Ursula qui tournent en rond dans le salon.

— Mary Elizabeth ? Nous nous demandions où tu étais passée !

Le poids et l'intensité de la responsabilité qui s'abat sur mes épaules sont tels que je me sens mille fois plus mal que lorsque j'ai franchi l'entrée de l'immeuble, d'autant plus que Morgana a l'air encore plus squelettique que d'habitude. Elle ouvre la porte en grand, se précipite vers moi et jette ses bras autour de ma taille. J'ai l'impression de toucher des baguettes.

— Morgie… Tu vas bien ?

La mère d'Ursula est très faible et ne s'occupe probablement pas du tout de sa fille. Telle que je la connais, elle est malade au fond de son lit. C'est ce qu'elle fait au moindre signe de stress. Les jambes de Morgana dépassent d'une robe fourreau blanche et elle a enfilé un manteau noir bien trop grand qui plisse de partout. Elle est pieds nus et ses orteils sont bleus. À l'intérieur de l'appartement, la lumière de la télévision se réverbère sur les murs. Les chats se sont installés sur le paillasson et me jugent du regard.

— Tu es toute seule ? demande Bella.

— Bien sûr que non, répond Morgana avec méfiance. Maman dort. De toute façon, j'ai onze ans. Je peux rester toute seule à la maison.

— Ce n'est pas ce qu'elle voulait dire. Elle ne faisait que poser la question.

— Je ne faisais *plus ou moins* que poser la question, me corrige Bella. Quand as-tu mangé un repas digne de ce nom pour la dernière fois ?

Morgana hausse les épaules.

— Maman est là, mais elle ne va pas très bien.

— Je suis désolée, Morgie, dis-je. Si tu nous laisses jeter un coup d'œil, je te promets que nous ne la dérangerons pas.

Elle nous laisse entrer avant de refermer la porte. Voilà. Nous sommes dans l'appartement, avec son odeur familière de moisi, de chats et de café.

— Les policiers ont dit qu'Ursula était partie parce qu'elle le voulait, explique Morgana en fouillant dans le placard quasiment vide. Vous voulez du thé ?

— Non, c'est bon, répond Bella en montrant son café. Merci quand même.

— Elle ne te quitterait jamais, dis-je. Tu le sais, n'est-ce pas ? Ta sœur ne t'abandonnerait jamais de son propre chef.

— Je sais. C'est ce qu'elle m'a toujours répété.

— Est-ce que je peux aller dans sa chambre ?

Malgré les innombrables heures que j'ai passées ici, je suis prise de timidité, comme si j'étais une étrangère. Leur père est mort depuis déjà deux ans, mais un sort terrible semble s'être abattu sur cet appartement.

Morgana me prend par la main et me guide dans le petit couloir. Un radiateur ronronne derrière la porte fermée de la chambre de sa mère, que je suis ravie de dépasser sans m'arrêter. Même avec la météo idéale de la Cicatrice, cet appartement est constamment froid et humide.

Bella me suit dans la chambre d'Ursula, qui est aussi désordonnée qu'à l'ordinaire. Les murs sont recouverts de posters : des groupes de musique qu'elle aime, des drapeaux #LoyautéHéritiers, des stars de cinéma, des couvertures de comics et des photos de nous tous ensemble. Son armoire déborde de boas, de tiares, de cuir, de dentelle, de latex, de paillettes, de sequins, de bottes en cuir de serpent, de déguisements de licorne en pilou, de gants noirs et brillants, et de rangées sur rangées de talons hauts et massifs.

— Ouah, fait Bella.

— Je reconnais bien là mon Ursula.

Son parfum à la rose et au sel marin flotte dans la pièce. Et puis, bien sûr, il y a son lecteur de vinyles et sa collection de disques rangés sur des étagères le long du mur.

Je ne peux pas rester là. C'est trop douloureux.

Bella plonge dans l'armoire. Morgana tire sur ma manche et je la suis hors de la chambre.

— Je peux te dire quelque chose, Mary ?

— Bien sûr.

— Tu promets de ne rien dire à Maman ? Ni à personne d'autre ? insiste-t-elle, hésitante.

— Bien sûr, bien sûr.

— Parce que je ne veux fâcher personne.

Morgana m'entraîne dans le salon, où ni Bella ni sa mère ne pourront l'entendre.

— Ursula est rentrée hier soir.

Je me mets à rire, avant de prendre pleinement conscience de ce qu'elle dit, puis je la saisis par le coude.

— Quoi ? Comment ça ? Dis-moi ! De quoi parles-tu ?

Les chats, Flotsam et Jetsam, tournent autour de nous.

— Elle a laissé de l'eau dans ma chambre. C'est comme ça que je sais que c'est elle. Mais je ne l'ai pas vue. Elle est partie trop vite. Tu crois que c'était réel ?

Je pense à mes rêves de Mally Saint, à celui que j'ai fait ce matin même : le choc lorsqu'elle a frappé le sol, le bruit de son corps traîné sur le linoléum brillant et lisse. Puis je me souviens de ce qu'elle a dit. Ursula s'est enfuie et a mis tout le monde en danger.

— Je pense qu'on peut faire une réalité d'à peu près n'importe quoi quand on le veut suffisamment fort, Morgie. Mais je ne sais pas. Peut-être.

Flotsam pousse un miaulement quand Bella entre dans le salon à son tour. Vu son regard, elle estime qu'il est temps d'y aller.

— Je vais la retrouver et te la ramener, Morgie.

— J'espère. Elle nous manque vraiment beaucoup, répond la petite en m'embrassant.

Puis elle fait rentrer les chats dans l'appartement humide et referme la porte derrière nous. Bella pose une main sur mon dos et je la laisse faire.

— Nous leur apporterons quelques courses plus tard, me rassure-t-elle. Tout ira bien.

— Sa mère ne s'est jamais remise de la Chute. C'est là que le père d'Ursula et de Morgana est mort.

— Et maintenant, elles ont perdu Ursula, dit Bella, sur un ton que je ne parviens pas à déchiffrer.

— Exactement.

— La famille, ça ne dure jamais.

— Et toi ? Tu as de la famille ?

— Rends-toi utile, répond Bella comme si elle ne m'avait pas entendue. Utilise tous tes contacts dans la Cicatrice. Est-ce qu'il y a du nouveau au Pays des Merveilles, par exemple ?

J'inspire profondément l'air relativement pur tandis que Bella s'éloigne à grands pas, puis je lui lance :

— La fuite est un mécanisme de défense ! Ne pense pas que je n'ai pas remarqué que tu évites d'aborder ta vie personnelle !

— Je ne vois pas de quoi tu parles.

— Ça pourrait être pire, tu sais. Tu pourrais être en train de patrouiller avec Tony.

Elle se tourne vers moi. Un sourire aux lèvres, contre toute attente.

— Mary Elizabeth, fais attention, ou je vais commencer à vraiment t'apprécier. Tiens, regarde ce que j'ai trouvé.

Elle me tend un petit téléphone noir prépayé à clapet. J'ai déjà vu Ursula s'en servir deux ou trois fois, mais j'avais totalement oublié son existence.

— Où as-tu trouvé ça ?

— Il y a un compartiment mural dans l'armoire. Tu ne le savais pas ?

Je secoue la tête. Je ne me suis jamais vraiment mêlée des secrets d'Ursula. Cette partie-là de sa vie est toujours restée relativement opaque.

— Il y avait ça aussi, continue Bella en montrant un bloc-notes rempli de gribouillis.

— On doit tout remettre à Colman et Mahony, c'est ça ? Faire ce que dit la cheffe et suivre les règles à la lettre ?

— Oui, bien sûr que c'est ce que nous devons faire, répond Bella en arquant les sourcils.

Je sens mon cœur s'enfoncer dans ma poitrine.

— Bon. D'accord.

— Après avoir rechargé ce téléphone et vérifié ce qu'il contient !

— Oh ! Tu es un génie ! Un génie agaçant et hypersensible ! Merci !

C'est la première fois que je ressens un infime espoir depuis que Mally a disparu et, maintenant que j'y pense, peut-être de toute ma vie, à tel point que je serre Bella dans mes bras.

— Ma chère Mary Elizabeth, répond-elle en glissant le téléphone dans sa poche, c'est le plus beau compliment qu'on m'ait jamais fait.

Quatorze

Bella et moi achetons un chargeur dans un magasin de pièces détachées, et nous nous penchons sur le téléphone comme si c'était un bébé sur le point de se réveiller. Lorsqu'il s'allume, nous poussons des cris de joie avant de déchanter aussi sec. Il s'avère que ce stupide petit téléphone secret a un stupide petit mot de passe secret. Nous essayons toutes sortes de combinaisons pendant des heures sans obtenir le moindre résultat. Finalement, Bella m'oblige à quitter le poste en me recommandant de rentrer chez moi et de me reposer. Elle m'appellera si elle réussit à le débloquer. Elle m'explique avec une assurance absolue et adorable qu'elle est très douée pour briser toute forme de résistance.

Pourtant, quelque chose me travaille. J'ai beau m'efforcer de ne pas y penser, ça ne marche pas. Le fait que j'aie essayé toutes les combinaisons de quatre lettres ou chiffres auxquelles j'ai pu penser et qu'aucune ne se soit révélée être le mot de passe d'Ursula me déprime. C'est la preuve, encore une fois, que j'ignore des tonnes de choses sur elle, bien qu'elle soit ma meilleure amie. Peut-être qu'elle a aussi un petit ami secret, ou un chat secret, ou un yacht secret, va savoir.

Cela signifie peut-être que je ne connais personne pour de vrai, et c'est un peu trop déstabilisant à mon goût. Je m'assois sur les marches devant le poste de police, sous le drapeau de Monarch et celui des États-Unis. Les gens se serrent les uns contre les autres pour s'abriter du froid avant de partir d'un pas vif. Je ne sais pas où aller.

Je ne peux pas retourner à l'intérieur du poste parce que Bella me mettra dehors. Si elle ne le fait pas, Mona ou quelqu'un d'autre s'en chargera. Une soirée au Pays des Merveilles, c'est forcément avec James, Ursula et une bonne dispute pour savoir qui fera le meilleur score au flipper-croquet. On danse sur la musique du groupe de Stone, James et Mouche se posent dans un coin, et Dally gère le moindre détail derrière son bar, avec son costume blanc et ses lunettes pailletées aux verres roses. Une soirée au Pays des Merveilles, c'est forcément nous tous ensemble. Je ne peux pas y aller et faire tout ça sans Ursula. Ça voudrait dire que la vie continue. Or, la vie ne peut pas continuer sans elle. Je le refuse.

Comme je l'explique à James sur un ton qui me semble parfaitement raisonnable, je n'irai donc nulle part jusqu'à ce qu'on me propose une meilleure alternative. Au téléphone, il me dit de ne pas bouger, puis je l'entends se disputer dans la voiture avec Mouche, qui dit qu'il est toujours perdant quand je suis dans les parages. James menace de le jeter au coin de la rue, me dit qu'il m'aime et qu'il arrive, puis il raccroche, et je recommence à regarder les gens qui vont et viennent. J'imagine qu'ils ont des maisons, des proches, des meilleures amies et des vies qui ne ressemblent pas à des puzzles dont on retire morceau après morceau jusqu'à ce que l'ensemble ne signifie plus rien.

Trente minutes plus tard, James arrive en trombe au poste, seul, et s'arrête en double file juste à côté d'une voiture de police. Il ne supporte pas Midcity, mais il est là. Il me guide en silence jusqu'à la voiture. Nous roulons sans un mot vers la Cicatrice, où le temps maussade et orageux laisse la place à une plaisante journée estivale et aux arbres qui ondulent dans le vent le long des boulevards.

— Je ne veux ni rentrer à la maison ni aller au Pays des Merveilles.

— Je pensais qu'on pourrait se promener autour du lac.

James tient le volant d'une seule main, comme si c'était la chose la plus facile du monde et que la voiture se conduisait toute seule. Il est toujours comme ça : cool, décontracté. Mais, en dessous, il y a un guerrier qui esquive les coups.

— Le lac ?

— Ouais. Je n'ai pas chômé non plus pendant que tu travaillais. J'ai fait quelque chose avec la bague d'Ursula.

— Quoi ?

— Tu m'as demandé de faire quelque chose. J'ai fait quelque chose. J'ai pris la bague d'Ursula et j'ai vu le lac.

— Tu as eu une vision ?

— C'est la meilleure explication que je puisse te donner. J'avais la bague d'Ursula et j'ai vu le lac.

Seul signe de nervosité chez lui : il tapote le volant du doigt.

— C'est à prendre ou à laisser.

Je regarde les rues défiler tandis que nous approchons de mon appartement. Même si James est juste à côté de moi, on dirait qu'il est très loin. Je n'aime pas ça. Mais c'est peut-être dans ma tête… On ne peut pas dire qu'il n'ait pas été là pour moi. Pourtant, nous avons tous des parties de nous que nous gardons cachées dans l'ombre parce qu'elles sont trop personnelles ou trop sensibles. Ou peut-être trop effrayantes, tout simplement.

— Je ne connais pas son mot de passe.

En l'avouant à voix haute, je lui montre justement l'une de ces choses effrayantes : je ne suis peut-être pas aussi proche d'Ursula que je le croyais.

— De quoi parles-tu ?

— Je ne connais pas le mot de passe d'Ursula. Bella et moi avons trouvé un téléphone. Il est verrouillé et je ne connais pas le mot de passe. Il y a seulement quatre lettres ou chiffres, et je ne n'arrive pas à les deviner. Je croyais savoir tout ce qu'il y a d'important à savoir sur Ursula, mais je me trompais lourdement.

James pose sa main sur la mienne.

— Ça va aller. La vie devient folle, parfois, comme si on était étouffé par un serpent géant, mais ça va mieux après.

— Une fois que le serpent t'a digéré, c'est ça ?

— Peut-être.

Il se gare sur le parking près du lac, sort et vient m'ouvrir la portière. Je passe mon bras sous le sien et nous avançons entre les files de véhicules. Soudain, il s'immobilise.

— Tu as vu ça ?

Je ne distingue rien à part les lumières au bord de l'eau et le téléphone rouge sur une affiche gigantesque : « VOUS AVEZ PERDU TOUT ESPOIR ? DEMANDEZ DE L'AIDE 24 HEURES SUR 24 EN APPELANT LE NUMÉRO D'URGENCE DE MONARCH ! »

— Regarde, dit James en désignant une voiture blanche bien amochée par une double rangée de traces noires et rondes. Ça continue sur les suivantes.

En effet. Les marques sont visibles sur toute la file de voitures. Nous les suivons jusqu'au lac, puis nous échangeons un regard muet.

— Quelle qu'elle soit, cette chose est allée jusqu'à la rive.

Nous sommes entourés de panneaux de toutes sortes, les plus terrifiants étant ceux demandant de prévenir immédiatement les secours si quelqu'un saute dans le lac. Il suffit d'appuyer sur l'un des multiples boutons rouges installés à proximité.

Cette chose est manifestement entrée dans l'eau.

En poursuivant notre marche, nous passons près d'un homme assis sous un arbre, et James lui lance quelques pièces.

— Vous avez vu quelque chose ?

— Le monstre marin, vous voulez dire ? marmonne l'homme d'une voix plus que traînante. Deux fois aujourd'hui, une fois hier soir. Elle va et elle vient.

— Elle ? demande James.

— Ouais. C'est clairement une femme.

— Merci.

— Faites attention, tous les deux. Ne tombez pas dans l'eau !

L'homme ricane jusqu'à ce que son rire dégénère en une violente quinte de toux. Nous reprenons notre chemin.

— James, tu as quelque chose en tête. À quoi penses-tu ?

— À rien. Ce mec est bourré. Je ne sais pas. Je ne pense à rien.

Néanmoins, il regarde le lac d'un œil avide et serre ma main plus fort.

— Je veux faire un essai, d'accord ? N'aie pas peur.

Il vérifie qu'il n'y a personne autour de nous, puis il lève une main et la lumière bleue surgit au bout de ses doigts, éclairant ses yeux.

— James, dis-je dans un souffle.

Son attention est rivée sur le lac. Après quelques secondes, j'entends un remous. Quelque chose de noir et de lisse frôle la surface avant de disparaître.

Nous nous regardons sans bouger.

— Il y a quelque chose dans l'eau.

J'ai murmuré ces mots pour me convaincre de ce que je vois. C'est tout simplement impossible.

— En effet, confirme James.

Il tend les mains devant lui et la lumière bleue se fraye un chemin jusqu'à l'eau.

— Fais attention, James.

L'eau du lac est vénéneuse et la lumière bleue est liée à James. Je ne sais pas si elle est conductrice, comme un câble électrique, mais James est sérieusement en danger si c'est le cas. Nous avons tous vu des vidéos montrant des corps se désintégrant instantanément quand ils touchent le lac Miracle. Le temps que l'eau les recouvre, il n'en reste rien. Le fait que quelque chose de vivant se trouve réellement dedans est… eh bien, un miracle.

— Montre-toi, montre-toi, où que tu sois, chantonne James dans la nuit.

La lumière bleue plonge dans l'eau. Pendant une minute ou deux, il ne se passe rien, puis une tête humaine perce la surface. Les cheveux blonds et gominés sont collés sur le crâne, les yeux sont difficiles à distinguer dans le noir, mais je sais déjà de qui il s'agit. Elle n'a pas l'air contente de me voir. Lorsque son visage émerge totalement, je parviens à prononcer son nom d'une voix étranglée.

— Ursula…

James passe un bras protecteur autour de moi, la lumière dans l'autre main. Il semble partagé entre l'horreur et le soulagement. Ursula est vivante. Complètement, à cent pour cent vivante.

— Arrête, dit-elle lorsqu'elle a de l'eau jusqu'à la taille. J'arrive. Pas besoin de me forcer.

James fait revenir la lumière à lui et la surface du lac replonge dans l'obscurité. Durant une seconde, je crois avoir tout imaginé : Ursula a disparu, ou bien elle n'a jamais été là du tout, j'ai juste halluciné parce que je voulais vraiment, vraiment la voir. Puis j'entends des remous au bord de la rive et le bruit des gouttes d'eau qui frappent le sol.

Elle a des tentacules, comme le prolongement d'une robe noire à dos nu. Elle sourit, fait un léger geste de la tête… et les tentacules disparaissent. Elle redevient Ursula. Une humaine avec des jambes, parfaitement sèche comme si elle ne sortait pas de l'eau, aussi belle que d'habitude. Ma meilleure amie, juste devant moi. Je tends une main pour la toucher. Elle est froide, mais elle est bien réelle.

Ce n'est que maintenant que je réalise que je ne pensais pas la retrouver. Même si je voulais espérer, j'étais convaincue qu'Ursula m'avait été arrachée pour toujours, comme ma famille, et que je la reverrais, au mieux, dans un cercueil.

— Qu'est-ce que tu deviens, Jamie ? demande Ursula avec un regard dédaigneux. Tu t'amuses avec les jouets des autres ?

— Je pourrais en dire autant à ton propos, non ?

James fait disparaître la lumière bleue. Pendant quelques instants, on ne voit plus rien, puis mes yeux finissent par s'accoutumer à l'obscurité. Ursula et James se regardent fixement, partageant une énigme dont je ne sais rien. J'essaye de reprendre mon souffle et d'accepter l'idée que nous sommes enfin réunis, tous les trois.

Non, ce n'est pas tout à fait exact.

Nous sommes réunis, mais nous ne sommes plus les mêmes. James a sa lumière et Ursula a des tentacules. Je suis la seule à être restée sur le bas-côté. Bizarrement, constater que toutes mes peurs et angoisses de ces derniers temps étaient fondées m'apporte un certain réconfort. Les choses sont bel et bien en train de changer, et j'en ai la preuve devant moi.

— Où étais-tu ? demandé-je.

— Par-ci, par-là, un peu partout, répond-elle avec un sourire. Mais je ne vais plus nulle part.

Je fais un pas vers elle, mais son regard glacial m'arrête. Elle n'est pas du tout contente de me voir.

— Ursula, est-ce que tu réalises que tout le monde t'a cherchée partout ? Ta mère et Morgana sont folles d'inquiétude ! Je me suis fait un sang d'encre… Et James aussi ! Même Mouche et les garçons se sont lancés à ta recherche. On a pensé que tu étais morte ou que tu avais été enlevée…

— Que t'est-il arrivé ? demande James. Où étais-tu ?

— Je suis ravie de voir que je vous ai manqué, dit-elle froidement. Je suppose que je peux vous pardonner de m'avoir tirée de mon repos.

— Ton repos ? C'est ça que tu fais, tu te reposes ? Dans le lac Miracle ? Comment est-ce possible ?!

En réalité, je veux hurler : « Qui es-tu ? Où est ma meilleure amie ? » Ursula est là, devant moi, mais ce n'est pas elle.

— Je n'ai rien à craindre d'un petit étang.

— C'est du poison, cette eau. Des gens sont morts.

— Exactement. *Des gens.*

— Tu veux dire que tu n'es plus un être humain ?

Elle hausse les épaules.

— Appelle ça comme tu veux. Pour moi, le lac Miracle est comme un rayon de soleil pour une plante : il nourrit ce qui a besoin d'être nourri.

— Rentre à la maison, Urs.

J'essaye de m'adresser à la fille que j'ai toujours connue, mais il ne semble pas rester suffisamment de traces d'elle pour qu'elle entende mon appel.

— Je n'ai plus de maison, maintenant. Pas tant que la Cicatrice ne sera pas redevenue ce qu'elle était. Je dois y retourner et aller jusqu'au bout.

— Y retourner ? De quoi parles-tu ? Retourner où ?

Je suis désespérée. James, au contraire, ne paraît pas du tout surpris par les propos d'Ursula. D'un air dégoûté, il émet un petit bruit désapprobateur.

Ursula passe un bras sur mon épaule.

— Tu veux que je fasse semblant que rien de tout ceci n'a eu lieu ? Je ne peux pas. Cette version-là de moi-même n'existe plus. Tu veux m'aider, Mary ? Fais en sorte que la ville suspende l'enquête. Fais en sorte que les élèves du lycée arrêtent de me chercher et que tout le monde m'oublie. Reprends le cours de ta vie et laisse-moi gérer mes affaires.

— Reprendre le cours de ma vie… sans toi ? Impossible.

— J'ai laissé une lettre dans la chambre de ma mère, continue-t-elle comme si elle ne m'avait pas entendue. Je voulais t'en donner une, à toi aussi, mais il y a toujours quelqu'un de réveillé chez toi. Ce n'est pas pratique. Et voilà que tu viens à moi ! C'est parfait pour mon plan.

— Ton plan ?

Avec un geste théâtral, elle fait apparaître une enveloppe timbrée. Je la prends. Elle est tout à fait réelle : du vrai papier, des traces d'encre sur l'enveloppe, le tampon montrant qu'elle a été postée en Californie.

— Donne-la à la police. Comme ça, ils auront la preuve que je suis en vie, et je serai débarrassée d'eux.

J'essaye de déchiffrer son écriture ronde, mais il fait trop sombre.

— Inutile que tu la lises. Je dis juste que la Cicatrice me rend trop triste et que je me suis fait trop d'ennemis et bla bla bla, je me suis enfuie, bla bla bla.

— Alors… tu ne vas pas rentrer ?

— Oh, chérie, ne t'inquiète pas, nous nous reverrons bientôt. Pas tout de suite, c'est tout. J'ai des gens à voir, des choses à faire. Et je dois y retourner. Je n'en ai pas fini. Il faut que tu me fasses confiance : je suis là où j'ai envie d'être et tout est génial.

Sur ces mots, elle me tapote le menton.

— Génial ? balbutié-je.

J'ai la sensation que mon cœur se fend en deux, et ma voix se brise. James, qui n'a quasiment rien dit, me frôle le coude pour que je sache qu'il est bien là.

— Génial ? Non, ce n'est pas du tout génial. J'ai été terrifiée, c'était pire que tout. Je pensais qu'on était en train de te torturer, que…

— Oui, j'ai été torturée.

Elle a parlé avec un air nonchalant, mais j'ai senti la douleur dans sa voix et elle évite mon regard. C'est la première trace de l'Ursula que je connais, la *véritable* Ursula, celle qui ne se laisse apercevoir que lorsqu'elle est en sécurité.

— J'y suis allée de mon propre chef. Ils ont fait leurs expériences, puis ils ne m'ont pas laissée repartir. J'ai souffert pour avoir ces tentacules. Ensuite, ils ont pris mon âme, et la douleur a été si intolérable que j'ai cru mourir. Vraiment. Au final, pourtant, c'est ce qui m'a libérée. Plus de pensées gênantes et d'émotions désagréables. Plus besoin de se faire du souci pour qui que ce soit. Tu devrais essayer, Mary.

— Mais tu t'es échappée. Tu es venue ici, juste à côté de chez moi. Tu as été vue. Il y a des traces de tentacules partout sur les voitures. C'est un appel à l'aide.

Elle éclate de rire.

— C'est ce que tu crois ? Un appel à l'aide ?

Elle rit si fort qu'elle doit s'essuyer les yeux.

— Non, non, je me suis juste amusée à chambouler quelques petites choses…

Soudain, elle redevient sérieuse, le regard mauvais.

— Je m'occuperai bientôt de Monarch. Je voulais juste laisser tout le monde s'amuser un peu avant que je ne les écrase.

— Qu'as-tu de prévu ? intervient James. Peut-être que les garçons et moi voudrons être de la partie.

— Plus tard, éventuellement, répond Ursula après y avoir réfléchi. Je ne suis pas encore prête. Je dois y retourner pour en avoir plus.

— Plus de quoi ? De pouvoir ? De force ?

— Plus de magie, mon chou.

En quelques secondes à peine, elle se transforme en anguille, puis en une gigantesque méduse flottant dans l'air, puis elle redevient humaine. Les métamorphoses sont si rapides que j'ai du mal à les distinguer.

— Une métamorphe, déclare James.

— Tu es jaloux ? Tu n'es pas content avec ton joujou bleu ? rétorque Ursula. Vous voulez savoir pourquoi je suis là ? Il fallait qu'ils sachent que, si je revenais, ce serait uniquement à mes conditions. Ils ne peuvent pas me retenir contre ma volonté. S'ils veulent m'avoir, ils vont devoir respecter mes règles du jeu.

— C'est comme ça que tu vois les choses ? Un jeu ? J'ai bien l'impression qu'il faut être fou pour jouer à un jeu pareil.

— Oh, Jamie, tout n'est qu'un jeu. Mary, je suis désolée que tout cela te mette dans un tel état. Je ne veux pas te blesser, vraiment. Je sais que j'avais énormément d'affection pour toi. Je t'aimais.

— Tu *m'aimais* ? Au passé ?

— Garde un œil sur ma mère, Morgie et les chats jusqu'à ce que je puisse rentrer, d'accord ? Vérifie que ma mère va chez le médecin et que Morgie mange quelque chose. Sinon il n'est pas impossible qu'elles meurent.

Elle l'a dit comme si ce n'était pas important, comme si cela lui convenait très bien.

Je l'observe attentivement, mais c'est encore pire : elle est sérieuse.

Je fais une dernière tentative pour m'adresser à mon amie, où qu'elle soit. Son âme ne peut pas avoir réellement disparu. On ne peut pas séparer l'âme du corps, n'est-ce pas ? Elle est forcément là, quelque part.

— Je croyais que tu voulais finir le lycée, lancer un commerce en ligne, faire de l'argent, acheter une maison ? Et aider la Cicatrice à renaître, surtout. Où vas-tu ?

Elle prend mes mains entre les siennes. Ursula, qui a toujours eu trop chaud, a les mains froides et humides, comme un gant de toilette.

— C'est ce que je fais, aider la Cicatrice à renaître. Cesse de me chercher. Cesse de chercher Mally. Arrête tout. Tu finiras par porter un coup fatal à la Cicatrice si tu continues.

Elle est toujours époustouflante, ronde et pleine comme une pêche, mais ce n'est plus mon Ursula.

— Ne t'en va pas, supplié-je.

— Tu ne penses tout de même pas t'en aller comme ça, proteste James en approchant.

— Ne t'en va pas, répété-je.

J'ai l'impression qu'elle est déjà partie et que ma peine des derniers jours menace de devenir un abîme aussi profond que le lac Miracle.

— Ursula ! crie James.

— Je te reverrai de l'autre côté, Mary. Je reviendrai pour ma mère, ma sœur, toi et la Cicatrice.

Ses jambes redevenues des tentacules, elle plonge avec élégance dans l'eau. Nous entendons quelques remous, puis nous nous retrouvons seuls avec le silence du lac Miracle, dont la surface est aussi lisse que du verre.

À cet instant, je sais quel est le mot de passe d'Ursula.

QUINZE

QUAND JE CONSTATE QUE J'AI BIEN TROUVÉ LE MOT DE PASSE, c'est la déception.

Quatre lettres. SCAR. La Cicatrice, en anglais.

J'avais testé tous les anniversaires et les prénoms, et la solution était aussi simple que ça. Voilà ce qui compte le plus pour Ursula. Le contenu du téléphone me fait oublier tout ce qu'elle a dit à propos de son âme et du fait qu'elle va aider la Cicatrice. J'en oublie même qu'elle aime plus son quartier que ses proches. Lire ces messages, c'est comme ouvrir une porte donnant directement sur la vie intérieure d'Ursula. Et l'odeur de putréfaction qui s'en dégage est insupportable.

Il n'est que huit heures du matin, un mardi comme les autres, mais il est hors de question que j'aille au lycée aujourd'hui. Bella et moi avons déjà passé deux heures à la table de ma cuisine, à boire du café et à fouiller dans le téléphone et le bloc-notes, comparant les numéros et les noms au fur et à mesure.

D'après ce que nous en avons vu jusque-là, Ursula avait des affaires de moindre importance, par exemple quand elle faisait les devoirs d'histoire de quelqu'un d'autre ou vengeait un cœur brisé. Je l'ai vue en action à maintes reprises, tant au lycée qu'au Pays des Merveilles ; elle enchaînait les selfies et les promesses. Tout semblait inoffensif. Elle le faisait pour venir en aide à sa mère et à Morgana.

Toutefois, bien à l'abri des regards, il y avait ce téléphone, dont même James et moi ne savions rien. C'était ainsi qu'elle gérait ses véritables affaires : négociations d'accords sérieux et de vengeances impitoyables, chantage à la moindre information compromettante… Au moins, le fait de savoir qu'elle est vivante me soulage un peu. Elle courait tant de lièvres à la fois que, si j'avais vu tout ça avant de la retrouver, personne n'aurait pu me persuader qu'elle était encore en vie.

Sa lettre est brûlante dans ma poche. Je ne l'ai pas remise à Colman et Mahony, et je ne sais pas si je le ferai. Quelle que soit ma décision, j'ai l'impression que le sort de la Cicatrice pèse sur mes épaules. James, mon petit ami, peut faire apparaître de la lumière bleue. Ursula, ma meilleure amie, peut changer d'apparence et déclare qu'elle va sauver la Cicatrice. À quel prix ? C'est la question que je tourne et retourne dans ma tête. Jusqu'où va la loyauté des Héritiers ?

— Tu vas bien ?

— Oui.

C'est la quatrième fois en trente minutes que Bella me pose cette question. Le téléphone à clapet a révélé que le conseil d'administration du lycée a promis à des industriels Enclavés de remplacer les enseignants Héritiers et de modifier les programmes afin d'éliminer toute mention de la magie. Moyennant paiement, bien sûr. Si la chose ne s'est pas concrétisée et si Monarch High n'a pas renié sa longue tradition de respect du passé de la Cicatrice, c'est uniquement parce qu'Ursula contrôle étroitement trois membres du conseil d'administration. Ses machinations sont difficiles à digérer, mais il vaut mieux avaler la vérité une bonne fois pour toutes. J'imagine cependant que, si on apprenait ce qu'a manigancé une jeune fille de seize ans censée être partie vivre en Californie, elle ne s'en sortirait pas si facilement et aurait de sacrés comptes à rendre. Le sujet est si brûlant que je me demande si tout ça ne va pas se terminer en incendie.

— Si tu as l'impression que c'est trop dur à porter… Et ce serait trop dur à porter pour n'importe qui…

— Non, ça va, coupé-je.

J'essaye de me concentrer sur les questions les plus urgentes. Que pouvons-nous faire des informations dont nous disposons ? À qui pouvons-nous en parler ? Faut-il seulement les révéler à qui que ce soit ? Ou ferions-nous mieux d'emballer le téléphone et le bloc-notes dans un sac et de les jeter dans le lac Miracle avant que quelqu'un d'autre ne puisse découvrir leur existence ?

— Oh, non, murmure Bella tandis que j'étudie une liste dans le bloc-notes.

— Quoi encore ?

Elle n'a pas arrêté de gémir toute la matinée et je me prépare donc au pire.

— Connais-tu le nom Caleb Rothco ?

Ça me dit vaguement quelque chose, mais rien de précis.

— Non. Pourquoi ?

— Tu es prête ?

— Oui !

Je baisse la voix. Si on ne fait pas attention, on va réveiller Gia. Or, je ne veux surtout pas la mêler à cette histoire. Elle m'enfermerait probablement dans l'appartement et ne me laisserait plus jamais mettre le pied dehors.

— Alors ?

— Ursula était en conflit avec un certain Caleb, explique Bella en faisant défiler un message sur l'écran. C'était pire qu'avec les autres, j'entends. Là, il la menace, si elle ne laisse pas tomber, et elle répond qu'elle révélera son plus sombre secret s'il la menace de nouveau. Puis plus rien.

Bella lève les yeux vers moi et je sens la culpabilité m'envahir de nouveau. Je ne lui ai pas parlé de ce qu'il s'est passé hier soir. James et moi avons jugé que personne ne devait savoir qu'Ursula était en vie tant que nous n'aurions pas plus d'informations. Ni Mouche, ni les garçons, ni Gia, et surtout pas Bella.

— J'ai comme un pressentiment, dit-elle. Je pense qu'on devrait regarder ça de plus près.

— Attends. J'ai déjà vu ce nom quelque part, j'en suis sûre.

Je reviens quelques pages en arrière dans le bloc-notes et tapote une page toute griffonnée. Dans un coin, on peut lire :

CALEB ROTHCO
CUBBY'S TATTOO
AU CROISEMENT DES AVENUES
DU MERVEILLEUX ET DU LIERRE

— Je connais ce salon. Il est tout près de l'Heure du Thé. James s'y est fait tatouer, une fois.

Le visage de Bella est difficile à déchiffrer. Peut-être sent-elle que je ne lui dis pas tout.

— Bella, je sais que ce que nous faisons n'est pas exactement légal. Nos recherches ne concernent pas Mally Saint et tu transgresses les ordres directs de la cheffe. Je suis égoïste, mais pas au point de vouloir que tu aies des ennuis.

J'hésite.

— Tu as été super sympa. Si tu t'arrêtes ici, je peux continuer sans toi. J'ai James. Ça ira.

— Non. Je me suis trop investie pour laisser tomber maintenant. Je suis certaine qu'il y a un lien entre Mally et Ursula. J'ai seulement besoin de le prouver. En plus, si on laisse l'affaire à ces imbéciles, ils auront tout le mérite – à supposer qu'il y ait un quelconque mérite à gagner dans cette histoire – et il n'en est pas question. J'en ai marre du club de garçons du poste. Même avec une femme à leur tête, ils croient qu'ils dirigent tout et que je n'ai aucune contribution à apporter.

Elle croise les mains et me regarde droit dans les yeux.

— Non, ajoute-t-elle. Je reste.

— Tu es sûre ? Tu pourrais rentrer chez toi et te faire couler un bain moussant, par exemple. Je peux gérer.

Elle me fait un petit sourire en coin. Avec sa salopette en tartan, son tee-shirt rouge, ses cheveux relevés sur le sommet de sa tête et ses lunettes rouges assorties, elle est plus mignonne et plus lumineuse que jamais. Elle me donnerait presque envie de renoncer à mon tee-shirt et à mon jean noirs. Je sors un vieux stick à lèvres de ma poche et m'en applique un peu. C'est le mieux que je puisse faire aujourd'hui, avec un peu de mascara.

— Je n'ai pas besoin d'un bain moussant, Mary Elizabeth. Nous devons obtenir des résultats d'ici jeudi, tu te souviens ? C'est la date limite imposée par la cheffe. Si nous n'avançons pas sur la disparition de Mally, nous recommencerons à faire de l'administratif. C'est peut-être inévitable, mais je ferai quand même de mon mieux.

— Jeudi, c'est le 31 octobre.

— Oui. Le treizième anniversaire de la Grande Mort et le deuxième anniversaire de la Chute. Peut-être que nous aurons retrouvé Mally et que nous pourrons participer à la cérémonie de commémoration avec tous les autres.

Je sais que ce n'est pas le bon moment, mais, en voyant son regard se figer, je demande :

— Qui as-tu perdu lors de la Chute ? Ton père ? Ta grand-mère ?

Pendant plusieurs secondes, j'ai l'impression que Bella va me répondre. Puis elle affiche un sourire, attrape sa sacoche et déclare :

— Je ne sais pas ce que tu en penses, mais moi, je prendrais bien une autre tasse de café !

— Lequel c'est, selon toi ?

Le salon Cubby's Tattoo est plein de jeunes hommes séduisants – ou que je trouve séduisants, en tout cas. Vu son malaise apparent, Bella n'est probablement pas du même avis. Peut-être que les dos et les crânes recouverts de tatouages sont un peu trop pour elle.

— Nous allons devoir rentrer pour le savoir, répond-elle en poussant la porte.

Nous sommes accueillies par les notes accusatrices d'un morceau de punk et par une vague odeur d'encens. Dans un coin, une fille se fait percer le nombril ; à l'extrémité opposée, une femme d'âge mûr se fait tatouer le ventre. Une vieille table sombre en bois porte une bouilloire fumante et un assortiment de thés, et l'un des murs porte un grand drapeau Héritier. Une pancarte annonce :

VOUS VOUS TROUVEZ DANS UN COMMERCE HÉRITIER.
NOUS NE SERVONS QUE LES CLIENTS HÉRITIERS.
MERCI DE VOTRE COOPÉRATION.
CUBBY

La boutique est propre et bien rangée. Les différentes surfaces sont chargées de machines à tatouer, d'encres et de systèmes de stérilisation. Il y a aussi un canapé vert dans un état tolérable et une table submergée de books. Vu le nombre de postes, quatre tatoueurs et un perceur peuvent travailler en même temps, bien que, à cet instant précis, seulement deux d'entre eux semblent attendre leurs clients.

Un blond vient vérifier que nous portons bien la marque des Héritiers.

— Nos books sont sur la table si vous voulez un tatouage de Caleb ou de moi. Les dessins de Joe sont sur le mur.

Je ne réponds pas. Il nous regarde l'une après l'autre.

— Vous êtes là pour un tatouage, non ? Désolé si j'ai parlé trop vite. C'est pour toi ? demande-t-il à Bella.

— Non, nous ne sommes pas venues pour un tatouage, même si votre travail est remarquable, répond-elle en reposant un book.

Il paraît amusé.

— Qu'est-ce que vous voulez, alors ? Vous vendez quelque chose ? Je ne fais plus de dons. Magicalistes, naturalistes, amagicalistes… Il y a trop de factions, on n'arrive plus à suivre. Je suis réaliste et je ne vais pas chercher plus loin.

— En fait, nous cherchons Caleb Rothco.

Le blond est sur le point de répondre lorsqu'une voix s'élève dans un coin.

— C’est moi.

Une silhouette trapue s’avance dans la lumière. Yeux verts, bouc, pas de cheveux. L’homme semble approcher de la trentaine. L’idée qu’Ursula et lui se soient déclaré la guerre me fait frémir. Il a l’air aussi déterminé qu’elle. Même sa démarche, sa façon de se mouvoir comme s’il était en terrain conquis, me rappelle Ursula. Il a dû être un adversaire digne d’elle. Il est même possible qu’il lui ait fait peur. Je l’examine attentivement, essayant de repérer le moindre indice indiquant qu’il kidnappe des gens, les enferme dans des donjons et se livre à des « expériences » sur eux, comme elle a dit, mais, hélas, aucun voyant lumineux ou autre signal ne permet de le classer parmi les criminels.

Bella fait un pas en avant et lui tend la main, qu’il accepte de serrer.

— Je suis Bella Loyola, et voici Mary Elizabeth Heart. Pouvons-nous vous parler quelques minutes ?

— Bien sûr. Asseyez-vous. Je dois juste finir avec un client.

— Comme si tu avais quelque chose d’intéressant à dire, plaisante le blond. C’est à moi que vous devriez parler. Caleb est ultra insipide.

Un bourdonnement mécanique reprend. Caleb est en train de tatouer une dague à côté de la tache de naissance de son client.

En feuilletant le book de tatouages de Caleb, je doute fortement des propos du blond. Les dessins sont superbes, arrondis et complexes, comme des toiles d’araignée recouvertes de perles de rosée. Et soudain, à la dernière page : une photo d’Ursula avec un tatouage que je n’ai jamais vu, une pieuvre dont les traits fins remontent sur sa cuisse gauche.

Le dessin ne ressemble à aucun autre dans le book et je sens des frissons courir le long de mon échine. Est-ce qu'il l'a tatouée ? Est-ce qu'il a ensuite fait de ce tatouage une réalité ? Ursula sourit à l'objectif en crânant un peu. La photo a forcément été prise il y a moins d'un mois, depuis qu'elle a arrêté de se lisser les cheveux et les laisse pousser naturellement. Les yeux rivés sur l'appareil – sur moi –, elle sourit d'un air qu'on ne peut qualifier que de malfaisant et de moqueur. L'air de quelqu'un qui cherche les ennuis.

Le client de Caleb lui tend quelques billets et quitte la boutique.

Le tatoueur porte un jean serré au niveau des hanches, un tee-shirt blanc, des bretelles, des chaussures de sécurité noires et de gros bracelets Héritiers en cuir. Sa tache de naissance est entourée de tatouages d'éclairs partant dans toutes les directions.

— Vous êtes du coin ? demandé-je.

— Avant toute chose, n'êtes-vous pas censées me dire que vous êtes flics ?

Mon cœur s'enfonce dans ma poitrine. Il a deviné. Bella est si facile à repérer. Nous n'en tirerons jamais rien, maintenant.

— Nous ne sommes pas là de manière officielle, répond Bella sans prendre la peine de nier. Et je suis la seule à être flic. Elle, elle est juste stagiaire. Ursula Atlantica a disparu depuis plusieurs jours. Nous savons qu'elle a fréquenté l'établissement, et nous nous demandions si vous aviez la moindre information sur ses allées et venues.

Les épaules de Caleb se relâchent légèrement.

— Nous avons trouvé votre nom sur un bout de papier dans ses affaires. Nous voulions juste vérifier si vous pouviez nous dire quoi que ce soit.

Ça alors. Bella joue son rôle à la perfection. Caleb est visiblement désarmé. Le sourire de ma coéquipière est si large que ses taches de rousseur semblent disparaître de son visage.

— Oh, eh bien, dans ce cas…

Il se penche en avant et me tapote la tête, un peu comme si j'étais un chat qu'on caresse entre les oreilles.

— Je la connais un petit peu. Elle est venue se faire tatouer. Elle parlait très fort et m'a fait prendre cette photo, puis elle l'a glissée dans le book.

Je suis plus que disposée à le croire : c'est du Ursula tout craché.

— Un autre jour, elle est passée s'informer sur les piercings au nez, mais elle a décidé de ne pas en faire. Voilà. Je ne l'ai pas revue depuis.

— C'était quand ?

— Il y a environ deux semaines.

— Et vous ne l'avez pas revue depuis ?

— Non, malheureusement.

— Est-ce que vous vous souvenez de ce dont vous avez parlé pendant la séance ? demandé-je.

Je me rappelle brusquement que je suis supposée être vulnérable et innocente, et je bats des paupières quelques instants.

— Je me demande juste ce qu'elle avait en tête ce jour-là, vous comprenez ? Je croyais qu'elle me racontait tout, mais elle ne m'a jamais parlé de ce tatouage.

— Elle vous racontait *tout*, miss ? demande Caleb avec une étincelle dangereuse dans le regard.

— C'est ce que je croyais. Jusqu'à ce qu'elle disparaisse. Maintenant, j'entends dire qu'elle avait plein de secrets… Et je n'en connais aucun, donc je suppose que vous avez raison : elle ne me disait pas tout.

Je laisse ma voix se charger de sanglots.

— Hé, ça va aller, dit-il. Je ne me souviens pas de grand-chose. Sérieux, je ne me souviens même pas de ce que j'ai fait hier. Mais je sais comment on a trouvé le dessin. Elle m'a dit que quand elle regardait au fond d'elle-même, elle voyait quelque chose de fuyant avec une multitude de membres. C'était ce qu'elle voulait sur son corps. Il m'a semblé qu'elle était vraiment contente du résultat. C'est tout. Le reste est flou, et je ne l'ai pas revue, donc je n'ai aucune idée de ce qui a pu lui arriver. Elle était coriace, en tout cas. J'en déduis qu'elle doit savoir se débrouiller.

Si j'ignorais qu'il ment, je serais tout à fait convaincue.

— A-t-elle mentionné quoi que ce soit d'inhabituel dans sa vie ? enchaîne Bella. Quelqu'un qui serait furieux à cause de ses activités ?

— Non. On a parlé de poésie, du cosmos et d'art. Vous savez, c'est le genre de choses dont on parle quand on se fait tatouer.

Ça ressemble tellement à l'Ursula que je connais que mes yeux se remplissent de larmes, pour de vrai. Je me demande si elle a profité du rendez-vous pour lui soutirer des informations et à quel moment elle a porté le coup de grâce.

— Juste une dernière question, Caleb, reprend Bella. Où étiez-vous jeudi soir, lors de la disparition d'Ursula ?

— Je suis ici de midi à deux heures du matin, sept jours sur sept. Je ne manque jamais une journée de travail.

— D'accord. Merci beaucoup de nous avoir accordé un peu de votre temps.

Caleb nous fait un signe d'adieu. Une fois hors de la boutique, j'aperçois le changement d'expression sur son visage. Les bras croisés, les traits durs, il nous regarde nous éloigner, et je sens ses yeux posés sur nous jusqu'à ce que nous disparaissions dans la foule sur l'avenue du Merveilleux.

Seize

Bella et moi entrons à l'Heure du Thé, non loin du salon de tatouage, et commandons des boissons chaudes et des cupcakes. Après avoir ajouté un sucre et du lait dans son café, Bella relève les yeux vers moi. J'imagine qu'elle va me parler de Caleb Rothco. Il a menti à propos de sa relation avec Ursula et nous pouvons le prouver. Il a certainement quelque chose à voir avec sa disparition.

— Rose et cardamome à la crème de lilas pour vous, déclare le serveur en posant un cupcake tout rose devant moi. Et espresso double chocolat à la mousse chocolat-cerise pour vous.

— Merci.

Les yeux baissés, Bella plonge sa petite cuillère dans le glaçage.

— Tu veux savoir pourquoi je n'aime pas les questions ? demande-t-elle d'une voix douce. J'ai abattu quelqu'un. C'était il y a quelques mois. J'étais avec Tony. C'est pour ça que j'ai fait de l'administratif pendant si longtemps. Je n'arrive pas à en parler, c'était affreux.

Je peux imaginer bien des choses affreuses, mais tirer sur un malfrat n'en est pas une. Bella, toutefois, semble ébranlée.

— Je suis désolée, lui dis-je.

— J'ai visé sa jambe, mais je l'ai tué. Tony était juste derrière moi. Nous devions interroger quelqu'un à propos d'une série de cambriolages en ville. Tout est allé si vite. Il est tombé de la sortie de secours.

Elle s'éclaircit la gorge.

— Je suppose que je n'ai pas bien géré toute cette histoire. J'ai dû prouver que je pouvais retourner sur le terrain et, pour être honnête, je n'étais pas sûre d'être prête. J'essaye de me ressaisir, mais c'est difficile. C'est pour ça que j'ai été un peu… pas *vexée*, mais *inquiète* quand je me suis retrouvée avec toi. Ce n'est plus le cas. Je tiens à ce que tu le saches. J'ai passé plus de temps avec toi en une semaine qu'avec n'importe qui d'autre au cours des trois derniers mois, et ça va plutôt bien.

Elle relève enfin les yeux, me sourit tristement et boit une gorgée de café.

— Je préfère te le dire, au cas où notre enquête prendrait fin jeudi.

Je n'y ai pas encore réfléchi, mais elle a probablement raison. Si nous ne résolvons pas l'enquête sur Mally, c'en sera fini de notre équipe. Mon stage se poursuivra tant bien que mal jusqu'à la fin du semestre, puis je ferai mes adieux au poste. Une telle perspective me serre le cœur pour de multiples motifs.

— Merci, Bella. Vraiment.

En prenant une bouchée, je repense à l'époque où les cupcakes de l'Heure du Thé étaient magiques. Dans l'un de mes tout premiers souvenirs, je m'envole jusqu'au plafond et ma mère est obligée de monter sur une chaise pour me rattraper.

L'intérieur est si confortable, avec ses coussins moelleux et sa musique douce, que je pourrais presque oublier tout le reste et profiter simplement de la compagnie de Bella.

Au lieu de cela, elle pousse un soupir et j'en fais autant. Nous savons très bien que nous devons nous remettre au travail.

— Bon, dit Bella. Reprenons. Il y a clairement quelque chose qui nous échappe. Nous savons que Caleb ment. Nous devrions probablement le surveiller pour voir s'il peut nous en apprendre plus. Il est lié à Ursula, mais nous ne savons pas s'il a quoi que ce soit à voir avec Mally Saint. Nous allons le vérifier, bien sûr, et nous pouvons continuer à fouiller dans le téléphone d'Ursula. Cependant… et si elles étaient mortes ?

Elle a posé cette question en gardant les yeux rivés sur moi.

— Et si le coupable était quelqu'un ou quelque chose dont nous ne soupçonnons même pas l'existence ? continue-t-elle. Je vais essayer d'obtenir un échantillon d'ADN d'Ursula et de Mally pour l'entrer dans la base de données et vérifier s'il correspond à une autre affaire. Il y a quelques années, un camionneur a enlevé deux personnes et a abandonné les corps près de Las Vegas. La police n'a pas pu éclaircir l'affaire avant des mois parce que personne n'avait enregistré les ADN. Au moins, si Ursula et Mally sont mortes, nous aurons tout fait pour découvrir la vérité.

— Ursula n'est pas morte ! m'écrié-je en tapant sur la table.

Je ne peux pas rester assise là à l'écouter parler d'Ursula comme si elle était en morceaux dans les boîtes du Chapelier Fou. Ursula est en vie. Les autres clients tournent la tête vers nous à cause de mon éclat de voix, mais je m'en fiche.

— Vas-y, déclare Bella. À ton tour. Dis-moi ce que tu en penses.

— Je pense qu'elle est retenue quelque part contre sa volonté et que Mally est au même endroit, dis-je d'une voix plus basse. Je suis sûre que c'est lié au fait qu'elles sont des Héritières. Lorsque nous retrouverons Ursula, nous retrouverons aussi Mally, et elles seront en vie. Crois-moi. Je suis certaine d'avoir raison.

J'attends. Bella ne réagit pas. Elle a juste l'air songeuse, comme quelqu'un qui lirait un livre difficile à comprendre.

— Le fait est… commence-t-elle calmement, mais sans conviction.

— Que… ?

— Que… Bon, d'accord. Il nous faut du nouveau, quelque chose qui nous aide à la retrouver. Du concret.

— Démarrons par Caleb, alors. Et tu t'occupes de l'ADN. Ça donnera peut-être quelque chose.

Elle hoche la tête et regarde au-dehors. Quelques jeunes s'entraînent à faire des saltos tandis qu'une femme jongle de l'autre côté de la rue.

— Quel drôle d'endroit, la Cicatrice. J'ai envisagé de déménager, tu sais. Beaucoup de gens s'en vont. Généralement, ils partent sur la côte ouest, parce que la météo est similaire, mais le monde est le même partout.

Elle mâche son cupcake et avale une bouchée.

— Ici, au moins, il y a eu de la magie à une époque. Il y a quelque chose dans l'air.

Je sais très bien de quoi elle parle. Il y a toujours cette odeur de poussière de fée, de cookies et de feux de camp.

— Ce que je préfère dans la Cicatrice, c'est qu'on voit presque ce qu'elle a été, expliqué-je. Les marraines les bonnes fées, les habits magiques, les animaux, les télépathes, la possibilité de faire une réalité de tout ce qu'on pouvait imaginer…

Au moins, il en reste une petite Trace. Je ne pourrais pas vivre ailleurs. Mes grands-parents habitent en Californie, mais je ne les ai vus, genre, qu'une fois dans ma vie. De toute façon, Gia et moi prenons soin l'une de l'autre.

Le téléphone de Bella sonne dans son sac. Elle fait signe au serveur de nous apporter l'addition mais, à la vue de son écran, elle bondit de sa chaise.

— On y va ! s'écrie-t-elle.

— On n'a pas payé…

— On va régler au comptoir, répond-elle en passant la lanière de son sac sur son épaule.

— Bella, qu'est-ce qui se passe ? Tu me fais peur !

— Eh bien, il y a de quoi. Mahony vient de m'envoyer un message. Ils ont reçu les vidéos du soir de la disparition de Mally et du jour de la disparition d'Ursula. Et devine quoi ?

— Quoi ?

Mon cœur bat tellement fort que je sens le sang cogner partout dans mon corps.

— Elles ne sont jamais sorties du Pays des Merveilles.

Dix-sept

Bella et moi décidons de nous diviser pour mieux régner. Comme je passe la plupart de mes soirées au Pays des Merveilles de toute façon, personne n'aura de soupçons si j'y vais pour essayer de fouiner un peu. Je ne sais absolument pas par où ont pu passer Mally et Ursula : il n'y a que deux sorties – la porte d'entrée et la porte arrière, qui donne sur la cave et la benne à ordures – et elles sont toutes les deux équipées de caméras.

Les vidéos montrent qu'Ursula est arrivée en milieu d'après-midi, quand le Pays des Merveilles commençait à se remplir après les cours. Elle s'est promenée un peu partout, a reçu un coup de fil, a descendu l'escalier… et c'est tout. Elle est donc forcément sortie par l'arrière. Sauf que les caméras le démentent : la porte ne s'est pas ouverte avant que le plongeur ne jette les poubelles, tard dans la nuit.

Les vidéos du lundi soir sont plus difficiles à étudier. Il y avait énormément de monde à cause du concert du groupe de Stone. On voit Mally aller de-ci de-là, sans Trublion, puis s'accouder au bar. Ensuite, elle disparaît dans la foule à côté de la scène, pour ne jamais réapparaître. La qualité des vidéos est médiocre. Avec le faible éclairage de la salle et le fait que tout le monde sautait partout durant le concert, c'est à croire qu'elle s'est tout simplement évaporée.

Nous visionnons les vidéos jusqu'à ce que nos yeux en saignent. À l'heure qu'il est, la soirée bat sûrement son plein au Pays des Merveilles. Bella me recommande de faire de mon mieux et de la tenir au courant. Nous tenons grâce au sucre et à la caféine, et à la conscience du peu de temps qu'il nous reste avant de devoir rendre notre rapport.

Ce n'est qu'en me mettant en route vers le Pays des Merveilles que je réalise que je n'ai pas eu de nouvelles de James de la journée. Je l'appelle aussitôt, tombe sur le répondeur et lui envoie quelques messages, auxquels il ne répond pas. En temps normal, cela m'agacerait, mais là, je panique complètement. Je bouscule les Enclavés qui sortent dans la Cicatrice pour pouvoir se vanter de fréquenter les mêmes boîtes que les Héritiers. Ils ont mis une pagaille monstre dans le bar et se sont installés dans les sièges généralement réservés aux Héritiers, comme s'ils étaient chez eux. James n'est ni en train de jouer au billard ni en train de regarder le groupe, alors où est-il ?

Vêtu de son costume blanc à sequins qui brille à la lumière noire, Dally papote derrière le comptoir, un sourire aux lèvres et sa patte de lapin dans la main. Je lui fais signe de loin. J'ai envie de lui demander s'il a vu James, mais il se mettrait à me poser des questions. De toute façon, c'est probablement juste moi qui suis parano.

En attendant que le bar se remplisse suffisamment pour qu'on ne remarque pas que je cherche des portes dont personne n'a jamais entendu parler, je joue au flipper-croquet jusqu'à ce que mon nom remonte à la première place. Sans Ursula et James, je n'ai pas vraiment d'amis. Les gens m'évitent, un peu comme Mally. Ils hochent la tête pour dire bonjour, mais ils ne viennent pas bavarder.

— Tu fais la tête, ce soir, Mary Elizabeth, dit Dally en m'apportant ma chenille.

Il se penche sur le flipper, de telle sorte que je suis obligée d'arrêter de jouer et de tourner mon attention vers lui, puis il me tend quelques jetons.

— Dis-moi tout, chérie.

Je glisse les jetons dans le flipper.

— *Une partie de croquet, ma chère ?* demande une voix féminine et sensuelle.

Je commence à jouer, lançant la boule à gauche et à droite, toujours au bon endroit. Mon score augmente. Poser la moindre question à propos de James reviendrait à avouer que je ne sais pas où il est. Dally pétrit sa patte de lapin entre ses doigts et me regarde d'un air consterné.

— J'ai cru que tu m'avais laissé tomber, dit-il. Est-ce que je dois me faire du souci ?

Il m'étudie des pieds à la tête. Quant à moi, je sirote ma boisson tout en jouant, ma boule percutant les autres.

— Je le savais – j'en aurais entendu parler, s'il t'était arrivé quelque chose, dit-il. C'est inquiétant, n'est-ce pas ? C'est comme si le bar était peuplé de fantômes. Où est notre Mally ? Et où est notre Ursula ? Ça fait longtemps que tu n'es pas venue, donc je suis soulagé de te voir, c'est tout. J'ai l'horrible impression qu'on nous descend les uns après les autres, comme des souris qui se seraient installées dans une colonie de chats par inadvertance. Je pourrais être la prochaine victime, moi. Et si on m'enlève pendant que je rentre chez moi dans le noir ? Personne ne ferait rien. Ils diraient juste que j'étais dépressif et que je me suis jeté dans le lac Miracle. C'est ce qu'ils disent à propos de Mally et d'Ursula. Et pourquoi irais-je donc de ce côté-là, je te le demande ? Même s'il n'était pas aussi dangereux, c'est bien le dernier endroit où j'aie envie d'aller, maintenant qu'il y a cette histoire de monstre marin.

J'envoie ma dernière balle hors du terrain.

— *Que será será*, déclare la machine. *Vous aurez plus de chance la prochaine fois !*

— Mes pauvres nerfs ne s'en remettent pas, continue Dally.

— Dally, est-ce que je peux te poser une question ?

— Vas-y, dégaine. Enfin, pas pour de vrai… Juste métaphoriquement parlant.

Nous nous dirigeons vers le bar. Le groupe fait une pause et on peut à nouveau s'entendre parler.

— Est-ce qu'il y a une autre sortie, à part la porte qui donne sur la ruelle à l'arrière et la porte d'entrée ?

— Non, pourquoi ? demande-t-il en retournant sa patte de lapin entre ses doigts.

Je déteste inquiéter Dally – ainsi que ses pauvres nerfs – en sous-entendant qu'il se passe quelque chose au Pays des Merveilles, mais il faut que je l'interroge.

— Tu dis que tu as vu Mally s'en aller le soir elle a disparu ? Et Ursula ?

— Je ne les ai pas vues passer la porte, si c'est ce que tu veux savoir. J'étais en train de nettoyer, le soir où Mally a disparu, et on avait beaucoup de monde quand Ursula est partie, ou, en tout cas, la dernière fois que je l'ai aperçue.

— Tu ne trouves pas bizarre qu'elles aient été vues pour la dernière fois ici, toutes les deux ?

— Qu'est-ce que tu veux dire, chérie ? demande-t-il en portant la main à son cœur.

— Rien. Je ne sais pas. Je te pose juste la question.

— On dirait plutôt une accusation.

— Non, Dal, je n'accuse personne. Je pose juste la question.

Je ne peux pas l'imaginer coupable de quoi que ce soit. Il a l'air tellement candide et vexé à la fois. Même si je ne peux pas lui parler des vidéos de surveillance, je suis sûre qu'il n'est au courant de rien.

— Eh bien, cesse de poser des questions, tu me perturbes.

— Je suis désolée, Dally. Je ne voulais pas t'inquiéter. Tu sais que le Pays des Merveilles est ma deuxième maison.

Chassant ses sombres pensées, il me sourit de toutes ses dents.

— Je suis content que tu sois revenue. Tu nous as manqué. Et maintenant, va t'amuser ! Profite de la soirée !

Quand la musique reprend, tout le monde lève le bras, une photo de bougie affichée sur son téléphone, et commence à onduler en rythme. Je me dépêche de descendre l'escalier à côté de la scène pour atteindre la porte arrière, mais, dès que j'approche de la réserve, j'ai l'impression que mon corps est paralysé. Je ne peux plus respirer, comme si mes poumons s'étaient effondrés sur eux-mêmes. Je pense à la docteure Chette et à son conseil : compter à rebours de dix à un pour ralentir ma respiration et reprendre le contrôle. Je titube jusqu'à la porte des toilettes, puis je rentre dans l'une des cabines et tombe à genoux tandis que le monde plonge dans l'obscurité autour de moi.

— Hé ! Tout va bien, là-dedans ? demande une voix.

Je suis avachie sur un carrelage bicolore, le dos appuyé contre une paroi de métal. Les toilettes du Pays des Merveilles. Je ne sais pas depuis combien de temps je suis là. Il y a toujours de la musique, toutefois, donc ça ne peut pas faire bien longtemps.

— Je vais bien, dis-je.

Je crois, en tout cas. Je ne saigne pas. C'est un bon début.

— D'accord, répond la voix sur un ton dubitatif. Le carrelage est immonde… Je me relèverais si j'étais toi.

J'époussète mes habits en me redressant. J'ai la tête qui tourne. Un graffiti s'étale sur le mur : « POUR PASSER UN BON MOMENT, APPELLE MARY ELIZABETH. » Le numéro indiqué n'est pas le mien. La trace d'un idiot quelconque qui a voulu se moquer de moi ou d'une autre Mary Elizabeth malchanceuse. Je vérifie que mon porte-monnaie et la clé de l'appartement sont toujours dans la poche arrière de mon pantalon, et je sors lentement.

— Oh, c'est toi.

Elle est encore floue, mais je reconnais Josey, une des Enclavées les moins maléfiques, à sa voix. Malgré son uniforme de petite snob, avec le chignon règlementaire et tout, elle a toujours été sympa.

— Salut, Josey. Ça va ?

Les jambes flageolantes, j'atteins le lavabo.

— Ça va mieux que toi, j'ai l'impression. Qu'est-ce qui t'est arrivé ? Je suis contente que tu n'aies pas été poignardée à mort, ou une autre horreur de ce genre. Ma mère ne voulait même pas que je vienne ce soir. Elle adorerait que je reste à la maison, dans notre appartement tout neuf de la Cicatrice, et que je ne mette pas le pied dehors après la tombée de la nuit. Elle a dit : « Josey, le Pays des Merveilles n'est pas un endroit sûr, ces gens sont imprévisibles. » Mais Lucas et Katy allaient venir, et je ne voulais pas rester dans l'appartement toute la soirée, à regarder un truc déprimant en streaming. Elle m'a laissée venir quand Lucas m'a envoyé une limo.

Elle me jette un coup d'œil.

— Désolée. Pas pour être désagréable, mais il faut reconnaître que c'est la folie, en ce moment, avec tous ces gens qui disparaissent de partout.

Maintenant que je distingue de nouveau la pièce, j'ai vraiment envie qu'elle se taise, mais je ne peux pas m'empêcher de lui répondre.

— Est-ce que tu veux réellement dire que sortir avec Lucas et Katy est moins déprimant que ce que tu aurais regardé chez toi ?

Elle me lance un regard oblique, sort une poudre compacte de sa pochette et commence à se poudrer le nez.

— Lucas n'est pas aussi terrible que tu le penses.

— Et Katy ?

— Oh, oui, Katy est nulle, mais parfois j'ai besoin de sortir, et ce n'est pas comme si vous me proposiez de sortir comme ils le font, hein ?

Elle attend.

J'attends.

— En plus, je ne peux pas vraiment en vouloir à ma mère de dire ce genre de choses, parce que, bon, regarde-nous : tu étais assise par terre dans les toilettes, sans connaissance. C'est… Je ne sais pas ce que c'est.

Elle attrape mon poignet et caresse ma tache de naissance. Ses doigts sont chauds et doux.

— Euh, pardon, dis-je.

— Ouah. C'est un cœur parfait. Et tu es née avec. Tu as tellement de chance.

— Tellement de chance, répété-je, comme un écho.

— J'ai déjà dit à ma mère que je voulais un tatouage comme celui-ci.

— Pourquoi ? En dehors de la Cicatrice, les gens te regardent de travers. Tout le monde te juge, t'enferme dans une boîte.

Je pense aux rapports de police, qui précisent toujours si quelqu'un est Héritier.

— Mais… vous êtes libres. Vous êtes extravagants et vous faites ce que vous voulez. Vous avez la meilleure météo, les meilleurs repas et des jardins magiques. Et puis vous n'avez peut-être plus de magie, mais vous en aviez, avant. Vous pouviez exaucer les vœux d'un claquement de doigts.

Elle s'arrête, comme si elle s'attendait à ce que je lui réponde.

— Josey, je ne voudrais pas te paraître odieuse, mais je ne me sens pas très bien.

— Allô, quoi ! Je t'ai trouvée par terre ! Mais je suis sûre que tu as des trucs d'Héritiers à faire. Je vais juste me remettre du rouge à lèvres. Je ne dis plus un mot.

— Super.

C'est amusant, toutefois : je réalise qu'elle m'a changé les idées. Je me sens beaucoup mieux et la panique est passée.

— Alors comme ça… tu es toute seule, ce soir ? demande-t-elle après quelques secondes.

— Josey, si une partie de toi, aussi infime soit-elle, est en train d'envisager de m'inviter à rejoindre tes amis démoniaques là-haut, abstiens-toi, s'il te plaît. Ton commandant en chef et moi ne nous entendons pas.

Avant qu'elle n'ait le temps de protester, je lui tourne le dos pour me regarder dans le miroir sale.

Et là, il se passe quelque chose.

Bien que je sois immobile, mon reflet a un frémissement.

Je cligne des yeux. Je plisse les paupières. Rien. Sûrement mon imagination qui m'a joué un tour.

Puis mon reflet se contorsionne et un visage se superpose au mien. La fille dans le miroir a des sourcils très haut placés, des cheveux roux relevés en une tresse inversée, les lèvres très rouges et les yeux les plus déments que j'aie vus de toute ma vie. Ils étincellent de rage.

Ce sont mes yeux et c'est mon visage.

Je porte les mains à mes joues. Mon reflet fait de même, puis elle rapproche ses mains et se met à rire silencieusement.

Je perds l'esprit, forcément.

Ou peut-être est-ce une Trace ?

Je fais coucou à mon reflet. Je peux bouger normalement. Tout ça est vraiment en train de se produire. C'est réel.

— Dix… neuf… huit…

Je ferme les yeux et les rouvre en espérant que ce visage aura disparu et que le reflet pâle et triste auquel je suis habituée aura refait son apparition. Mais non. La version déformée de moi-même est toujours là.

Je suis parfaitement réveillée, maintenant. Tous mes sens sont aux aguets.

— Hé, tu vas bien ? Tu vas retomber dans les pommes ? Je peux aller chercher quelqu'un.

— Josey, arrête de parler, réussis-je à articuler, péniblement.

— Pas très sympa de ta part, dis donc.

Je lève un doigt et le place très lentement sur le verre sale. « MANGE-MOI » est écrit en bas du miroir en lettres blanches, à la craie.

J'ai vaguement conscience de Josey, mais c'est comme si sa voix provenait de très loin. Tout semble avoir ralenti, exception faite de moi, du miroir et du reflet qui semble *presque* être le mien. Je pousse contre le verre, qui se ride comme la surface d'un lac.

— Tu as vu ça ? soufflé-je.

J'ai tellement peur que je ne suis même pas sûre d'avoir réellement émis le moindre son. Josey fronce les sourcils.

— Sérieusement, tu vas bien ? Tu commences à me faire flipper, Mary Elizabeth.

J'appuie un peu plus fort. Le verre cède et devient opaque, comme du satin argenté, tandis que l'extrémité de mon doigt disparaît. Est-ce que c'est ce qui est arrivé à Ursula et à Mally ? Est-ce que ce miroir les a *mangées ?*

Je retire mon doigt et le serre contre ma poitrine. Quelque part derrière moi, Josey sort en courant, laissant la porte claquer contre le mur.

Complètement figée, je regarde mon reflet croiser les bras et m'observer, attendant de voir ce que je vais faire. Puis quelque chose en moi se brise, et je m'élance hors des toilettes et hors du Pays des Merveilles de toute la vitesse de mes jambes.

Dix-huit

Une fois à la maison, j'espérais reprendre mes esprits, réfléchir à ce que j'allais dire à Bella et peut-être retrouver mon petit ami, mais les naturalistes ont pris possession du salon. J'avais totalement oublié leur réunion. Elles sont assises en cercle, secouées de petits rires légèrement hystériques. Il y a des cristaux partout, et Gia joue avec entrain à la parfaite maîtresse de maison, s'assurant que tout le monde a tout ce qu'il lui faut. Elle a placé des étoles sur les lampes et de la dentelle noire sur le téléviseur. Notre petit appartement ressemble à la tente d'une diseuse de bonne aventure.

C'est pour ce genre de raison que je trouve ridicule de compter les naturalistes parmi les factions de la Cicatrice. C'est juste une bande de femmes d'un certain âge vêtues de robes à fleurs, à deux doigts de devoir s'acheter des bas de contention, qui passent leur temps plongées dans leurs souvenirs parce que la magie leur manque et qu'elles espèrent qu'elle reviendra si seulement elles le souhaitent assez ardemment.

Elles sont dix en tout et semblent jouer à celle qui portera le plus de soie et de sequins. Les chapeaux sont également nombreux : turbans, bibis, bérets… Personne ne s'occupant de moi, je rappelle James, sans succès, puis je me jette sous une douche brûlante. Je n'ai aucune idée de ce qu'il s'est passé au Pays des Merveilles, mais je dois reconnaître que, même si j'ai été terrorisée et que l'image dans le miroir était… eh bien… avait l'air totalement folle… j'ai plutôt aimé ça.

J'ai aimé la sensation de pouvoir qui s'en dégageait. Qui se dégageait de *moi*.

Après la douche, je décide d'aller chez Della, à la recherche de James, mais Gia me repère lorsque je tente de sortir de l'appartement sans me faire remarquer.

— Où vas-tu, ma chérie ? Viens nous aider !

— Vous aider à faire quoi, Tata Gia ?

— Mais de la magie, bien sûr.

Elles éclatent toutes de rire. Gia et son amie Ginny se penchent l'une vers l'autre. Elles se retrouvent deux fois par semaine pour jouer aux médiums, tester de vieilles recettes magiques, lancer des sorts et lire l'avenir dans des feuilles de thé. Ça ne donne jamais le moindre résultat et elles s'en fichent éperdument. Leurs petites réunions relèvent plutôt du club de dégustation qu'autre chose : elles essayent de faire revenir la magie pendant une demi-heure, puis elles passent quatre heures à se plaindre, échanger des ragots et rire aux éclats.

— Quel genre de magie ?

— Nous pensions léviter, ce soir.

Nouveaux éclats de rire aimables.

— Léviter ? Sérieusement ?

C'est certainement la journée la plus bizarre de ma vie – et pourtant, j'en ai vu de toutes les couleurs au fil des ans. D'abord le téléphone d'Ursula, puis mon évanouissement, puis mon doigt qui s'enfonce dans un miroir. Et maintenant, voilà qu'on me propose de léviter avec ma tante. C'est la cerise sur le gâteau.

— On ne sait jamais, dit Evelyn, celle qui organise toujours tout, une liste à la main. Certains illuminés sont censés avoir lévité, même sans magie, alors pourquoi pas nous ?

— Ma belle, ajoute Cindy, la plus agaçante, le fait est que la magie est cachée. Elle court sous nos pieds. Nous n'avons qu'une chose à faire : comprendre comment l'inviter à se joindre à nous. Sais-tu que la Cicatrice est bâtie sur un lit de cristaux ? C'est pour cela que tout est tellement fou, par ici. Alors, à nous de trouver la magie et de nous élever dans les airs !

— Allez, viens, ma petite, insiste Gia en se décalant pour me faire de la place entre Ginny et elle. Il faut être onze, d'après les vieilles traditions, et nous ne sommes que dix. Nous avons déjà essayé, et le seul résultat, c'est qu'Evelyn a roté !

— Ne te plains pas, c'est toi qui m'as fait manger du houmous, rétorque Evelyn en rougissant. Tu t'attendais à quoi ?

Je me pose entre Ginny et Gia. La chaleur douce et sincère de leurs corps me détend. Gia est heureuse comme elle ne peut l'être qu'entourée de ses amies. J'aime bien la voir s'amuser comme ça. Elle n'est ni en train de penser aux factures, aux soucis d'argent ou au toit qui fuit, ni en train de s'inquiéter pour moi.

— Enfin, dit Mattie, celle qui a une tête de moustique. Je n'ai pas toute la nuit. Est-ce que tu comptes prendre ça au sérieux, Mary Elizabeth ?

— Bien sûr.

Gia serre ma main dans la sienne. Les unes après les autres, toutes les femmes du cercle prennent la main de leur voisine.

— Ferme les yeux, murmure Gia à mon intention. Laisse la magie aller et venir en toi comme une vague.

— Gia ?

— Quoi ? demande-t-elle en rouvrant un œil.

— Il s'est passé quelque chose au Pays des Merveilles, ce soir. Je ne sais pas si je devrais…

— Chut ! s'exclame Cindy. Tu sapes l'énergie !

— Ne t'inquiète pas, chuchote Gia. C'est juste pour nous amuser.

— Mesdames de la Société Naturaliste, je vous souhaite la bienvenue dans le cercle, annonce Cindy, qui se prend pour la directrice des opérations. Je souhaite également la bienvenue à la magie divine qui court dans nos veines et dans la terre sous nos pieds. Aujourd'hui, nous lui demandons d'assister à nos actes de dévotion et de nous bénir. Magie, nous savons que nos semblables n'ont pas toujours fait grand cas de toi, t'ont utilisée à mauvais escient et t'ont fait du mal, mais nous te demandons de nous aider à nous libérer de nos chaînes afin que tu puisses de nouveau circuler librement en nous.

Submergée par l'émotion, Cindy s'éclaircit la gorge.

— Nos ancêtres portaient cette magie en eux, et nous l'avons portée aussi, pendant un temps. Maintenant, reviens-nous.

Je garde les yeux fermés quand elles se mettent à onduler autour de moi. Je les ai déjà vues faire et je n'ai pas besoin de regarder. Elles pivotent le haut du corps tout en fredonnant doucement. Quand elles l'ont fait suffisamment longtemps, elles cessent de se tenir les mains et fredonnent plus fort. Bien que je trouve tout ça parfaitement ridicule, je sens le chant enfler en moi et se propager dans mon corps. Mes doigts et mes orteils commencent à fourmiller.

Je pourrais m'endormir. J'ai la même sensation de chaleur jusqu'au bout des pieds qu'avant une bonne nuit de sommeil, ce qui m'amène à penser à James, puis à ses bras, au cœur noir sur son poignet. Nous qui respirons d'un même souffle, dans les bras l'un de l'autre. La lumière bleue. Lalumièrebleuelalumièrebleue.

Puis la voix de Cindy s'élève :

— Ne faites pas un geste. Ouvrez les yeux.

Des exclamations et des cris de surprise me tirent de ma rêverie, et j'ouvre les yeux à mon tour. Tout le monde me regarde.

Je flotte un mètre au-dessus d'elles. La lumière bleue serpente doucement autour de ma taille et de mes bras, comme si elle me soutenait.

Gia tremble, et moi aussi.

— Mary Elizabeth Heart ! s'exclame-t-elle, les yeux levés vers moi. Qu'est-ce que tu as fait ?

Dix-neuf

Après avoir rappelé James en vain, je passe à Mouche. J'entends beaucoup de bruit derrière lui, une fête probablement. Pourtant, James n'autorise pas les fêtes chez eux, et ça ne ressemble pas au Pays des Merveilles.

— Mouche à l'appareil. Comment puis-je vous aider ?

— Mouche, où est James ? Il ne décroche pas.

— Quoi ? Il est juste là. Je l'ai vu sur son téléphone il y a cinq minutes. Je me demandais où tu étais. Je dois te prévenir que le Cap n'est pas dans son humeur habituelle - disons son hostilité modérée habituelle… Il a plutôt dépassé toutes les bornes.

Je le perds pendant quelques secondes, le temps qu'il échange un « bonjour » avec quelqu'un. J'essaye de garder mon calme.

— Où êtes-vous ?

— Chez Della. Évite peut-être de mentionner que c'est moi qui te l'ai dit. Si ça ne va pas entre vous, je préfère ne pas m'en mêler.

— Tout va très…

La communication est interrompue. Je bondis dans le premier train. Je ne sais pas pourquoi James est mécontent, mais je sais que nous devons impérativement nous retrouver. J'ai besoin de lui et, manifestement, il a aussi besoin de moi.

Je me détends un peu en voyant sa voiture devant la maison de sa marraine. Tout au long du trajet, j'ai eu peur qu'il ne s'en aille avant mon arrivée. Plus que quelques minutes et je serai en sécurité dans ses bras. Je saurai pourquoi il m'a évitée toute la journée.

Je pense… Non, je *sais* que James n'a jamais fait ça.

La musique braille jusque dans la rue et l'escalier menant à la porte d'entrée est plein à craquer de convives de toutes les tailles et formes. À l'intérieur, on danse et on mange. Les maisons à trois étages sont rares dans la Cicatrice. Celle de Della est l'exception qui confirme la règle. Della fait quasiment partie de la royauté. Dans le temps, elle était reine des marraines les bonnes fées, préparait les plus belles robes et organisait les plus belles réceptions. Elle pouvait même faire apparaître un château s'il le fallait.

— Ma belle ! s'exclame-t-elle en venant vers moi dès que je franchis le seuil. Je me demandais où tu étais.

Derrière elle, une table immense est recouverte de cadeaux et d'objets divers.

— James ne m'a pas invitée.

Elle porte une main à sa poitrine avant de me serrer dans ses bras.

— Fais-lui passer un mauvais quart d'heure, ma belle. Bienvenue. Essaye de t'amuser. Que pourrait-on faire d'autre ? Il est par là, avec quelques-uns des garçons, précise-t-elle en m'indiquant la direction, sa manche translucide se déployant sous son bras comme l'aile d'un papillon. Vous devriez danser, tous les deux.

James se tient près de la sono. Il a la même expression fébrile et trop enjouée que les deux ou trois dernières fois que je l'ai vu. Stone et Mouche s'éloignent dès qu'ils m'aperçoivent. Il se penche vers moi pour m'embrasser comme s'il ne s'était rien passé d'anormal aujourd'hui.

— J'ai essayé de te joindre toute la journée.

— J'allais t'appeler, je voulais juste m'éclaircir les idées, répond-il faiblement.

— En attendant, tu as décidé de profiter de la vie, de faire la fête et de me laisser t'appeler cinquante fois en imaginant le pire ? Tu aurais pu être mort !

— Eh bien, je ne suis pas mort. Je suis juste là. J'avais besoin d'un peu de temps, d'accord ?

— Oh, tu avais besoin de faire une pause, c'est ça ?

James et moi avons déjà discuté du fait que quand quelqu'un a « besoin de faire une pause », c'est qu'il n'est plus amoureux.

Son visage se rembrunit.

— Non, je n'ai pas besoin de faire une pause. C'est simplement qu'il se passe beaucoup de choses en ce moment. Après hier soir, ce qu'Ursula est devenue... C'est angoissant. Ça ne devrait pas te retomber dessus pour autant. Tu es bien la dernière personne à mériter ça. Je suis désolé, Mary... Viens, oublions tout ça. Danse avec moi.

Il me prend la main. Je suis entourée de visages familiers. Tout sourire, Della nous regarde avec fierté en buvant quelque chose de blanc et pétillant. Je laisse James m'entraîner au centre de la pièce. Il passe mes bras autour de son cou et rapproche son corps du mien.

— James.

— Laisse-moi parler, d'accord ?

J'essaye de me laisser aller contre lui, comme je le fais d'habitude, mais je me sens raide et crispée malgré nos mouvements.

— C'est horrible, de te cacher quelque chose. Des dizaines de fois, j'étais prêt à tout te dire, mais je ne peux pas, tant que tu travailleras pour les flics. Ce serait dangereux pour toi et pour tout le monde autour de nous.

Je m'immobilise, puis je lève les yeux vers lui et son regard chaleureux. Il passe le pouce le long de ma mâchoire. Sur la pointe des pieds, je pose mes lèvres sur les siennes et laisse mon corps fondre contre le sien. Puis je fais un pas en arrière. Tout va dépendre de sa réponse à la question que je m'apprête à lui poser. J'ai besoin de recul pour l'évaluer correctement.

— Est-ce que tu sais ce qui est arrivé à Ursula ?

Ses yeux s'éteignent et il laisse ses bras retomber le long de ses flancs.

— Est-ce que tu as quelque chose à voir… Est-ce que ta lumière t'a dit quelque chose ? Sais-tu où est Mally ? Est-ce pour ça que tu ne veux rien me dire ? Est-ce que tu as quoi que ce soit à voir avec leur disparition ?

Mes propres mots m'étonnent. Pourtant, il savait qu'Ursula était dans le lac. Il a la lumière bleue. Il est devenu si secret… Il s'est même fait faire un tatouage chez Cubby, ce qui implique qu'il pourrait connaître Caleb Rothco. Ce qui paraissait totalement impensable il y a encore quelques heures me semble maintenant plausible.

— Je ne veux pas parler de ça ici.

Nous fendons la foule et sortons dans la cour, que Della a décorée en suspendant des lanternes un peu partout. Elles émettent une lumière douce, telles des lucioles, et oscillent dans la brise.

— Ce serait mentir par omission, dis-je. Nous nous sommes promis de ne jamais nous mentir, mais plus ça dure… Si tu as un lien avec leur disparition ou si tu sais où elles sont, tu dois me le dire.

Il s'appuie contre la balustrade, le regard tourné vers le pont qui relie la Cicatrice à Midcity. Un instant, j'ai la conviction qu'il va se retourner et tout me dire, déballer la vérité afin que nous puissions, ensemble, décider quoi faire. Mais non. Il ne se retourne pas. Il reste immobile.

— James, mon doigt est passé à travers un miroir et j'ai lévité, ce soir. Si j'ai besoin de savoir quelque chose, tu dois me le dire.

Lorsqu'il se retourne enfin, il remonte l'une de ses manches pour dévoiler son dernier tatouage : mon prénom, Mary Elizabeth, entouré de fleurs semblables à celles du Jardin éternel.

— Je me suis fait tatouer ça pour toi. Parce que je t'aime tellement que je ne peux penser à rien d'autre. Depuis que nous sommes ensemble, je n'ai jamais pensé qu'à toi. Tout tourne sans cesse autour de toi. Toujours.

J'ai déjà vu James énervé, mais jamais à ce point-là. En général, sa voix est rocailleuse, basse et maîtrisée ; là, elle est passionnée et hors de contrôle.

— Je ne comprends pas pourquoi tu ne peux pas simplement me croire sur parole. À l'heure qu'il est, il vaut mieux que tu ne saches pas tout. Pourquoi tu ne peux pas me laisser une chose, à moi tout seul, jusqu'à ce que je sois prêt à en parler ?

— Ursula n'est plus vraiment un être humain et Mally a disparu depuis une semaine. C'est mon *boulot* de les retrouver et je crois que tu sais où elles sont. Tu ne ferais pas ça si tu voyais le père de Mally. Et Morgana et la mère d'Ursula, tu as pensé à elles ?

— Ça n'a rien à voir. Tu sais, tu es si centrée sur toi-même, Mary Elizabeth, que tu n'as même pas remarqué que je suis toujours là à t'attendre. J'attends à côté de mon téléphone, au Pays des Merveilles, au lycée. J'attends que tu te souviennes que j'existe et que tu répondes à mes messages.

— Quoi ? Je pense constamment à toi. Tu es ce qu'il y a de plus important dans ma vie.

— Non. C'est ton stage, le plus important. Ton ambition. Obtenir ce que tu veux.

Je n'en crois pas mes oreilles. Soudain, notre couple semble sérieusement en danger.

— Une journée sans que je te réponde dans la seconde et tu te comportes comme si c'était la fin du monde. C'est ça, ce que tu attends de moi. Tu trouves complètement normal que je sois cette personne qui est toujours là pour toi, qui n'a besoin de rien et ne veut rien. Eh bien, figure-toi que j'ai trouvé quelque chose.

Il ouvre la main et la lumière bleue s'élève au-dessus de sa paume, telle une flamme.

— Je t'en ai donné un petit peu parce que je savais que tu ne l'aurais jamais prise volontairement alors que tu en as besoin. *Nous* en avons besoin. Tu devrais me remercier.

— Tu n'as pas répondu à ma question, James, dis-je en articulant soigneusement chaque syllabe pour lui faire comprendre la gravité de la situation. Est-ce que tu sais où elles sont ?

Il laisse retomber sa tête en avant, son menton sur le sternum.

— Je suppose que je ne compte pas autant pour toi que je le croyais. Puis-je te demander quelque chose ?

Il relève les yeux vers moi.

— Est-ce que tu tiens vraiment à Ursula, ne serait-ce qu'un peu ? Ou veux-tu seulement la retrouver pour te rapprocher de ton objectif ? As-tu un cœur, Mary ?

— Réponds à la question, James.

— Oui. Je sais où est Ursula. Et je sais aussi où est Mally. C'est la lumière bleue qui me l'a dit.

Mes craintes cèdent la place à la panique. Ma vie telle que je l'ai connue est terminée. J'ai la gorge serrée, et le bruit de la fête semble provenir de très loin.

— Qu'est-ce que tu as fait, James ? soufflé-je.

— Qu'est-ce que j'ai fait, *moi ?* C'est incroyable. Tu crois que je kidnapperais notre meilleure amie ou que j'enfermerais Mally dans le coffre de ma voiture ? Est-ce que tu as décidé de croire tout ce qu'on raconte sur moi, au final ? Sur le fait que je suis un Bartholomew ? *Capitaine Écorché ?* Est-ce que tu as décidé de te retourner contre moi et les garçons du Pays imaginaire ? C'est ça, que tu apprends à Midcity avec les Enclavés ?

Son sourire de loup semble élargir son visage, découvrant ses dents impeccables. Sans le faire exprès, je recule d'un pas.

— Je n'ai rien fait. C'est ce qu'ils ont fait, eux, et ce que font Mally et Ursula. Tes flics et toi pouvez courir partout autant que vous le voulez, vous ne découvrirez jamais la vérité parce que vous ne pouvez pas voir ce qui est juste devant vous.

J'essaye de me rappeler qu'il s'agit de James, la personne en laquelle j'avais le plus confiance jusqu'à il y a quelques heures. Puis son visage se décompose et il fait un pas vers moi. Je recule de nouveau, et il s'arrête, blessé comme si je lui avais porté un coup. Je souffre de le voir comme ça, mais je résiste.

— Il faut que tu me dises où elles sont, avant que quelqu'un d'autre ne les trouve. Dis-le-moi. Je dois les arrêter.

Il me regarde, songeur, puis lève la tête vers le ciel sombre, couvert de constellations scintillantes. Lorsqu'il reporte son attention sur moi, il me prend la main et je le laisse faire. Il pose doucement les lèvres sur mes doigts.

— Je ne sais pas encore comment tout cela fonctionne, dit-il, mais je vais y arriver. Ce sera une grande aventure. Nous avons peut-être quelques problèmes à résoudre, mais je veux partager cette aventure avec toi. Je te dirai tout si tu viens avec moi. Tu dois juste quitter ton stage.

Je réfléchis. James a toujours appartenu aux ruelles cachées et aux passages secrets de la Cicatrice. Renoncer à mon stage, ce serait beaucoup plus que renoncer au petit boulot administratif que je vais probablement reprendre dans quelques jours ; ce serait réduire à néant tous mes espoirs pour mon avenir. Il me demande de le choisir, lui, plutôt que moi-même.

— Je ne peux pas faire ça. C'est la seule et unique chose que je ne ferai pas. Demande-moi n'importe quoi d'autre. Je sais combien tu as toujours désiré retrouver la magie, mais elle est en train d'agir sur toi. Et sur moi aussi. Laissons-la tomber et revenons aux choses comme elles étaient. Nous pouvons poursuivre notre rêve. Être ensemble. Juste nous deux. Comme nous l'avons toujours imaginé.

— Non, répond-il simplement, comme si ce petit mot ne signifiait pas qu'il brise nos existences. Pour rien au monde. Pas même pour toi.

Il presse ses lèvres contre les miennes et me serre contre lui. Je serais prête à défaire toutes les lois de l'univers et à le réduire en miettes juste pour rester là une minute de plus, à embrasser James. Puis il se redresse, place son pouce sur mon front et s'excuse.

— Je suis désolé, Mary.

— De quoi ?

— Endors-toi.

La lumière bleue bondit dans mon crâne, et le monde plonge brutalement dans les ténèbres.

Vingt

Lorsque je rouvre les yeux, je suis dans mon lit, un filet de bave au bord des lèvres. La lumière du début d'après-midi traverse les stores, et plusieurs messages de Bella attendent dans mon téléphone. Le souvenir de ce qu'il s'est passé hier soir me donne envie de vomir. J'essaye d'appeler Ursula et James, et je tombe sur leurs répondeurs. Tante Gia fait un boucan d'enfer dans la cuisine. Je n'arrive pas à croire que j'ai gaspillé une demi-journée.

Je consulte mon appli de santé. J'ai dormi pendant quatorze heures. La docteure Chette dirait probablement que le sommeil est un symptôme supplémentaire de la dépression. Je lance l'appli Méditation Melinda, à laquelle je n'ai jamais touché.

— Dites-moi tout, demande Melinda.

— Symptômes du stress. Trop de pression. Amour.

— Je vois.

L'avatar à l'écran, une femme vêtue de rose pastel avec une frange épouvantable, me sourit d'un air paisible.

— Méditations de cinq minutes recommandées : Déstresser avec Melinda, Oublier la pression avec Melinda, Survivre aux peines de cœur avec Melinda. Par laquelle voulez-vous commencer ?

— Melinda, tu es insupportable. Dis à tes créateurs de trouver de meilleurs titres.

Je lance le téléphone sur le lit juste au moment où Gia apparaît à la porte.

— Tu vas bien, ma puce ?

— Ouais.

Je m'attends à ce qu'elle me saute dessus pour parler de ce qu'il s'est passé hier soir, mais elle a seulement l'air inquiète, ce qui est encore pire. Elle porte une robe rouge, ses cheveux sont en bataille, et ses taches de rousseur ressortent plus que d'habitude. Elle place les mains sur ses hanches et me lance :

— Bon, je n'ai pas toute la journée. Je suis en train de faire du tri dans les placards. Vas-tu me dire ce qu'il se passe ?

— Euh… Tu vas bien ?

— Eh bien, je suis ravie que tu me poses la question, Mary, car je suis en grande forme.

Elle fait le tour de la chambre en ramassant des vêtements. En temps normal, Gia ne fait jamais le ménage. Je feins de prendre sa température en posant la main sur son front.

— Je suis sérieuse, insisté-je. Tu es sûre que tout va bien ?

— Après ce qu'il s'est passé hier soir… J'ai l'impression qu'un gros nuage noir recouvrait ma vie et qu'il s'est évaporé. Tout est possible. Absolument tout. Je ne vais ni rester là, les bras croisés, avec des placards qui débordent, ni dormir toute la journée. Je vais faire de la place pour la magie. Mais assez parlé de moi. Qu'est-ce qu'il t'arrive, à toi ? Je ne t'ai même pas entendue rentrer. Un vrai fantôme.

— Il se passe beaucoup de choses. Et rien à la fois.

— D'accord… Et si tu commençais par le « beaucoup » et passais ensuite au « rien » ?

Je réfléchis à ce que toute cette histoire implique pour Gia. Elle pourrait croire que j'ai libéré la magie qui attendait sous nos pieds, et que la vie ne sera que joie et potentiel illimité à partir de maintenant.

— Je ne pense pas pouvoir t'en parler pour l'instant. Ça te va ?

— Ça me va si nous décidons que c'est la meilleure solution. Et maintenant, qu'est-ce qu'on fait ?

— Je ne pense pas pouvoir rester là, à attendre.

— En effet, je ne vois pas en quoi ça ferait avancer les choses.

— J'ai peut-être une idée. C'est peut-être de la folie, mais il se peut que j'aie raison.

— Ça ne t'a jamais arrêtée jusqu'à aujourd'hui, me fait remarquer Gia en me chassant avec son torchon. As-tu besoin d'aide ?

— Non, je ne crois pas.

— Il m'est arrivé au moins treize choses complètement folles depuis le petit-déjeuner. C'est bon pour la santé, un peu de folie.

J'attrape mon manteau de cuir et enfile mes chaussures.

— Merci, Gia. Comment fais-tu pour toujours trouver les bons mots ?

— Tu sais, je me suis fait un sang d'encre pendant tant d'années, avec toi et ton obsession pour la mort et la destruction. J'avais peur de ne pas pouvoir te protéger. À présent, je réalise que tu peux très bien te débrouiller toute seule et je ne suis plus du tout inquiète. Et c'est une libération, Mary. Maintenant, vas-y ! Va faire de la magie !

Elle me passe ma carte de transport et mes clés, ainsi qu'un bonnet et une paire de gants.

— Tu es une tante géniale, Gia. Je t'aime.

— Tu sais, ta mère aurait été tellement fière de toi.

— Elle aurait été fière de toi aussi.

— Non, répond Gia d'un ton solennel. Elle m'aurait dit de me reprendre en main, et c'est exactement ce que je compte faire à partir d'aujourd'hui. Je vais peut-être même m'inscrire sur une de ces applis de rencontres.

— C'est super, Tata Gia.

Puis je l'embrasse sur la joue et file de l'appartement.

VINGT-ET-UN

JE FAIS IRRUPTION DANS LES TOILETTES DU PAYS DES MERVEILLES, où je trouve deux filles assises sur les lavabos et une troisième en train de se maquiller.

— Dehors.

Elles me regardent d'un air bovin, puis celle face au miroir reprend la pose de son mascara.

— Dehors !

J'ai hurlé, cette fois.

— Les Héritiers sont vraiment impossibles, dit la fille au mascara.

Elle sort en frôlant mon épaule. Dès qu'elles ont disparu, j'attrape un déboucheur à ventouse et je le cale dans la poignée avant de déplacer la grosse poubelle en métal devant la porte, histoire d'être sûre que personne ne puisse entrer.

— Alors, dis-je à mon reflet. Où es-tu ?

J'ai beau regarder, il ne se passe rien. Puis je me concentre sur mes yeux et je pense à la lumière bleue et à James, aux mystères à dévoiler et au fait que les choses ne sont pas ce qu'elles semblent être.

La voilà, encore plus malveillante et dangereuse qu'hier. Je me rapproche du miroir, qui prend de nouveau la consistance de l'eau. Les mots « BOIS-MOI » sont écrits en bas. J'ai entendu dire que les miroirs servaient d'instruments de surveillance, autrefois. Celui-ci a peut-être été laissé là par accident.

— Dis-moi où elles sont. Montre-moi. Tout de suite.

Mon moi du miroir croise les bras sur sa robe rouge.

— Tout de suite ! crié-je.

En un clin d'œil, elle tend la main, m'attrape par l'épaule et me fait passer de l'autre côté du miroir.

Un vent froid frappe mes joues et s'immisce dans mes habits. Je ne vois rien. Le bruit est assourdissant, comme des milliers de loups hurlant à l'unisson. Je ne peux même pas crier. Si je le faisais, le son s'évanouirait.

Puis, aussi vite qu'elle est apparue, la cacophonie disparaît, comme si elle avait été étouffée par une porte fermée. Le silence est soudain et dense. Dans un premier temps, je ne peux que sentir ce qu'il y a autour de moi, mes yeux ne distinguant toujours rien. L'air a changé de texture, l'odeur de renfermé chargée d'humidité des toilettes a laissé place à la fraîcheur de la climatisation et à un relent d'antiseptique. Je me frotte les yeux.

Un éclair bleu explose et crépite, telle une décharge électrique.

Je retrouve lentement la vue, comme si j'apercevais la lumière au bout du tunnel. Au fur et à mesure que mon champ de vision s'élargit, je découvre un hall, exactement comme dans un immeuble de bureaux ou une administration.

L'écran de mon téléphone se porte très bien. J'ai toujours plein de messages de Bella, mais je ne capte pas. L'appareil ne sert plus à rien. Ma respiration s'accélère et je la force à ralentir en comptant de un à dix, puis de dix à un.

Évalue la situation. C'est par là qu'il faut commencer.

Je regarde autour de moi en m'efforçant de ne pas réfléchir – ni à comment je suis arrivée ici, ni au fait que je n'ai aucun moyen de me défendre, ni à tout ce qu'implique la possibilité d'aller tout droit des toilettes du Pays des Merveilles à une espèce de local caverneux.

Un bureau est complété d'un fauteuil en cuir d'un beau bleu. Un des murs est recouvert de boutons et de voyants. De l'autre côté du bureau, je vois des plantes de tailles et de formes différentes, dont les pots sont savamment disposés. Il y a aussi une petite bibliothèque et une lampe en forme de feuille.

Je déglutis pour lutter contre la panique qui menace de me submerger et je me concentre sur ce que j'ai appris en formation : rester sur le qui-vive, comprendre ce qui se passe, une étape à la fois.

Puis je distingue un fauteuil bien différent – si tant est qu'on puisse appeler ça un fauteuil –, et mon cœur affolé manque de s'arrêter. Mon visage, mes mains et mes pieds semblent se vider de leur sang.

Avant même de comprendre pleinement ce que j'ai sous les yeux ou pourquoi ce tas de métal, de bois et de cuir est si effrayant, je me retrouve accroupie derrière le bureau. Le fauteuil est dans le coin opposé. Il mesure à peu près deux mètres de haut. Des plaques de fer renforcent la structure de bois et la fixent au sol, tandis que des sangles de cuir pendent des accoudoirs et de la partie inférieure, destinée aux jambes. Sur le bureau devant moi, je trouve un bloc-notes – un bloc-notes à l'ancienne, pas une appli – et un stylo bleu. Quelques mots ont été tracés à la main sur le papier.

Hurlements.

Niveau de douleur : 7.

Cornes.

Il faut que je sorte d'ici.

Je relève les yeux, dans l'espoir de trouver une issue. Je ne sais même pas si je suis au vingtième étage ou au vingtième sous-sol. Il n'y a ni lumière naturelle ni fenêtre.

Le hall fait quatre ou cinq mètres de large. D'un côté, le mur est constitué de pierre blanche ; de l'autre, de grandes vitres faiblement éclairées de l'intérieur délimitent de petites pièces. La première, déserte, comprend une bibliothèque, un lit de camp et une lampe.

Ma respiration s'affole de nouveau.

Je continue à avancer en longeant le mur blanc.

Quand j'arrive à la deuxième pièce, le monde s'effondre autour de moi. Mally Saint est assise sur un lit, le regard perdu dans le vide. Je cligne des yeux pour m'assurer que mon imagination ne me joue pas des tours et que Mally n'est pas une illusion. Ses cheveux sont sales et emmêlés, et elle porte un haut blanc et un pantalon marron, aussi sales l'un que l'autre. On dirait l'uniforme d'un institut médical. Mais elle est en vie. Elle est en vie. Des restes de nourriture sont étalés sur la vitre.

Je lui fais un signe de la main, puis je porte un doigt à mes lèvres. Elle ne réagit pas. Dans un premier temps, je suppose que c'est parce que je suis dans le noir, mais je réalise rapidement que je me trouve derrière un miroir sans tain.

De son côté, Mally ne voit que son propre reflet.

Je suis si soulagée qu'elle soit en vie et que toutes les images d'elle morte, traînée sur un carrelage, noyée, pendue, étranglée ou poignardée n'aient été que le produit de mon imagination.

Je dois impérativement la sortir d'ici.

Elle lève un bras et je fais un pas vers elle, comme si elle m'avait demandé d'avancer, mais elle pose la main sur sa tête, écarte les racines de ses cheveux noirs et referme ses doigts sur quelque chose. Pour mieux distinguer, je m'approche encore, jusqu'à poser la main sur la vitre. Nous ne sommes qu'à un mètre l'une de l'autre. Elle a de petites bosses sur le crâne, comme des pinces à cheveux proéminentes. Son visage s'éclaire d'un bref sourire avant de se teinter de désespoir.

— Des cornes. Vous m'avez donné des cornes.

Elle se lève, les joues baignées de larmes, et se met à hurler.

— VOUS M'AVEZ DONNÉ DES CORNES ! DES CORNES ? POURQUOI ? POURQUOI ME FAITES-VOUS ÇA ?

Elle se jette contre la vitre et la frappe de ses poings tout en continuant de pousser des cris perçants et désespérés. Soudain, le martèlement des coups sur le verre se propage le long du couloir, et je comprends brutalement que je me trouve dans une prison. J'essaye de voir qui occupe la cellule voisine, et un tentacule s'abat violemment sur la vitre.

— VOUS NE POURREZ PAS ME GARDER PRISONNIÈRE BIEN LONGTEMPS ! tonne la voix d'Ursula. JE SUIS REVENUE ! JE SUIS REVENUE ET VOUS AVIEZ DIT QUE VOUS ARRÊTERIEZ ! À L'AIDE ! À L'AIDE !

Un bip résonne tout au bout du hall et j'entends une porte coulisser. Je n'ai aucune arme sur moi, pas même ma bombe lacrymogène. Je n'ai absolument rien pour me défendre.

— Je reviendrai vous chercher, dis-je dans un souffle, en espérant qu'Ursula, quelque part au fond d'elle-même, le sait.

Je m'élance vers le mur. Derrière moi, la porte coulissante finit de s'ouvrir et un gémissement aigu retentit, puis les protestations se taisent et le silence se fait dans le hall.

Je sens quelque chose m'entraîner vers l'arrière, comme si une corde s'était enroulée autour de mon cou. *Ouvre-toi*, supplié-je dans ma tête.

— Ramène-moi. Ouvre-toi. OUVRE-TOI !

Puis la lumière bleue me fend le crâne en deux.

Vingt-deux

Je suis de retour dans les toilettes du Pays des Merveilles. La prison et le bureau ont disparu. J'entends de la musique.

Non. Il faut que j'y retourne, que je les tire de là.

J'affronte le miroir et attends que mon double apparaisse. Je tapote le verre. Rien. Elle n'est pas là.

Les yeux clos, je demande à la magie de m'aider. Je dis *s'il te plaît*, je vais même jusqu'à supplier. Toujours rien. Le miroir reste froid et ne réfléchit que la pièce noire et rouge.

— Non !

Je frappe la glace, qui se fend en son milieu.

Puis je la vois. Elle est là, elle me regarde. Il me faut une bonne minute pour réaliser que c'est moi. Ces yeux déments et furieux sont les miens.

Elle secoue la tête. Cette fois, elle – ou *moi*, plutôt – ne m'aidera pas.

Le train pour le marché aux Dragons est quasiment vide. Je saisis sur mon téléphone l'adresse de Bella – trouvée dans la base de données interservice –, puis je suis les instructions du GPS. Je parcours trois ou quatre vieilles rues pavées avant d'arriver à un immeuble rose aux volets rouges. Bien que décolorée, la pancarte est encore lisible.

Chez Fantasia

J'entends des rires à l'intérieur. Je revérifie l'adresse. Je ne peux pas être arrivée à destination ; Bella ne peut pas vivre là. La fantaisie a droit de cité ici, certes, mais cet immeuble a surtout une signification toute particulière pour moi. Pour être honnête, je n'existerais même pas sans lui. Avant la Chute, c'est ici qu'on venait pour planer et écouter une musique qui nous emmenait ailleurs. Avant la Chute, c'est ici que palpitait le cœur battant des soirées.

Je frappe, pratiquement convaincue que je suis au mauvais endroit. Pourtant, c'est bien Bella qui vient ouvrir. Elle porte un sweat et un pantalon de sport roses assortis. C'est la première fois que sa tenue semble négligée, ne serait-ce que de loin.

— Qu'est-ce que tu fais là ? dit-elle. C'est fini, Mary. Autant que tu profites de ta soirée pour t'amuser, vu qu'on sera toutes les deux fichues demain… Si ça ne te dérange pas, je ne suis pas d'humeur à encaisser de nouveaux échecs en ce moment. Bonne soirée.

Elle va refermer la porte, mais je la bloque avec mon pied.

— J'ai besoin de te parler. Je dois te dire…

Le regard curieux, une femme se glisse derrière Bella. Elle porte du satin, des plumes et un chapeau en forme de turban doré, et beaucoup de bijoux. Elle ressemble énormément à Bella, à quelques différences près : elle est ronde et voluptueuse alors que Bella est mince, voire très mince, et elle n'est pas du tout aussi guindée. Avec son kimono bleu et son boa autour du cou, j'ai l'impression de me trouver face à une vision. Il ne fait aucun doute qu'elles sont parentes, mais la chose paraît impossible.

J'ai du mal à retenir un sourire en la voyant.

— Bella, ma chérie, qui est-ce donc ?

— Bonjour, madame. Je suis Mary Elizabeth, la stagiaire de Bella au poste de police.

— Oh, bien sûr, répond la femme avec un grand sourire. Je suis la mère de Bella, la seule et unique Fantasia. Enfin, Fantasia IV, évidemment, donc pas celle de la pancarte. À l'heure actuelle, je suis la seule Fantasia encore en vie et je pense être trop vieille pour avoir d'autres enfants, donc je suis probablement la dernière.

Elle éclate de rire tandis que je fixe Bella avec insistance.

— Je sais qui vous êtes, madame. Mes parents se sont rencontrés ici.

— Mais c'est magique ! Comment s'appellent-ils ?

— C'était il y a longtemps.

— Je me souviens de tout le monde. C'est mon travail.

Je ne prononce presque jamais leurs noms. C'est bien trop douloureux.

— Leah et Aaron Heart.

Généralement, cette information déclenche l'une des deux réactions suivantes : soit la personne a entendu parler de leur mort, auquel cas elle est horrifiée, soit elle n'en a pas entendu parler, auquel cas… elle ne réagit pas, en fait. Fantasia, toutefois, n'a ni l'une ni l'autre de ces réactions ; elle m'attire contre elle et me serre doucement dans ses bras.

— Oh, ma puce, bien sûr que je me souviens d'eux. Je sais ce qu'il leur est arrivé. Et à ta sœur, aussi. Ils étaient magiques et extraordinaires. Je suis désolée. Ils ne sont même pas morts durant la Chute. Ce n'est pas digne d'un Héritier, un crime haineux.

Je suis tellement déstabilisée que j'en oublie presque que je suis venue pour tout dire à Bella. J'ai envie que Fantasia me parle de mes parents. Je veux savoir si elle se souvient de la place où ils s'asseyaient, de ce qu'ils commandaient à boire, de leurs vœux et de leurs rêves, et si elle les a exaucés. Peut-être que c'est elle qui a causé leur attraction réciproque et leur a accordé la tranquillité nécessaire pour faire connaissance.

Fantasia m'entraîne dans la maison. Le plafond dégouline de chandeliers d'or et de cristal, et les meubles sont recouverts d'étoffes agréables au toucher, comme la soie, le satin et le cuir. Il y a des babioles partout : assiettes peintes en provenance d'îles lointaines, petites figurines féminines, boules à neige. La maison a beau avoir perdu de son éclat, elle est toujours superbe, et les pièces semblent s'enchaîner à l'infini. Nous nous arrêtons devant l'escalier, qui s'élève à plus de six mètres de haut.

— Je vais te présenter à ma sœur, Stella. Nous avons déjà demandé à Bella de t'inviter à déjeuner, mais je crois parfois qu'elle a honte de nous.

— Je n'ai pas honte, maman. C'est juste que je n'aime pas mélanger la vie privée et le travail.

— Je n'en doute pas, répond Fantasia avant de s'éloigner en direction de la télévision qu'on entend faiblement.

— Tu m'as dit que tu vivais dans une pension de famille ! m'exclamé-je.

— *C'est* une pension de famille, insiste Bella. Ça l'est maintenant, en tout cas.

— Pourquoi m'as-tu menti ?

Il y a quelque chose à creuser, mais je n'ai guère le temps de m'en occuper : Fantasia et Stella sont déjà de retour. Stella est nettement plus jeune et plus mince que sa sœur, mais tout aussi belle et élégante. Toutes les deux me serrent dans leurs bras.

— Comment est Bella au travail ? demande Stella. Dis-nous tout. Est-ce qu'elle est agaçante ? Coincée ? Obsédée par le règlement ?

— Elle est extraordinaire, sincèrement. Elle est intelligente, drôle et sympa. C'est vraiment ça, le pire !

— Notre bébé, dit Fantasia, rayonnante.

Stella tapote la joue de Bella, puis elles s'éloignent en complotant pour nous faire avaler un succulent dîner.

Bella les suit du regard avec un petit sourire et hoche la tête.

— Je n'ai pas honte d'elles, mais je préfère garder certaines choses dans la sphère privée. Elles peuvent être déstabilisantes, parfois. Un peu comme si la soirée était finie mais que personne ne les avait prévenues.

Au mot « soirée », tout me revient en tête : James, la façon dont il a utilisé son pouce pour… me faire perdre connaissance ? Je suis furieuse, mais, si je dois être honnête avec moi-même, je veux juste retrouver mon petit ami. Non, plus que mon petit ami : je veux retrouver mon *James*, la personne qui est toujours là pour moi, et je veux lui prouver que je peux être là pour lui aussi. Le problème, c'est que je ne sais même pas s'il est encore là. Il avait l'air tellement différent, désaxé comme je ne l'avais jamais vu. Et ses yeux, si semblables à ceux que j'ai vus dans le miroir…

C'était mon visage, oui, mais ce n'étaient pas mes yeux.

— Mary, tu vas bien ?

— Oui, oui, ça va.

— Tu es sûre ? Tu es en larmes.

— Oh, par toutes les poussières de fée ! Je ne sais pas quoi faire. Rien ne va.

Malgré mes efforts, je ne parviens plus à contenir le raz-de-marée de stress et de chagrin en moi. J'ai commis tant d'erreurs depuis une semaine, et je me retrouve toute seule, maintenant. Je me laisse tomber sur une marche et je sanglote, le visage entre les mains. Je sens Bella s'asseoir à côté de moi et me caresser doucement le dos, par grands cercles. Je pleure si longtemps et si fort que mes larmes pourraient engloutir la maison et tous ses habitants.

— Tu peux tout me dire, me rassure Bella lorsque je retrouve mon calme. Tu peux me faire confiance.

Je pense à sa gentillesse inébranlable. Mes amis ne sont pas comme ça, et moi non plus. James et Ursula ont franchi une limite invisible, et je sens que je m'en approche aussi, même si je ne sais pas le moins du monde de quoi il s'agit. Oui, je leur ai promis que je garderais leurs secrets, mais nous avons peut-être besoin de quelqu'un de foncièrement bon à nos côtés.

Ou peut-être que j'ai juste besoin de Bella.

Je prends une profonde inspiration pour faire taire la voix qui me chuchote que je suis sur le point de trahir James de manière irréversible.

— Au début, ce que je vais te dire te semblera complètement délirant.

— D'accord.

Bella est intéressée et circonspecte à la fois. Elle me regarde comme si elle cherchait des indices sur mon visage.

— J'ai vu Ursula.

— Tu as *quoi* ? s'exclame-t-elle en bondissant sur ses pieds, les poings sur les hanches.

— Elle était dans le lac Miracle avant-hier soir.

— Pardon ? Dans le lac… C'est impossible !

Voyant que je ne plaisante pas, elle fait un geste pour m'inciter à poursuivre.

— Continue. Dis-moi tout, sans rien négliger. *Rien*, Mary Elizabeth.

— D'accord, d'accord. Mais il faut que tu me laisses parler. Contente-toi d'écouter.

J'hésite un instant, puis je force les mots à sortir de ma bouche.

— Eh bien, pour commencer, il y a cette lumière bleue. C'est James qui l'a. C'est… Je pense que c'est de la magie. Et je pense que j'en ai absorbé une partie, moi aussi.

Appuyée contre la rambarde de l'escalier, Bella m'écoute avec attention.

— J'ai lévité.

Je m'attends à ce qu'elle éclate de rire, mais elle ne fait que hausser les sourcils.

— Je sais que ça a l'air totalement ridicule, mais Gia et toutes ses amies m'ont vue. J'ai aussi… euh… traversé un miroir au Pays des Merveilles, et je me suis retrouvée dans un bureau avec des cellules de prison. J'ai vu Mally. Elle a des cornes.

Le récit se fait plus facile au fur et à mesure. C'est de la folie, mais c'est la vérité, et ça fait du bien de dire la vérité.

— J'ai vu Ursula aussi. C'est le monstre marin dont tout le monde parle. Elle est de l'autre côté du miroir, elle aussi. Elle n'a plus de jambes. Je veux dire… Elle *peut* en avoir, mais je crois qu'elle préfère ses tentacules de pieuvre. Je n'en avais aucune idée jusqu'à ce qu'elle sorte du lac Miracle. Évidemment, personne ne peut sortir de ce lac comme ça, mais plus rien n'a de sens, de toute façon. Et maintenant, James.

Cette partie est la plus difficile, et je me braque contre une nouvelle vague de sanglots.

— Il m'a fait perdre connaissance avec la lumière bleue. Il ne me fait pas confiance parce que je suis flic. Il sait où sont Ursula et Mally, car la lumière le lui a dit. Et maintenant, je le sais aussi, sauf que je ne sais pas vraiment, en fait… Et je ne peux pas y retourner. J'ai cassé le miroir. Je ne sais même pas quelles sont les règles, si ça veut dire que je ne pourrai jamais…

— C'est bon. Laisse-moi réfléchir.

— Tu me crois ?

— Bien sûr. Pourquoi mentirais-tu ? À moins que tu ne sois atteinte d'un trouble mental…

— Non, pas de trouble mental.

— Dans ce cas… J'imagine que nous devons nous creuser le cerveau.

Elle se rassied à côté de moi.

— Merci, Bella.

— Oh, de rien. Ça va de soi.

Le menton appuyé sur une main, elle plonge dans ses pensées pendant une bonne minute, puis elle se redresse d'un bond et attrape son sac.

— Viens.

— Où est-ce qu'on va ?

— Dans la salle à manger. Ma mère et Stella vont nous nourrir, et nous, on va réfléchir à ce qu'on va faire. Nous devons présenter des résultats à la cheffe demain et nous ne lui soufflerons pas un mot de tout ça. Pour elle, il vaut mieux que la magie reste morte et enterrée. Elle se débarrassera de tout ce que nous pourrons lui dire à ce sujet, surtout si nous n'avons pas de preuves. À moins… Est-ce que tu peux léviter sur commande ?

— Non, Bella, je ne peux pas léviter sur commande.

Elle pousse un soupir comme si je l'avais beaucoup déçue.

— Bon, tant pis. Au travail.

Je la suis dans la salle à manger en tremblant, les bras raidis contre mes flancs. Elle sort le bloc-notes et le téléphone d'Ursula, et pose les yeux sur moi.

— Tout va bien se passer. Il y a une logique là-dedans. Nous pouvons retrouver tes amies et résoudre l'affaire, j'en suis certaine. Il y a une solution. Nous devons juste la trouver.

Bien que la situation affreuse de ces derniers jours ne fasse qu'empirer, en voyant Bella prendre place à table et commencer à tourner les pages défraîchies, je suis convaincue qu'elle a raison.

Vingt-trois

Je préviens Gia que je ne rentrerai pas dormir à la maison et nous travaillons jusque tard, épluchant le téléphone d'Ursula à la recherche du moindre indice. Nous découvrons une adresse mail secrète et réalisons que Caleb Rothco n'est pas un militant #LoyautéHéritiers comme les autres. Selon lui, la violence est la seule solution pour chasser les Enclavés de la Cicatrice, faire sécession et constituer un État indépendant. Tout cela ne nous rapproche pas de la vérité, mais, au moins, nous pouvons le rayer de la liste de nos suspects : il a beau avoir un secret à protéger, il ne ferait pas de mal à un Héritier fidèle à la Cicatrice, c'est évident.

Nos conclusions : nous avons affaire à quelqu'un – ou quelque chose, comme une organisation – qui a beaucoup d'argent, vu ce que j'ai découvert en traversant le miroir. Quelqu'un qui peut se payer un lieu pareil, avec des cellules de verre, un fauteuil de torture de luxe et des équipements électroniques. Ce pourrait être n'importe qui en provenance de l'Enclave, mais c'est déjà une piste dans nos recherches.

Pas de message sur mon téléphone, ni de James ni d'Ursula. Ils me manquent horriblement, mais je suis si épuisée que je ne ressens quasiment plus rien en m'endormant dans les draps somptueux de l'une des chambres d'amis à l'étage.

Dans mes rêves, tout est bleu.

Le lendemain matin, nous réquisitionnons une salle dès notre arrivée au poste. Nous avons décidé de préparer un schéma d'idées à présenter à la cheffe cette après-midi. Nous ne mentionnerons pas la magie, bien sûr, mais nous lui en dirons le plus possible.

Dans un mur de la pièce, une fenêtre donne sur un hall beige. Les agents arrivent au compte-gouttes et les quelques personnes déjà présentes sont occupées à taper à l'ordinateur, ce qui nous donne l'impression de bénéficier d'une certaine intimité. Nous prenons du café et des viennoiseries, et il me semble, pour la première fois depuis des jours, être revenue à une situation presque normale. Tout du moins, je suis suffisamment concentrée pour pouvoir faire semblant.

Sans un mot, Bella fonce à la réserve, puis revient avec du papier, des punaises et des feutres indélébiles. Ma tâche consiste à chercher et imprimer des photos et à les accrocher sur un tableau de liège ; la sienne à tracer des lignes entre les différents éléments pour montrer à la cheffe en quoi ils sont liés les uns aux autres.

En plein milieu du tableau, Bella dessine un carré autour d'un point d'interrogation géant. Elle me fait un signe de la main sans me regarder, comme si le simple fait de quitter sa création des yeux risquait de la déconcentrer.

— Récapitulons. Nous avons le Pays des Merveilles, n'est-ce pas ?

— Et nous avons Ursula et le lac.

— Ça, nous ne pouvons pas en parler. Nous devrons juste dire que quelqu'un prétend l'avoir vue à cet endroit-là. Nous avons bien conscience que nous ne travaillons pas officiellement sur sa disparition, mais comme elles ont toutes les deux été vues pour la dernière fois au Pays des Merveilles…

— On peut sûrement trouver suffisamment d'arguments pour mentionner la chose, au moins.

— Tu joues avec le feu, là.

Je vais d'un point à un autre du tableau et repense à tout ce que nous savons, y compris ce que j'ai vu de mes propres yeux et dont nous ne pouvons pas parler à la cheffe. Pas encore, en tout cas. Soudain, j'ai un frisson d'excitation.

— Bella.

Elle me regarde, ses cheveux ébouriffés formant une sorte d'aura autour de sa tête.

— Mes parents avaient une théorie, dans le temps. Nous avons nos taches de naissance d'Héritiers, d'accord ? Mais que se passerait-il si ce n'étaient pas de simples taches de naissance comme les autres ? Et si c'étaient des graines, en quelque sorte, qui ont juste besoin de quelque chose pour germer ?

Hier, lorsque je lui ai dit la vérité, j'ai éprouvé une sensation bien particulière. Je la retrouve maintenant, à l'identique.

— Et si quelqu'un avait trouvé le moyen de ramener la magie et que ça avait mal tourné ? De l'autre côté du miroir, j'ai vu un fauteuil et des notes, comme si quelqu'un menait des expériences. Et si les tentacules d'Ursula étaient une espèce de… mutation ? Mally avait des cornes. Et si quelqu'un avait retrouvé la magie, mais sans s'y prendre tout à fait comme il le fallait ?

Bella me dévisage avec une inquiétude croissante.

— Ce pourrait être vraiment, vraiment grave, souligné-je. Une catastrophe. Et si quelqu'un avait ramené le mauvais type de magie ?

Elle émet un bruit étranglé, puis toussote pour se reprendre.

— J'espère que non, Mary Elizabeth. J'espère que tu te trompes, et lourdement.

— Booonjouuuuur, mes beautés !

C'est Tony. Aussitôt la porte passée, il se sert une viennoiserie.

— Bonjour, Tony, dit Bella.

— Qu'est-ce qu'on fait de beau, aujourd'hui ? Je suis resté coincé en ville avec un homme d'affaires et son petit triangle amoureux. C'était assommant. Il avait un robot dinosaure dans sa Rolls, par contre. Vous auriez dû voir ça. Il a fait poser une fenêtre de toit spéciale pour que le robot tienne dans la voiture. Ces gens sont vraiment excentriques.

Tandis qu'il attrape une chaise, la retourne et s'assoit contre le dossier, les yeux sur notre schéma, Bella se redresse de toute sa taille et rouvre la porte.

— C'est vraiment super de te voir, Tony, mais nous sommes en plein travail. C'est privé.

— J'adore votre projet artistique. Est-ce que vous avez prévu des paillettes ? Parce que ça apporterait vraiment un je-ne-sais-quoi à l'ensemble.

Il lâche un rire moqueur avant de remarquer notre expression.

— Oh, allez, je plaisante, c'est tout. Je suis sûr que ce truc est pertinent dans le cadre de votre enquête.

Bella pousse un profond soupir et croise les bras.

— Oh, et ça, là, sur la gauche, c'est cette histoire de monstre ? poursuit Tony.

— Quelle histoire de monstre ?

— Vous savez… Tous ces gens qui prétendent avoir vu des monstres terrifiants partout en ville ?

Regards glacials de Bella et de moi.

— Si c'est ça, je vous déconseille fortement de sous-entendre qu'il en existe réellement. La cheffe ne sait plus où donner de la tête, avec tous les vieux croûtons de la Cicatrice qui s'excitent à cause des rumeurs sur le retour de la magie. Un monstre qui se balade en ville, c'est de la magie, forcément. Tu étais là, Bella, tu as entendu ce qu'elle a dit.

Je lui demande confirmation du regard et elle hoche doucement la tête.

— On a eu une réunion, explique-t-elle. La cheffe pense que nous risquons de nouvelles émeutes entre magicalistes et naturalistes si nous ne sommes pas prudents. De toute façon, Tony, deux choses : premièrement, tout ça ne te regarde pas, parce que ce n'est pas à toi qu'a été confiée cette affaire, et, deuxièmement, nous n'avons pas besoin que tu valides notre méthode de travail. Et bien sûr que non, il n'y a pas de monstre dans le lac. Je ne comprends même pas pourquoi je perds mon temps à me justifier. Pourquoi ne relèves-tu pas ton postérieur et ne vas-tu pas travailler ?

— Oh, voyez donc qui est devenue une grande ! lance Tony en se levant. Je te donne tout de même un conseil, par amitié : ne mêlez pas les contes de fées à une enquête de police. Monarch n'a qu'une envie, trouver un prétexte pour régler ses comptes, et la situation est tellement tendue dans la Cicatrice qu'il suffirait d'une étincelle pour tout faire exploser. Ne vous laissez pas avoir par un idiot qui s'est fait plaisir avec Photoshop. Cette photo est un montage, c'est flagrant.

— Quelle photo ? demandé-je. Les marques de ventouse ?

— Non.

Il retourne l'ordinateur portable placé à proximité et lance une recherche.

— Vous êtes coupées du monde depuis combien de temps, sérieux ? C'est dans tous les journaux.

Il a raison. L'écran affiche une photo d'Ursula, qui montre chacune de ses rondeurs et… eh bien, chacun de ses huit tentacules.

— Qui que ce soit, il ne manque pas d'imagination, poursuit Tony. Elle est canon. Si seulement on pouvait la voir de plus près…

J'ai envie de rétorquer que la jeune fille en question est une lycéenne, mais Bella pose sa main sur mon poignet.

— Tout à fait, lance-t-elle, le visage impénétrable. Tu as tout à fait raison, Tony. Qu'est-ce qui nous a pris ?!

Elle éclate d'un rire qui sonne horriblement faux.

— Ça, je me le demande, dit-il. Mais je suis là pour ça. Très bien, merci pour le petit-déjeuner. Je vais y aller. À moins que vous n'ayez besoin d'autre chose, mesdemoiselles ?

— Je pense qu'on va s'en tirer, répond Bella d'une voix débordant de sarcasme.

— J'y vais, alors. Il faut que je m'occupe de la maîtresse du magnat. C'est peut-être le dinosaure qui a fait le coup !

Il s'esclaffe et sort à grandes enjambées.

— Il va me falloir une éternité pour m'en remettre, grommelle Bella. C'est de la torture.

— Merci, dis-je.

— Ne me remercie pas, *ma beauté.* Bon, reprenons. Le temps presse. Tu étais sur le point de dire quelque chose quand l'abruti en chef est entré.

Elle recommence à tracer des traits sur le tableau et je reprends le fil de mon discours.

— J'ai réfléchi. Les magicalistes et les naturalistes pensent que la magie peut exister de nouveau si on ingère l'aliment approprié ou si on entre en contact avec elle. Eh bien... et si quelqu'un avait trouvé le moyen de la contrôler ? Et si Ursula et Mally avaient disparu à cause de ça ? Ursula a dit qu'on avait fait des expériences sur elle, non ? C'est une idée folle et ça va chercher loin, mais je pense que ce n'est pas un hasard si je suis passée de l'autre côté du miroir *après* la lumière bleue... Parce que si je suis une Héritière...

— La sphère lumineuse a embrasé quelque chose en toi ? Parce que c'était de la magie ? Mary Elizabeth...

— Je sais, je sais. C'est totalement dingue. En même temps, *c'était* totalement dingue, le miroir. C'est la chose la plus terrifiante qui me soit jamais arrivée. Et pourtant, j'en ai vu d'autres.

Je me remémore mon reflet, son sourire répugnant et suffisant, sa rage animale.

Je pose un doigt sur le point d'interrogation au centre du tableau.

— Si nous trouvons la personne qui tente de ranimer la magie, je pense que nous trouverons Mally, Ursula et James. Peut-être que nous pourrons même empêcher le désastre qui menace Monarch.

— *Si* cette personne existe, souligne gentiment Bella. *Si* tu as raison. Ça fait beaucoup de « si », Mary.

— J'ai raison. J'en suis certaine. Qui enlève des adolescents Héritiers et leur fait du mal ? Qui a fait apparaître la lumière bleue ? Nous pouvons le découvrir. J'ai l'impression que la vérité est juste sous nos yeux et que nous ne parvenons pas à la voir.

La porte s'ouvre de nouveau à la volée.

— Tony, grogne Bella, tu ne serais pas plutôt attendu quelque part pour uriner sur une bouche d'incendie ?

— Je vous demande pardon ?

Nous nous relevons tellement vite que nous manquons de nous percuter. C'est la cheffe qui est entrée. Costume gris élégant, cheveux attachés en queue-de-cheval sur la nuque.

— Cheffe, je suis confuse, balbutie Bella.

— J'imagine que j'aurais dû frapper, commente Ito avec un sourire.

— Bien sûr que non, madame…

— Ah, je vois que vous travaillez dur, enchaîne la cheffe en regardant avec indulgence notre schéma, qui a perdu tout aspect présentable et ressemble à un gribouillis géant.

— Oui, madame, balbutié-je.

Tout ce qu'a dit Tony sur le fait qu'elle ne veut pas entendre parler de magie résonne dans ma tête.

— Je suis désolée de devoir mettre un terme à votre travail, mais j'ai de bien mauvaises nouvelles à vous communiquer.

Mon cœur se met à cogner violemment dans ma poitrine.

— Nous avons arrêté le Chapelier Fou.

— Mais c'est une excellente nouvelle ! s'écrie Bella. C'est formidable !

— Oui, un petit escroc du nom de Caleb Rothco.

La cheffe continue sur sa lancée, sans se rendre compte que Bella et moi sommes restées interdites en l'entendant.

— Apparemment, il est très… vous savez, anti-Midcity, anti-moi. Il n'est pas le premier et il ne sera pas le dernier. Il a pensé que ce serait amusant de découper un de nos indics en morceaux. Nous sommes très satisfaits de l'avoir attrapé. Toutefois, hélas, nous avons pu établir un lien entre lui et les disparitions de Mally et d'Ursula. Il s'avère que vous aviez raison, Mary Elizabeth. Vous avez un instinct très sûr.

— Madame, réussis-je à bredouiller.

— Malheureusement, des indices retrouvés dans le repaire du Chapelier Fou nous portent à croire que Mally et Ursula sont toutes les deux décédées. Je suis navrée, Mary Elizabeth, dit-elle en posant une main sur mon épaule. Je sais qu'Ursula comptait énormément pour vous et je suis désolée d'avoir réagi comme je l'ai fait, même si, apparemment, il était déjà trop tard pour elle quand vous m'en avez parlé.

— Excusez-moi… intervient Bella. Avez-vous trouvé les corps ?

Pendant un instant ahurissant, je me persuade que j'ai perdu l'esprit pour de bon, que j'ai tout imaginé et que rien de ce que je crois réel ne l'est. Si la police a retrouvé leurs corps, c'est que je suis totalement déconnectée de la réalité et que tout ce que j'ai vécu de l'autre côté du miroir n'était qu'une hallucination.

— Eh bien…

La cheffe semble peser soigneusement ses mots.

— Non, nous n'avons pas retrouvé de corps.

Le soulagement m'envahit, mais, pour la première fois, je ressens autre chose envers la cheffe : de la suspicion.

— Vous êtes sûrs que c'était lui, pourtant ? insiste Bella.

— Nous avons assez d'indices pour faire le lien. Il les connaissait toutes les deux. On sait qu'il est enclin à la violence.

Il avait le kit du meurtrier parfait dans sa voiture : des cordes, une scie à métaux, des sacs poubelle. Personne ne peut dire où il était les soirs de lundi et jeudi, et il n'a pas d'alibi.

— Mais c'est…

— En outre, on a retrouvé des traces du sang d'Ursula dans sa boutique et sur ses vêtements.

Le sang d'Ursula ? À quoi la cheffe joue-t-elle ?

— Il a dû les enlever dès qu'elles sont parties du Pays des Merveilles et les tuer sur-le-champ, puis se débarrasser des corps, peut-être en les jetant dans le lac, ce qui expliquerait qu'ils n'aient pas été retrouvés. Je suis navrée, vraiment, Mary Elizabeth. Je vous en prie, prenez tout le temps qu'il vous faut pour vous remettre. J'organise une conférence de presse cette après-midi. Je vais faire poser des caméras de surveillance autour du lac Miracle et doubler les lampadaires pour éviter que de telles choses se reproduisent. C'est tellement difficile, tellement dur, mais nous devons garder le contrôle de la ville, avec toutes ces rumeurs à propos de magie et de monstres aquatiques. Les habitants ont besoin d'être rassurés. Vous comprenez, n'est-ce pas ?

— Les preuves ne sont pas suffisantes, proteste Bella, qui semble avoir totalement oublié ses propres conseils sur le fait de rester à sa place. Caleb Rothco est peut-être le Chapelier Fou, ça peut se concevoir. Il déteste Midcity.

— Et comment connaissez-vous Caleb Rothco, vous ? demande la cheffe en croisant les bras sur sa poitrine.

— Tout le monde le connaît à cause de son salon de tatouage.

Un mensonge, comme si de rien n'était. Bella est parfaitement à l'aise.

— Il arbore des drapeaux et plein de panneaux prévenant qu'il ne tatoue que les Héritiers. Il déteste les Enclavés, mais il déteste encore plus Midcity. Il semble hautement improbable qu'il fasse délibérément du mal à un autre Héritier, à moins qu'il ne considère cette personne comme un traître.

— Ça suffit ! crie la cheffe avant de retrouver son sang-froid. Nous avons toutes les preuves nécessaires pour enterrer cette affaire. Vous ne pouvez pas débattre avec l'ADN, agente Loyola. Le sang ne ment jamais. Mary Elizabeth, veuillez accepter mes condoléances, une fois de plus. Ne vous sentez pas tenue de terminer votre stage. Je sais que tout cela a été extrêmement éprouvant pour vous. Et maintenant, si vous voulez bien m'excuser…

Je hoche la tête sans dire un mot et cache mon visage entre mes mains. La cheffe pense certainement que je veux dissimuler mes larmes, mais elle se trompe.

Elle ment.

J'enfouis mon visage dans mes mains pour me retenir de la rouer de coups.

J'enfouis mon visage dans mes mains pour lui cacher ma fureur.

Vingt-quatre

— Elle ment ! hurlé-je de nouveau. Elle ment !

C'est comme si j'avais besoin de dire les mots tout haut pour m'en convaincre. Durant toutes ces années, j'ai donné ma confiance, mon amour et mon admiration à une menteuse et une politicienne. J'ai cru qu'elle était comme moi parce qu'elle venait de la Cicatrice, elle aussi. J'ai cru qu'elle tenait à ses habitants et qu'elle ne jouait le jeu de Midcity que pour faire changer les choses de l'intérieur. C'est ce que je voulais faire, moi aussi.

J'aurais dû suivre James et laisser tomber mon stage. J'ai perdu mon temps à essayer de me rapprocher de cette femme qui, au final, s'avère bien différente de ce que je croyais.

Je continue de vociférer dans le parc de Midcity. Bella, elle, semble hébétée. Il fait terriblement froid. Les enfants du coin sont déguisés en clowns, en sorcières et en fées. Ici, c'est Halloween. On ne fête pas Halloween dans la Cicatrice, ce serait un manque de respect envers nos ancêtres.

C'est donc vrai, les gens hors de la Cicatrice ne sont pas comme nous et ne défendent pas nos intérêts. Ils veulent notre beau temps permanent, nos nuages amusants, nos fleurs magiques et nos immeubles. Ils tentent de nous imiter avec leurs tatouages, car faire semblant d'avoir de la magie est toujours mieux que de ne pas en avoir du tout. Mais par-dessus tout, ils veulent notre sang. Arracher de nos poignets les marques des Héritiers et s'approprier ce qui fait vivre la magie. Ces enfants n'ont encore rien fait, toutefois. Ils essayent juste de s'amuser, de récolter des bonbons et de rendre leur vie plus magique qu'elle ne l'est.

— Je n'ai jamais pensé que nous ayons besoin de la magie, souffle Bella. Je ne comprenais même pas pourquoi elle attisait autant les passions, d'un côté comme de l'autre. J'ai toujours pensé qu'il était dangereux de la désirer.

Elle se laisse tomber sur un banc comme si elle ne pouvait plus tenir debout.

— Mon père est mort lors de la Chute. Il était magicaliste et il voulait rendre à notre famille sa splendeur d'autrefois. Il est allé à la réception d'inauguration du Sceptre afin de signer un accord avec une société d'investissement. Nous ne l'avons appris que plus tard. Il a retiré toutes nos économies en espèces et les a remises à quelqu'un que nous ne pouvons pas identifier, étant donné qu'il ne reste aucune trace. Puis… il est mort. Il était plein d'espoir, cupide et stupide. Il nous aimait plus que tout au monde, ma mère et moi. Il me manque énormément, et en même temps j'ai envie de lui tordre le cou. Le fait qu'il ait peut-être eu raison et que le retour de la magie, s'il a lieu, sera avant tout une question d'argent ne fait que rendre tout ça plus tragique. Quel intérêt à avoir la magie si on la gère comme n'importe quelle autre marchandise ? Pas étonnant qu'elle se soit cachée.

— Je suis désolée, Bella. Ça a dû être très difficile de perdre ton père dans ces circonstances.

— Oui, ça l'a été, et ça l'est toujours. Mais c'est la vie, n'est-ce pas ? Dure, merveilleuse et mystérieuse, répond-elle avec un haussement d'épaules. En entrant dans la police, je pouvais au moins percer certains pans du mystère.

Je prends une gorgée de café. Il a eu le temps de refroidir depuis que nous nous sommes arrêtées pour l'acheter.

— Regarde, c'est la cheffe ! s'exclame soudain Bella.

Je suis son regard. Avec un caban bleu marine, des lunettes de soleil et des chaussures plates et confortables, la cheffe a l'air différente, moins éblouissante que d'habitude.

— Qu'est-ce qu'elle fait ? murmure Bella.

Lorsque la cheffe disparaît au bout du chemin, Bella saute sur ses pieds et part à grandes enjambées.

— Bella, où tu vas ?

— Je mène l'enquête… Viens !

Nous devons prendre garde que la cheffe ne nous voie pas. Elle se retourne régulièrement, mais nous sommes suffisamment loin. Sans échanger un mot et sans perdre de vue un seul de ses gestes, nous marchons tranquillement, comme si nous faisions une petite promenade. Une fois sortie du parc, la cheffe pénètre dans la foule et poursuit son chemin dans une rue très fréquentée.

— Attends, dit Bella. Tu as vu ça ?

— Quoi ?

— Chut ! Attends une seconde… Regarde derrière nous.

Je me retourne et je vois qu'un homme avec un tatouage en forme de dague autour du poignet s'éloigne de nous à une allure surprenante, même pour Midcity. Soudain, je le reconnais.

— C'est le gars que Caleb Rothco a tatoué.

— Oui ! s'exclame Bella en m'attrapant par le coude. Il a donné une enveloppe à la cheffe. Ils ne se sont pas arrêtés. Il lui a glissé l'enveloppe et ils ont continué à marcher. C'est une ripoue, Mary ! La cheffe est vendue !

Mon téléphone vibre dans ma poche. C'est un message de James.

Retrouve-moi au Pays des Merveilles. Je te dirai tout.

Tel un trou noir, les mots trônent au milieu de mon écran. J'essaye de décider si je vais les laisser m'engloutir. Bella, de son côté, n'arrête pas de parler de la cheffe : qu'est-ce qu'elle faisait avec le tatoué, est-ce qu'il lui a donné de l'argent et ainsi de suite.

« Suivez l'argent », nous avait dit Jack Saint.

— Je dois y aller, Bella.

Je lui ai coupé la parole, mais je ne l'écoute plus depuis que j'ai reçu le message, de toute façon, et il semble presque généreux de ma part de lui épargner une tentative de conversation inutile. Je me fiche de la cheffe. Je me fiche qu'elle soit corrompue ou géniale ou quoi que ce soit d'autre. Tout ce qui compte, c'est James et Ursula. Je dois les retrouver. C'est simple.

— Y aller ? Où ça ?

Un instant, j'envisage de le lui dire. J'ai déjà tant partagé avec elle. Pourtant, j'ai l'impression que c'est quelque chose de privé entre James et moi. Je ne sais pas ce qu'il fait ni ce qu'il veut me dire, mais il ne serait certainement pas content que je le rejoigne au Pays des Merveilles avec ma coéquipière.

Le Pays des Merveilles est plein à craquer de jeunes Héritiers. Ici, ce n'est peut-être pas Halloween, mais c'est l'anniversaire de la Grande Mort et de la Chute. De nombreuses personnes portent des hauts #LoyautéHéritiers, et il y a des pancartes partout, des lumières stroboscopiques, des paillettes, des plumes et de gros ballons suspendus au plafond… Les Enclavés se sont installés en hauteur, comme d'habitude, et n'ont pas l'air de réaliser qu'ils sont particulièrement peu les bienvenus ici ce soir. Ou peut-être qu'ils le savent très bien, au contraire, et qu'ils nous informent simplement que nous ne pouvons pas nous débarrasser d'eux. Ils seront toujours là, à nous regarder de haut, les garçons dans leurs tenues ultra BCBG, les filles dans leurs chemises à col boutonné et leurs jupes à plis. Tout ce qu'il y a de *moins* Cicatrice possible.

James est introuvable. Je le cherche partout, passe comme un éclair à côté de Dally et dévale l'escalier des toilettes. J'ai l'impression que la musique assourdissante et tous ces gens qui dansent comme s'ils étaient au carnaval sont en train de me passer les entrailles au mixeur. Je n'arrive pas à respirer.

Dix, neuf, huit…

Ça ne marche pas. Je ne veux pas tomber dans les pommes ici.

Sept, six, cinq…

Je titube jusqu'à la porte arrière et sors dans la ruelle où se trouve la benne à ordures. Dans les rues aussi, c'est la folie. Les gens passent au bout de l'allée en se trémoussant au rythme des percussions et de la musique. Toute la Cicatrice est en pleine effervescence.

Les doigts tremblant sur les touches, j'écris à James.

T'es où ?

Je veux lui dire bien plus que cela. Où es-tu ? Pourquoi m'as-tu laissée tomber ? Nous sommes censés nous protéger et tu as disparu. Est-ce que tu m'as quittée ? Est-ce que tu m'as joué un tour en me faisant venir ici ? Pourquoi te faire tatouer mon nom sur le bras, puis disparaître ?

Est-ce que tu m'aimes encore ?

Je regarde fixement mon téléphone, attendant qu'il se passe quelque chose, n'importe quoi. Soudain, une douleur terrible s'abat sur moi, et le monde disparaît au son d'une musique fêtant la fin du monde.

Vingt-cinq

Je reviens lentement à la réalité, qui s'avère aussi floue que douloureuse. Des lumières crues m'aveuglent et une forte odeur d'antiseptique emplit mes narines. Entendant un bip, je regarde autour de moi. Je ne distingue rien d'autre que des murs blancs et un miroir. Et soudain, je comprends : je suis de l'autre côté du miroir, dans l'une des cages.

J'essaye de me lever. Inutile. J'ai la tête qui tourne tellement que je retombe sur le lit de camp, dans un coin de la cellule. Tout ce blanc ne fait qu'empirer les choses. Lorsque la porte coulissante s'ouvre avec un nouveau *bip*, j'essaye de m'élancer vers elle, mais je tombe à genoux, terrassée par la nausée.

Lucas Attenborough entre et s'assoit sur le lit, un objet gris et rectangulaire dans la main. On dirait un Taser, même si ça ne ressemble pas du tout aux modèles que je connais.

— Tiens-toi tranquille, Mary. Sinon je n'hésiterai pas à m'en servir et ce sera très pénible. Mon père l'a conçu spécifiquement pour les gens de ton espèce. Si tu tentes quoi que ce soit, ça te calmera. Évite de nous fatiguer pour rien et n'essaye même pas.

Il s'adosse au mur, l'air méfiant, puis ferme brièvement ses yeux cernés. Je suis à deux doigts de tenter de saisir son arme, mais je réalise que je suis trop faible et qu'il la tient trop fermement. La bosse à l'arrière de mon crâne palpite douloureusement.

— Quel que soit le plan auquel tu penses, laisse tomber, ordonne-t-il. J'ai à te parler. Écoute-moi.

— Tu n'es peut-être pas au courant, Lucas, dis-je d'une voix rauque et épaisse, mais kidnapper quelqu'un n'est pas une bonne manière d'ouvrir le dialogue.

— J'ai toujours aimé ton sens de l'humour, Mary, répond-il en souriant, visiblement épuisé. Tu l'ignores probablement, mais, parfois, j'aime bien certaines choses chez les Héritiers.

— Je n'y ai jamais réfléchi. Tes goûts et dégoûts m'importent peu.

— Très bien, réplique-t-il avec toute la supériorité des Enclavés.

— Qu'est-ce que tu veux, Lucas ? Si tu as envie de me torturer, vas-y. Ça ne peut pas être pire que de discuter avec toi.

Ses yeux vont de son reflet à mon visage, puis il pose les mains sur ses genoux, son arme fermement pointée vers moi.

— C'est mon père qui m'a demandé de le faire. D'abord Mally, puis Ursula. Je les ai kidnappées et je les ai amenées ici pour des expériences. Je pensais qu'ils allaient les endormir, leur coller quelques aiguilles, puis leur faire avaler quelque chose pour effacer leur mémoire avant de les renvoyer chez elles. Elles seraient un peu abîmées, peut-être, mais rien de plus. Vous méritez tous qu'on vous retire votre magie, vantards arrogants que vous êtes. Je n'avais aucune idée de ce qui allait se passer. Je ne savais pas que ce serait aussi monstrueux.

Il avale péniblement sa salive.

— Et maintenant, ils vont tous mourir, abattus comme des chiens enragés, et personne ne saura jamais ce qui leur est arrivé.

Deux pensées éclatent en même temps dans mon esprit. Premièrement, James n'y est pour rien. Quel soulagement. Depuis le début, c'était Lucas le coupable, Lucas et son petit papa avide, le roi des affaires. Exactement ce qu'a dit le père de Mally : juste une histoire d'avarice et d'argent. Deuxièmement, si je ne me trompe pas, Lucas vient de dire que tout le monde ici va être tué. Ursula, Mally et tous les autres prisonniers, s'il y en a. Et moi, accessoirement.

— Je suis un connard, mais pas à ce point-là, poursuit Lucas. Ça a pris des proportions énormes, c'est hors de contrôle. Je n'aime pas quand les choses sont hors de contrôle. Ça ne me dérange pas qu'on fasse du mal à des gens, mais de là à ce qu'ils en meurent ? Mon père n'écoute plus personne. Il est persuadé qu'il va devenir si riche qu'on lui pardonnera n'importe quel dégât collatéral si la vérité éclate. Donc, me voilà ici, avec toi. Tu vas m'écouter, n'est-ce pas ?

Mon cœur, qui battait déjà trop vite, se met à taper douloureusement dans ma poitrine. Pourtant, je reste immobile, surveillant l'arme de Lucas du coin de l'œil. S'il y a une chose que j'ai apprise, c'est que les gens adorent parler. Ils ont envie de vous dire ce qu'ils ont sur le cœur et de s'en libérer. Dans ces cas-là, il suffit de garder le silence, et l'autre personne va parler, parler, parler. Bien que je veuille arracher la vérité à Lucas, nous restons juste là, à nous regarder dans le blanc des yeux.

— Au début, je ne savais pas ce que je faisais. Mon père m'a dit d'amener ici des Héritiers du Pays des Merveilles. Ça n'avait pas l'air de prêter à conséquence. Puis tout a dérapé. Quelque chose ne s'est pas passé comme prévu.

Il s'interrompt, et on dirait que la Cicatrice tout entière est suspendue à ses lèvres.

— Il s'avère qu'on ne peut pas enfermer la magie dans un bocal. Pas encore, en tout cas. Elle se défend si on essaye.

— Vous essayez de mettre la magie en bouteille ?

C'est tellement absurde que je suis à deux doigts de lui éclater de rire à la figure. Lucas ne trouve pas ça drôle, lui. En un éclair, je réalise que la personne qui contrôlerait la magie dominerait le monde, et je n'ai plus du tout envie de rire.

— Bien sûr. Toute la planète est engagée dans cette course. Et que ferais-tu, Mary, si tu découvrais qu'il y avait un lac entier de magie juste à portée de main ?

La moitié de son visage s'étire en un sourire presque amical.

— Le lac Miracle est réellement un miracle. Et il ne sera pas réservé aux Héritiers. La magie sera en vente en comprimés pour quiconque aura assez d'argent pour se la payer. Il y a tellement d'argent à se faire. Tu sais, les Enclavés adorent voir leurs comptes en banque enfler, enfler, et enfler encore.

Il est si tranquille, si parfaitement à l'aise avec cette idée, pourtant si dangereuse.

— Pourquoi m'as-tu amenée ici, Lucas ?

— Tu approchais trop de la vérité, répond-il avec un haussement d'épaules. Comme James et sa bande de joyeux idiots. C'est pour ça que je l'ai amené ici, lui aussi.

Me voyant tressaillir, il m'observe d'un air interrogateur.

— Oh, tu ne l'avais pas deviné, c'est ça ? Il est ici, lui aussi, et il a eu la gentillesse de me prêter son téléphone pour que je t'invite au Pays des Merveilles. Mais il est déjà trop tard.

— Trop tard ? Qu'est-ce que ça veut dire ?

— Ça veut dire qu'il a déjà eu sa dose. J'y ai été obligé, il n'arrêtait pas de se débattre. Le produit agit tellement vite.

— Le lac Miracle n'a rien de magique, dis-je pour gagner du temps et, peut-être, comprendre ce qu'il se passe et prendre la situation en main. Il est mortel, au contraire.

— Seulement au contact de la peau, à l'extérieur du corps. Tu sais, on disait que ses eaux étaient le sang de la Merveille… Et c'était vrai. La magie court sous cette ville et c'est le lac qui l'a révélée. Si on l'absorbe en quantités microscopiques, son eau n'est absolument pas mortelle. Le problème, c'est que ça ne marche que sur les Héritiers, pour l'instant. Et puis nous n'avons pas encore trouvé le bon dosage. Donc, elle a des effets bizarres sur les gens qui l'ingèrent. Ils deviennent des monstres, mauvais jusqu'à la moelle. Pas mauvais au sens humain du terme, mais au sens magique.

Ursula. James. Et si je les avais perdus pour toujours ?

— Comment revient-on en arrière ? Dis-le-moi, Lucas. Libère-les. Je trouverai une solution. On te laissera tranquille et tu n'entendras plus jamais parler de nous. On quittera la Cicatrice, tout ce que tu voudras. Absolument tout ! Relâche-les, je t'en supplie.

Il me regarde, un instant confus, avant de rétorquer :

— Tu ne peux pas. Ils ne reviendront jamais en arrière.

— Dans ce cas, pourquoi m'avoir amenée ici ? Quel intérêt ?

Il écarquille les yeux.

— Oh, je croyais que tu avais compris. Je voudrais tester un nouveau dosage. Je pense que j'ai trouvé la solution.

Je regarde le miroir. Est-il si résistant que ça ? Il n'a pas bougé quand Ursula et Mally l'ont frappé. Or, il faut que je sorte d'ici, et vite, avant que Lucas ne m'administre… son nouveau dosage, quoi que ça puisse être. Je trouverai une solution après. Quelqu'un dans la Cicatrice doit bien avoir une réponse. La Cicatrice connaît la magie. Il y a forcément une solution. Ma cellule est peut-être juste à côté de celle de Mally ou d'Ursula. Et si je tentais de foncer dans le mur ? Quand le tentacule d'Ursula s'est abattu sur la vitre, elle avait l'air tellement forte…

Lucas a dû deviner mes pensées.

— Tu ne peux rien faire. Laisse tomber. Les gens au pouvoir veulent la magie et ils sont prêts à y mettre le prix. Cette affaire ne sera jamais résolue, parce qu'ils n'arrêteront pas tant qu'ils n'auront pas obtenu ce qu'ils veulent.

— Lucas, je sais qu'on ne le dirait pas du tout à cet instant précis, mais tu peux encore arranger les choses avant qu'elles n'aillent trop loin. Il n'est pas trop tard. Je ne sais pas comment, mais on peut s'en tirer. Tu dois juste me libérer.

Malgré mon désespoir, je m'efforce de parler d'une voix égale.

— Oh, non, impossible. Si tu partais d'ici et qu'ils l'apprenaient, ils me tueraient, explique Lucas. Avec des milliards de dollars et l'économie mondiale en jeu, aucun lien familial ne les en empêcherait. Même moi, je connais mes chances face au pouvoir de l'argent.

— Je ne dirai rien, je te le promets. Pas un mot sur toi.

Il semble réfléchir. Son visage s'adoucit et je me dis que je l'ai peut-être convaincu. Puis :

— Non. Et, de toute façon, il est trop tard.

— Trop tard ?

— Je t'ai déjà injecté la première dose de la nouvelle formule. Espérons qu'ils se sont mieux débrouillés qu'avec celle que j'ai donnée à James. Là, c'était vraiment la catastrophe.

Il me toise, presque avec tendresse.

— Je suis désolé de ce qui va t'arriver, Mary. Vraiment. Mais on ne sait jamais… Peut-être que j'ai vu juste, cette fois-ci.

J'essaye de bondir vers lui, mais je suis si faible, tant à cause de ce qu'il m'a administré que de mon crâne douloureux, que je tombe au sol.

— Inutile de te débattre. Ça prend à peu près dix minutes. Après… Je ne peux pas dire que tu iras bien. Tu seras ce que tu seras. Dans tous les cas, tout se passera beaucoup mieux si tu te laisses faire.

Vingt-six

Lucas sort de la cellule… pour s'effondrer par terre avec un bruit sourd, comme s'il avait cogné quelque chose. La porte coulissante se referme automatiquement et bute sur son corps. Mon estomac se contorsionne sur lui-même et j'ai mal partout. Je suis prise d'un haut-le-cœur. Sans vomir, pourtant – je n'ai rien mangé depuis les viennoiseries au poste ce matin, et je les ai digérées depuis longtemps.

Je me prépare à affronter la personne qui va entrer, qui que ce soit, et je manque de fondre en larmes en voyant que c'est… Bella !

— Oh, par toutes les poussières de fée ! s'exclame-t-elle. Ce n'est pas bon, tout ça.

— Bella, dis-je d'une voix étranglée… Lucas…

— Je sais. J'étais de l'autre côté de la fenêtre. J'ai même entendu son petit monologue diabolique. C'était fascinant.

— Il… Il…

— Oui, c'est une énorme bouse de vache.

Elle m'aide à me relever en passant un bras sous mes aisselles, puis nous sortons de la cellule.

— Je ne sais pas combien de temps il va rester sans connaissance. On doit partir d'ici.

— James… Ursula…

— Ce n'est pas une bonne idée, à mon avis. Nous savons où elle se trouve, maintenant. Je suis allée au Pays des Merveilles. Ça a pris du temps, mais une fille, une certaine Joanie, je crois…

— Josey.

— C'est ça. Elle m'a dit qu'elle t'avait vue monter en voiture avec Lucas Attenborough, et les pièces du puzzle ont commencé à s'assembler. Son père, Kyle Attenborough, a beaucoup de projets immobiliers dans la Cicatrice. Puis je me suis souvenue qu'il y avait un immeuble en construction tout près du Pays des Merveilles. Je suis venue voir, et la seule source de lumière du bâtiment m'a guidée jusqu'ici.

— Bella. Nous devons les libérer.

Elle ne répond pas, se contentant de me traîner le long du couloir en direction de la sortie, avant de s'immobiliser brusquement.

— Ursula… souffle-t-elle. Oh, non…

Les mains prises dans des sortes de menottes en métal, Ursula est dans une immense cuve d'eau qui occupe presque toute sa cellule.

— Ursula !

Ma voix et mes jambes se raffermissent peu à peu. Lâchant Bella, j'approche de la vitre. Ursula lève la tête vers moi. Ses yeux sont jaunes et brillants, ses dents aiguisées. Je ne distingue qu'un pâle reflet de la personne qui était ma meilleure amie.

— Non…

— Mary, c'est toi ? Mary Elizabeth, sors-moi d'ici, par pitié. J'ai besoin de mes mains ! Rends-moi mes mains !

Sa voix est la même qu'avant. Je la reconnais, c'est bien elle qui m'a réconfortée et a été à mes côtés quasiment toute ma vie. Peu importe son apparence. Je pourrai tout arranger si seulement je parviens à nous tirer d'ici.

— Ursula, tu m'entends ? Je viens te chercher.

Grimaçante, elle soulève un tentacule et tente de se hisser hors de la cuve. Impossible. Les menottes la paralysent.

— Je ne peux pas bouger, gémit-elle.

— On va t'aider ! Je fais de mon mieux, Urs.

Je cherche désespérément une serrure ou un loquet, n'importe quoi pour la sortir de là.

— Mary ! s'écrie Bella, un peu plus loin. Je pense que j'ai trouvé l'interrupteur qui ouvre les cages !

— Qu'est-ce que tu attends ?

— Il nous faut plus de temps. Nous devons réfléchir. Et si elle n'était plus… Tu sais… Nous ne savons pas ce qu'il leur est arrivé, ni à elle ni aux autres. Nous devrions peut-être demander des renforts avant de faire quoi que ce soit.

— C'est toi qui as dit de ne pas leur en parler, rétorqué-je avec le regard le plus noir de mon existence. Tu as dit qu'on ne pouvait pas leur faire confiance. Qui sait ce que manigance la cheffe ? Pour ce qu'on en sait, elle est de mèche avec le père de Lucas. Ursula est mon amie. Nous pouvons la sauver. Ce n'est pas sa faute si on lui a fait ça.

Avant que Bella n'ait le temps de me répondre, je crie à Ursula :

— Je reviens tout de suite !

Puis je rejoins Bella à toute allure. Elle a l'air tétanisée et effrayée.

— Mary Elizabeth, je dois te dire quelque chose avant que tu ne te retournes. Reste calme.

— Quoi ?

C'est à ce moment-là que j'entends un bruit sourd, comme si quelque chose avait frappé la vitre derrière moi. Je me retourne vivement, prête à attaquer.

C'est James, qui tape lentement sa tête contre le verre. Lui aussi a les mains prises dans des menottes étranges, avec une tige de métal qui les tient à bonne distance l'une de l'autre.

— James !

Je me jette contre la vitre, mais, bien sûr, je ne peux l'atteindre, même si nous ne sommes séparés que de quelques millimètres.

— Mary ?

Il regarde son reflet comme s'il essayait de percer le miroir.

— C'est toi ? Je croyais rêver. Fais-nous sortir, Mary Elizabeth. Je ne veux pas passer dans le fauteuil. Non, non, ne t'inquiète pas. Tout ira bien. Si tu savais ce que j'ai eu en échange… C'est fou, tout ce qu'on peut découvrir en quelques heures de solitude.

Son expression fébrile s'assombrit.

— Ils ont commis une erreur en nous enfermant ici. Tu dois nous faire sortir. Nous devons nous mettre à l'abri, puis je te montrerai ce que je peux faire.

— Hé, lance une voix froide et maîtrisée dans la cellule suivante. Si tu nous fais sortir, je te promets un spectacle tel que tu n'en as jamais vu.

C'est Mally.

Ne voulant pas quitter James, je garde une main sur la vitre de sa cellule tout en me déplaçant pour apercevoir Mally. Ses cornes ont triplé de volume depuis hier. Elle porte le même pantalon d'hôpital, et des lueurs jaunes et violettes tourbillonnent dans ses yeux. Elle est menottée, elle aussi.

— Sois gentille et fais-moi sortir, dit-elle sur le ton qu'elle emploierait pour demander une tasse de thé.

Leurs mains… Tous, ils ont les mains attachées de manière qu'elles restent séparées. Je presse mes paumes l'une contre l'autre, et je pense à James, à la lumière bleue, à nos baisers, à la fille dans le miroir du Pays des Merveilles et à l'autre côté du miroir…

— Traverse la vitre, dis-je.

Un éclat bleu bondit de mes mains vers la paroi de verre, qui se dissout comme de la glace fondue, laissant une flaque à mes pieds.

— Vous avez vu ça ? Vous avez vu ?

— J'ai vu, ma chérie, répond James. Ça va être tellement bon.

Je souris et laisse échapper un soupir. C'était bon, oui. Plus que bon. C'était vraiment *méchant*.

— Mary, qu'est-ce que tu as fait ? souffle Bella.

Juste à ce moment-là, une porte s'ouvre et Kyle Attenborough arrive en courant, accompagné de deux hommes.

— Non ! s'exclame-t-il. Ils sont dangereux !

— Il ne manquait plus que ça, dit Bella.

— James, va chercher Ursula ! crié-je.

En quelques instants, Kyle et ses hommes sont sur nous. Je me bats de toutes mes forces, découvrant que je suis bien plus redoutable que je l'ai jamais été. Je frappe l'un des hommes au poignet, l'obligeant à lâcher son arme, puis je lui envoie un coup de poing, je baisse la tête pour éviter sa riposte et bondis sur le côté, mais je reçois un coup violent au menton tandis que quelqu'un m'attrape par la nuque. Ce serait le moment idéal pour qu'il se passe un truc extraordinaire, comme la lévitation et/ou la capacité d'enfoncer mes doigts dans des objets solides, tels que le gilet pare-balles de mon crétin d'adversaire… mais je suis en panique.

Bella appuie sur l'interrupteur contrôlant les portes, et la cage d'Ursula s'ouvre. Au même instant, Lucas s'engouffre dans la cellule, en brandissant son petit Taser.

— Ursula, attention !

Il est trop tard, Lucas a déjà posé le doigt sur le bouton de son arme.

Au lieu de s'effondrer comme je le craignais, Ursula voit ses menottes se détacher. Elle est libre.

Ce n'était pas une arme, mais une clé.

— Je préfère encore que ce soit vous qui gagniez plutôt que mon père, explique Lucas en haussant les épaules. Débrouillez-vous.

Ursula fait disparaître les menottes de Mally et de James en tapant dans ses mains. Enfin libres, ils lèvent les mains, eux aussi, et des boules bleutées apparaissent entre leurs paumes.

— Laissez ma meilleure amie tranquille, bande d'abrutis ! ordonne Ursula.

Kyle prend peur, mais elle est plus rapide que lui : la lumière bondit de ses doigts, et les trois hommes sont propulsés contre le mur, où ils sont maintenus par d'énormes anguilles.

— Soyez sages et restez là tant que je ne vous autoriserai pas à bouger.

— Zut, râle Mally. Je voulais m'amuser, moi aussi.

— Ne t'inquiète pas, la rassure James. Les occasions ne manqueront pas. Venez.

Kyle Attenborough a beau tourner les yeux en tous sens, il est bel et bien immobilisé.

— Tu pourras paniquer plus tard, dit James en passant son bras autour de ma taille. Nous devons nous en aller, et tout de suite.

Puis, comme s'il ne pouvait résister à l'envie d'avoir le dernier mot, il se tourne vers Kyle.

— Vous croyiez nous avoir vaincus. Vous pensiez pouvoir nous enchaîner, nous enfermer et jeter la clé. Vous nous auriez tués si vous l'aviez pu. Mais la magie n'appartient pas aux lâches. Elle appartient aux Héritiers.

— Allons-nous-en, insiste Ursula. Je ne retourne pas dans la cuve. Ils ont le sérum.

D'autres hommes accourent et, en effet, l'un d'eux a une seringue dans une main.

— À ton tour, Mally, dit James. Fais-toi plaisir.

D'un ample geste des bras, elle propulse les hommes contre le mur, puis les agite dans tous les sens, comme des marionnettes au bout d'un fil. Terrifiés, ils ne peuvent rien faire.

— Idiots, dit-elle.

— Tu es magnifique.

Les mots m'ont échappé sans que j'aie pu les arrêter. C'est la vérité. Elle est incroyable. Et moi qui pensais qu'on ne pouvait pas faire plus effrayant qu'elle ne l'était déjà. Elle redresse les épaules, ce qui la fait paraître encore plus grande.

— Magnifique, oui…

Elle invoque une boule bleue entre ses mains et me décoche un petit sourire.

— Ça me plaît. Mally F. Saint la Magnifique… Maléfique. Oui, je crois que je vais garder ce nom-là. Maléfique. C'est un bon nom, ça.

Les hommes se tortillent, impuissants. Mally – ou Maléfique, ou qui qu'elle soit – jette des éclats bleus vers eux, comme si elle les électrocutait, et je peux lire la terreur dans leurs yeux.

— Ah, ce n'est pas bien de jouer avec la nourriture ! s'exclame Ursula en tapant dans ses mains. Continue.

— Ursula, qu'est-ce qui t'arrive ? dis-je, horrifiée.

— Tellement, tellement de choses. Tu n'as pas idée.

— Pourquoi ne continuerions-nous pas cette discussion plus tard ? intervient James en regardant sa montre. Il est grand temps de vider les lieux. Par ici.

Ursula passe devant, ses tentacules rampant sur le sol, et arrive aussi vite qu'une araignée à une grande porte en métal, qu'elle arrache tout simplement de ses gonds.

Puis Mally et elle disparaissent dans l'obscurité tandis que James m'entraîne à leur suite.

Vingt-sept

— Hé ! Lâche-moi ! Bella ! Bella !

J'essaye de me libérer, mais James est bien trop fort et, de toute façon, il galope dans le tunnel à une vitesse que je ne pourrai jamais atteindre. La dernière fois que je l'ai vue, Bella était avachie dans un coin. Que vont lui faire les agents de sécurité de Kyle ?

— Crois-moi, tu ne veux pas que je te dépose tout de suite. Le sort va se dissoudre d'un instant à l'autre, et il n'est pas question qu'ils t'injectent leur horreur. Tu serais inconsciente pendant des jours.

Nous avons tellement avancé dans le tunnel qu'il n'y a quasiment plus de lumière. Je suis passée sans transition de la terreur de ne jamais retrouver James et Ursula à l'effroi face à ce que j'ai effectivement retrouvé. Je pose mon menton sur son épaule. Quoi qu'il lui arrive, je sais qu'il ne me fera jamais le moindre mal.

— Nous y sommes, dit Ursula.

James s'immobilise et me dépose au sol. Nous sommes devant une porte que je reconnais facilement. Ma respiration s'accélère.

— Reprends tes esprits, ma belle, me lance Ursula avec un regard oblique. Ce n'est pas le moment de paniquer.

Des éclairs de toutes les couleurs sont visibles sous le pas de la porte, et j'entends le bourdonnement de la musique. Je m'efforce de ne pas perdre connaissance en analysant tout ce qu'il s'est passé ce soir.

— Nous sommes au Pays des Merveilles.

— Comment crois-tu qu'ils nous aient amenés au labo ? grimace Maléfique. Mais ne te fais pas de souci, ma jolie. Nous avons tout préparé. Il n'y avait pas grand-chose d'autre à faire dans cette prison.

Elle porte la main à la grosse serrure de métal, qui se désintègre aussitôt. J'aimerais l'en empêcher, la retenir, mais je n'ose pas la toucher.

— Tout le monde va vous voir.

— C'est bien ce que nous voulons, répond Ursula.

James frappe violemment la porte du pied. Ça y est, le passage est ouvert.

— Arrêtez ! hurle quelqu'un derrière nous.

C'est Kyle Attenborough, qui nous rejoint en courant.

— Nous pouvons vous aider ! Je peux annuler ce qui vous arrive. Il me faut juste un peu de temps.

Ursula daigne lui lancer un sourire à glacer le sang avant de se glisser dans le Pays des Merveilles. Les hurlements ne se font pas attendre. Je ne peux qu'imaginer ce qui traverse l'esprit de tous les Héritiers venus faire la fête lorsqu'ils voient un monstre à tentacules monter l'escalier. Des éclairs bleus explosent dans tous les sens.

James me pousse en avant et claque la porte derrière nous.

— Dépêche-toi ! Cette porte ne va pas les retenir bien longtemps !

— James, tu dois empêcher tout ça. Tu n'entends pas ? Ils sont terrifiés !

Le Pays des Merveilles résonne de cris de terreur. James m'entraîne dans l'escalier.

Le volume de la montre que je lui ai donnée commence à augmenter. Tic-tac, tic-tac, de plus en plus fort, encore et encore, me donnant envie de hurler jusqu'à ce que ça s'arrête. Tout le monde peut l'entendre. Nous sommes pris dans un flot grouillant d'ados en panique qui tentent de fuir le Pays des Merveilles. Sous mon crâne, mes pensées n'en mènent pas large non plus.

— James, quelqu'un va se faire piétiner ! Il va y avoir des blessés !

Le visage impénétrable, il fend la foule en me tenant d'une main et en écartant les gens de l'autre. J'invoque la seule chose qui pourrait l'atteindre.

— James, supplié-je. Ce sont des Héritiers. Ils sont comme nous.

J'ai réussi ! Il s'immobilise, resserre sa prise sur mon bras et chuchote à mon oreille.

— Tu as le cœur tellement tendre…

Puis il se redresse de toute sa hauteur.

— Stop ! hurle-t-il.

Et tout s'arrête. La foule se pétrifie, les confettis et les ballons restent suspendus en l'air. Je n'entends plus sa montre ; le Pays des Merveilles s'est tout simplement figé sur place.

— Tic-tac, dit James.

C'est reparti – la musique et les cris assourdissants, les corps qui se démènent. James m'entraîne jusque dans la rue, puis il me soulève dans ses bras, bondit par-dessus un taxi, traverse l'asphalte et fonce droit en direction du lac Miracle. Je ne parviens même pas à crier. Vais-je survivre à cette folle soirée ?

— Ils arrivent, me prévient-il.

Les sbires de Kyle Attenborough sont à nos trousses. James zigzague dans les rues pour les semer. Je pousse un cri en sentant quelque chose frôler mon oreille.

— Des fléchettes… constate James. En ce moment, pour moi, ce serait encore plus dangereux qu'une balle.

Ce n'est qu'au bord du lac qu'ils le touchent enfin. Il pousse un grognement et me laisse retomber au sol.

— Arrêtez de tirer ! hurlé-je. Que tout le monde se calme ! Je peux vous aider ! Écoutez-moi !

Un instant, le silence se fait, et j'entends distinctement James respirer douloureusement. La fléchette s'est plantée dans le dos de sa main.

— Arrêtez ! Nous pouvons parler, discuter !

Ursula a disparu dans le lac. James se place à côté de moi, un bras sur mes épaules, tandis que Maléfique grimpe sur l'escalier de secours d'un immeuble. Une fois en hauteur, elle lève une main.

— Viens, mon mignon.

D'un mouvement gracieux, Trublion fait son apparition et atterrit sur son épaule. Un spectacle comme je n'en ai jamais vu, oui – à couper le souffle.

— Mon mignon… Tu es là, mon mignon.

L'un des hommes essaye de profiter de ce moment d'inattention pour lui tirer dessus, mais il n'a pas le temps d'agir ; déjà, elle le bombarde de lumière bleue, et il disparaît en quelques secondes, comme carbonisé. Tout espoir de compromis ou de négociation s'envole. Les hommes redoublent d'efforts pour atteindre Maléfique. Au milieu du chaos et du fracas qui résonnent dans la rue, elle ne perd rien de son attitude triomphale avant de disparaître brusquement, laissant derrière elle Trublion et ses croassements furieux.

— Ne bougez pas, miss, m'ordonne un des hommes.

— Vous ne comprenez pas ! Ils avaient disparu, ce sont les victimes !

— Je comprends très bien.

James bondit en avant, prêt à user de son corps comme d'un bouclier pour me protéger, mais je le vois faiblir à vue d'œil et il ne tarde pas à s'effondrer. Ma gorge est tellement douloureuse d'avoir crié que je me laisse tomber à genoux à côté de lui sans émettre un son.

— Plus un geste, miss, dit un homme, son arme braquée sur moi. Plus un geste ou je vous endors pour de bon.

Le calme se fait dans la rue. Certains des hommes se sont lancés à la poursuite de Mally, les autres se sont approchés du lac, laissant mon interlocuteur seul avec moi et James, dont les paupières frémissent faiblement.

— Ne ferme pas les yeux, James, je t'en prie…

— Je voulais te faire une surprise… Je voulais que tu sois fière de moi. J'allais retrouver la magie et te la ramener.

Il laisse échapper un rire frêle et étouffé.

— Ils ont essayé de fabriquer une pilule magique pour les Enclavés, mais ça n'a pas marché. Ça s'est retourné contre eux. Mally et Ursula sont plus puissantes. Ursula s'est enfuie. Ils ne peuvent pas nous contrôler, ils ne nous contrôleront jamais…

— Ça va aller, dis-je en posant un doigt sur ses lèvres. Je vais te ramener à la maison. On va trouver une solution. Tu te rétabliras et tout ça ne sera plus qu'un mauvais souvenir.

— Ils seraient déjà revenus en arrière si c'était possible. Laisse-moi partir, Mary Elizabeth. Je t'aime, mais c'est ce que je veux.

— Je t'aime aussi.

— Il n'ira nulle part, si ce n'est dans sa cage, s'il a de la chance, réplique l'homme. Il faut les abattre, vous savez.

— Les abattre ? bégayé-je en me relevant. C'est une personne ! Il a une vie, des amis et des rêves. Et c'est votre idiot de patron qui lui a fait ça ! Vous n'avez pas de famille, vous ? Des gens qui vous aiment ? Il est toute ma famille, il est pratiquement tout ce que j'ai, et je ne vais pas vous laisser…

Soudain, une explosion retentit, suivie des petits bruits sourds des fléchettes. Quelque chose est en train de sortir du lac Miracle, quelque chose de si énorme que mes yeux ont du mal à en distinguer les contours. La vie de la Cicatrice semble s'interrompre ; je n'entends plus rien à part le bruit d'un hélicoptère au-dessus de nous, loin là-haut. Il n'y a pas une voiture à proximité, la rue est déserte.

Ursula est aussi grande qu'un immeuble. Elle se redresse de toute sa taille, envoyant de l'eau partout sur les berges. Le sol tremble si fort que je dois m'agripper au mur le plus proche tandis que le garde essaye de la viser avec son arme et perd l'équilibre avant de heurter violemment le sol.

— ASSEZ ! hurle Ursula. Oh, mes pauvres, pauvres âmes infortunées. Vous ne savez pas à qui vous avez affaire !

Vingt-huit

Là, j'ai eu ma dose de terreur. Je dois me répéter en boucle que cette créature qui émerge du lac Miracle pour tout anéantir sur son passage est ma meilleure amie. Elle ne va peut-être pas très bien ces temps-ci, d'accord, mais il n'y a pas de problèmes, il n'y a que des solutions, non ?

Juste au moment où je me dis que oui, c'est sûr, je peux trouver un moyen, un hélicoptère s'écrase contre un des immeubles au bord du lac dans une terrible explosion.

Non, ce n'est pas un hélicoptère.

— C'est un dragon, dis-je pour moi-même. C'est un dragon.

Pas que j'aie déjà observé un dragon de mes propres yeux, pour être honnête, mais je ne vois pas ce que cet énorme lézard volant pourrait bien être d'autre. Il pousse un hurlement si retentissant qu'un homme se jette au sol en se couvrant les oreilles, tétanisé. Loin d'être en reste, Trublion se jette sur un policier qui vient d'arriver et qui vise le dragon cracheur de feu avec son pistolet. J'entends des cris et des explosions, et j'ai l'impression que l'immeuble de verre commence à osciller.

— Qu'est-ce qu'un dragon vient faire là ? Qu'est-ce qu'il se passe ?

Je ne m'adresse à personne en particulier, mais l'agent de sécurité de Kyle – qui ressemble de moins en moins à un agent de sécurité et de plus en plus à un blessé grave – se redresse et me répond.

— C'est ce qu'il reste de Mally Saint. Vous ne comprenez pas. Vous devez les tuer. Ils vont tout détruire, tuer tous ceux que vous aimez.

— Ce sont *eux*, tous ceux que j'aime.

En voyant les cornes torsadées sur le crâne de la créature, je comprends que l'homme dit vrai. Le dragon qui était autrefois une fille froide et mesquine décrit de grands cercles autour d'Ursula, qui agite ses tentacules jusqu'à ce que tous les hommes de Kyle Attenborough soient morts ou temporairement hors d'état de nuire.

— Ça déchire, en fait… dis-je, impressionnée.

Des sirènes retentissent au loin, puis se rapprochent. Après avoir vérifié qu'elle a bien terrassé tous ses adversaires, Ursula projette de nouveau de la lumière bleue dans toutes les directions, sort du lac Miracle et retrouve sa taille normale avec élégance. Maléfique trace un dernier cercle, puis atterrit à côté d'Ursula sous sa forme humaine, avec ses cornes qui lui donnent au moins une tête de plus que d'habitude. Dire qu'elle était déjà grande, avant… Trublion descend en piqué vers nous et prend place sur son épaule. Ne perdant pas un instant, elle s'agenouille à côté de James.

— Pourquoi les as-tu laissés faire ? me demande-t-elle avec un regard accusateur.

Quelque chose me donne envie de lui mettre une bonne claque, mais elle a l'air réellement touchée, et je ne veux surtout pas faire réapparaître le dragon cracheur de feu, donc je me tiens tranquille. Même quand elle passe le dos de sa main sur la joue de James.

Puis elle soulève son bras, et je vois que la peau a viré au noir autour de la fléchette.

— Il faut s'en débarrasser ! s'écrie Ursula.

— Je ne sais pas amputer un membre, répond Maléfique. Je risque de l'éviscérer, à la place.

— Il sera mort d'ici peu si personne ne fait rien. Je m'en occupe.

— Non, dis-je. C'est moi qui vais la couper.

Je pars en courant jusqu'à un magasin voisin, brise la vitrine, m'empare d'une hache et reviens à toute allure. Je vois exactement où je dois couper pour libérer James, dont la main se flétrit quasiment à vue d'œil.

Ursula s'agenouille et lui maintient les épaules.

— Il ne restera pas sans connaissance très longtemps.

Je soulève la hache et l'abats sans hésiter, coupant net la main de James pour empêcher le poison d'envahir tout son corps. Une chose noire et sans vie roule sur le côté. Je retire ma ceinture, et James se redresse en hurlant de douleur quand je la serre le plus fort possible autour de son bras pour stopper l'hémorragie, tandis que Maléfique fait apparaître un bandage autour du moignon.

— Tu m'impressionnes, me dit-elle.

Bella approche à grands pas, traînant Kyle Attenborough derrière elle.

— Vous voilà ! Je l'ai attrapé, déclare-t-elle avec fierté. Bon, vous avez fait une partie du boulot pour moi, mais quand même...

Je n'arrive pas à me concentrer sur ce qu'elle dit. Je ne vois que James, inconscient, amputé d'une main, comme la coquille de ce qu'il a toujours été. Je n'ai même pas de larmes.

— Vous vous trompez lourdement, proteste Kyle. Ce n'est pas moi que vous devriez menotter, mais eux ! Vous croyez que je suis le méchant dans cette histoire ? Regardez autour de vous : ce n'est pas moi qui ai ravagé la ville !

Ursula le dévisage comme s'il était un ver particulièrement répugnant.

— C'est vous qui avez commencé, rétorque Maléfique. Vous et vos amis assoiffés de billets. Nous ne faisons que nous défendre.

— Pourquoi ne nous avez-vous pas laissés tranquilles ? dis-je à mon tour. Nous allions très bien sans vous.

— Vous mouriez d'ennui, et vous étiez aigris et avides, réplique Kyle.

— On y va ? demande Maléfique à Ursula.

— Attendez ! m'exclamé-je. Vous ne pouvez pas vous en aller. Où irez-vous ? Tout Monarch va vous chercher !

— Nous avons plein d'idées, explique Ursula en me prenant la main. Nous avons largement eu le temps d'y réfléchir. Ils ne renonceront jamais à l'idée de contrôler la magie, ce qui signifie que toute la Cicatrice est en danger. Nous allons les battre à leur propre jeu et constituer une armée d'Héritiers. Ce sera prodigieux. Nous retrouverons notre gloire d'autrefois, et tout sera comme avant, mais en mieux. Nous aurons un objectif commun. Plus de lycée, plus d'Enclavés pour empiéter sur notre territoire, plus de règles, plus de mairie pour nous dire quoi faire. Nous prendrons le contrôle. Ce sont eux qui nous obéiront. Ils paieront de leur sang tout le mal qu'ils nous ont fait.

Il n'y a jamais rien eu de tel dans les livres d'histoire. Certes, des sorciers maléfiques sont apparus de temps à autre, mais les habitants de la Cicatrice étaient des gens foncièrement bien, qui voulaient simplement boucler leurs fins de mois et élever leurs enfants.

— La Cicatrice n'a rien à voir avec ça.

— Si, insiste Ursula. Viens avec nous, Mary.

Je jette un coup d'œil à Bella, qui tient toujours Kyle Attenborough menotté. Maléfique lève les yeux au ciel.

— Je ne peux pas, dis-je.

Ursula lâche ma main.

— Eh bien, je suis désolée de te décevoir, Mary Elizabeth. Je suis navrée de ne pas correspondre à tes idéaux. Tu l'as entendu : je ne les laisserai pas me faire du mal, s'approprier la Cicatrice, ou se servir de nous comme si nous étions des souris de laboratoire. Nous leur règlerons leur compte avant qu'ils n'aient eu le temps de régler le nôtre.

— C'est… mal.

— C'est leur faute. Nous sommes leur création. Mais je suppose que tu as raison : nous serons les méchants de l'histoire, et toi, tu seras l'héroïne, comme tu l'as toujours voulu.

— Allons-nous-en, intervient Maléfique en prenant Ursula par le coude. Nous n'avons pas beaucoup de temps.

— Tu es canon, en dragon, la complimente Ursula.

— Et toi, tu es canon en pieuvre géante, répond Maléfique.

— Qu'est-ce qu'on fait de lui ? demande Ursula en désignant James.

Outre les sirènes, j'entends maintenant des claquements de portes, des gens qui courent.

— Emmenez-le, dis-je.

Bien que je ne veuille surtout pas que Mally ou Ursula pensent que j'approuve leur plan, je veux encore moins voir James tomber entre les mains de Kyle Attenborough ou même de la cheffe. Je ne sais plus du tout à qui faire confiance.

— Je vous en prie. Emmenez-le. Je vous retrouverai quand il n'y aura plus de danger.

— C'est fini, cette époque-là, souffle Ursula.

Elle me serre dans ses bras, puis pose James aussi facilement qu'un tas d'algues sur son épaule.

— Attends !

Je m'avance et dépose un baiser sur la joue pâle de James.

— Reviens-moi… Reviens…

Je sens les larmes couler sur mes joues.

Tu vas devoir choisir entre ta tête et ton cœur.

Je comprends, maintenant. James est mon cœur, tout comme Ursula, et ils sont si loin de moi que je ne les retrouverai jamais.

Sur un simple geste du bras de Maléfique, ils disparaissent tous les trois. James est parti. Ursula aussi. Et ils ont emporté toute mon existence avec eux.

— Quelle idiote ! grogne Kyle Attenborough. Tu crois que tu viens de sauver la ville, mais tu as assassiné chacun de ses habitants en les laissant s'échapper comme ça.

— C'est bon, indique Bella en voyant deux agents arriver au pas de course. Le malfrat est sous contrôle.

— C'est la stagiaire, dit la policière.

Elle nous observe tour à tour, Kyle et moi, puis elle semble arriver à la conclusion qu'il n'y a pas de danger et baisse son arme.

— C'est Kyle Attenborough ? demande son équipier.

— La magie est revenue, commence Kyle, avec un rictus. Et ce n'est pas tout : elle est aux mains des créatures les plus dangereuses qui aient jamais existé. Félicitations !

— On en a assez entendu de votre part, l'interrompt Bella.

Elle m'annonce qu'elle m'attendra au poste avant de placer officiellement Kyle en garde à vue, puis elle l'emmène vers la voiture de police. Dès qu'ils sont partis, je m'assois au bord du trottoir et me mets à trembler. Le néon du Pays des Merveilles clignote toujours, et le goudron est parsemé d'éclats de verre et de corps. Les secours arrivent. Certains des hommes de Kyle sont placés sur des brancards et emmenés vers les ambulances, tandis que d'autres sont simplement dissimulés par une couverture, signe qu'il ne leur reste qu'une seule destination, la morgue.

Ce sont mes amis qui ont fait ça.

C'est l'amour de ma vie qui a fait ça.

Mon téléphone vibre dans ma poche, et je décroche mécaniquement, sans vérifier qui m'appelle.

— Mary Elizabeth, c'est vous ?

C'est la docteure Chette. Sa voix semble encore plus perchée que d'ordinaire. Je ne réponds pas, ce qui ne semble guère la perturber.

— Oh, excellent. Je vous ai trouvé un créneau demain à huit heures du matin, d'accord ? Ne me faites pas faux bond, ou je serai obligée de le signaler. Ça vous va ?

— Je pense que c'est parfait, dis-je en observant la destruction autour de moi. J'ai beaucoup de choses à vous dire.

La magie est revenue.

La magie est revenue.

La magie est revenue.

Remerciements

MERCI À JOCELYN DAVIES, MON ÉDITRICE, POUR NOS CONVERsations à bâtons rompus, pour m'avoir donné l'opportunité d'explorer et de repenser l'univers de mon enfance et pour m'avoir encouragée tout au long du chemin. Tu es une éditrice exceptionnelle. J'avais envie d'écrire pour Disney depuis des années et tu as réalisé mon rêve. Merci, mille fois merci.

Merci à toute l'équipe Disney qui a donné vie à ce livre, notamment Phil Buchanan, Guy Cunningham, Sara Liebling, Lyssa Hurvitz, Seale Ballenger, Tim Retzlaff, Elke Villa, Dina Sherman, toute l'équipe commerciale, Kieran Viola et Emily Meehan. Merci à Joshua Hixson pour cette magnifique couverture.

Merci à mon agente, Emily van Beek, pour ta présence constante et sereine, et pour ton élégance. Il va sans dire que je ne serais pas qui je suis sans toi. Tout mon amour.

Merci à mes enfants, Lilu et Bodhi. Vous réalisez et réaliserez toujours tous mes rêves par votre simple existence. Vous êtes des humains remarquables et mes meilleurs amis. J'ai une chance immense de vous avoir.

Merci à mon mari, Chris. Tu es tout simplement un miracle. Merci de me soutenir dans mes différents projets et ambitions et de m'écouter lorsque la peur prend le dessus. J'espère t'apporter ne serait-ce que la moitié de ce que tu m'apportes.

Merci à mes collègues et étudiants de la Taos Academy Charter School : vous rendez l'existence plus belle et excitante, et vous êtes tous magiques. Je vous remercie du fond du cœur de m'avoir offert une deuxième maison.

Merci à mes parents de m'avoir donné la vie et de m'avoir fait comprendre l'importance des livres dès le plus jeune âge. Vous êtes peut-être responsables de tout ce qui a suivi.

À mes frères et sœurs, tout mon amour. #oneofsix

Merci à ma chère Nancy Jenkins. Nos conversations sur le bien et le mal façonnent tout ce que j'écris.

Merci à tous mes amis, écrivains ou non, qui rendent la vie plus colorée et aventureuse.

Enfin, merci à Disney d'avoir imaginé un monde dans lequel j'ai tant aimé vivre et des personnages aussi riches. Vos créations ont bercé toute mon enfance, et ce projet a donc assouvi une envie particulièrement forte et obsédante. Ce fut une bénédiction et un plaisir, d'autant plus avec un peu de poussière de fée.

Je crois à la magie. J'y crois. J'y crois.